SOPHIE ET LES SINGULIERS

LA SÉRIE SOPHIE FEEGLE

GWEN DEMARCO

CHAPITRE 1

Un brouillard épais recouvrait la rue, si dense qu'il absorbait les bruits de la ville. Bien qu'il ne soit que la fin de l'après-midi, la brume avait plongé la journée dans des ombres lugubres. Sortant par la porte d'entrée et la verrouillant soigneusement derrière elle, Sophie jeta un coup d'œil en arrière à travers la pénombre vers son immeuble. Autrefois, il y a très longtemps, cette grande maison était un véritable joyau qui scintillait dans la ville. Cependant, comme une starlette vieillissante oubliée, le bâtiment avait vécu une vie difficile et cela se voyait. À l'intérieur du bâtiment, tout le caractère original de la maison avait été éventré dans les années 80 ; la fonction fade et les solutions rapides avaient remplacé son charme et son savoir-faire. Quelqu'un avait divisé à la va-vite le manoir de trois étages en petits studios pour loger autant de locataires que possible.

Au moins ils ont laissé l'extérieur du bâtiment tranquille, pensa Sophie avec mélancolie en regardant la façade de la maison. Le pignon escarpé de style victorien, orné de volutes fantaisistes, était encore intact, bien qu'il soit terni par des décennies de crasse et de pollution. Contrairement aux autres maisons victoriennes colorées de la ville, quelqu'un, dans sa sagesse infinie, avait décidé de peindre toute la maison d'une seule couleur : une teinte malheureuse de beige, entre le cantaloup et le kaki. Sophie secoua la tête face à ce crime contre ses yeux et l'architecture.

« À plus tard, Ma Tatin », dit-elle au bâtiment, tapotant l'une des épaisses colonnes du porche en se dirigeant vers la rue. Enfilant son manteau noir usé, Sophie posa le pied sur le trottoir fissuré.

Après avoir vérifié sa montre, elle soupira de soulagement en voyant qu'elle avait encore largement le temps de marcher jusqu'à la station de métro la plus proche et d'arriver à son entretien d'embauche. Elle ne pouvait pas se permettre de rater celui-ci. Elle ne voulait pas avoir à choisir entre manger et payer son loyer.

Sophie se tourna, prête à se dépêcher vers la station Powell Street quand le bruit de grognements et de sifflements attira son attention.

Qu'est-ce que c'est que ce vacarme ? Je n'ai pas le temps pour ces conneries, pensa-t-elle, exhalant un souffle agacé.

Jetant un coup d'œil au coin dans l'étroite ruelle entre Ma Tatin et le bâtiment adjacent, Sophie ne vit rien au premier regard. Alors que ses yeux s'adaptaient à la pénombre, elle réalisa qu'un gros chien avait coincé une sorte de petit animal derrière quelques poubelles.

« Hé ! Hé, arrête ça ! Éloigne-toi de là ! » cria Sophie au chien errant.

Le chien tourna brusquement la tête, et apercevant Sophie, grogna contre elle. Elle trébucha, prise au dépourvu par son agressivité. Regardant autour d'elle, elle repéra un morceau de métal qui s'était détaché de la triste clôture en fer forgé entourant le petit jardin négligé de Ma Tatin.

S'avançant dans la ruelle obscure, Sophie tenait la lance de fer forgé rouillé devant elle comme une épée. La lumière du soleil pénétrait à peine dans la pénombre de la ruelle, mais elle pouvait voir que le chien – une sorte de husky ou de malamute surdimensionné – essayait de se frayer un chemin entre les grosses poubelles. Elle s'inquiétait que si elle ne se dépêchait pas, elle arriverait trop tard pour sauver quel que soit l'animal que le chien avait dans sa ligne de mire.

« Hé ! Dégage ! Je suis sérieuse ! » hurla Sophie, mettant autant d'autorité que possible dans sa voix.

Le chien pivota vers Sophie. Quand il la repéra, il baissa la tête et grogna bruyamment, ses poils hérissés d'agressivité. Ce monstre donnait l'impression qu'un savant fou avait croisé un husky avec un lévrier irlandais. Elle se demanda brièvement si la foudre avait été impliquée dans la création de ce canin surdimensionné.

« Dégage ! S'il te plaît. Je ne veux pas avoir à te frapper avec ce truc, mais je le ferai », grinça Sophie, se sentant stupide de parler à un animal comme s'il pouvait la comprendre. Elle continua à agiter sa lance de fortune de façon menaçante vers le chien. Il la regarda puis reporta son regard sur sa proie piégée. Avec un dernier grognement aux yeux plissés vers elle, il se tourna et trotta dans la ruelle.

Alors que le chien disparaissait au coin d'un mur, le morceau de métal s'affaissa dans les doigts de Sophie alors qu'une vague de soulagement la submergeait.

« Oh merci mon Dieu », marmonna Sophie en expirant.

Serrant toujours sa lance rouillée, elle s'approcha lentement des poubelles débordantes. Les piles habituelles de caisses vides et les tas de détritus du pub d'à côté et du petit marché du coin occupaient l'espace étroit de la ruelle. L'obscurité totale et les murs glissants d'humidité et de graisse donnaient à l'endroit une sensation d'abandon et de menace silencieuse. Entendant de petits bruits de froissement émanant des ombres, elle scruta prudemment le petit espace entre les poubelles. Au début, elle ne vit rien, mais alors une paire d'yeux brillant dans les ombres attira son attention.

« Salut toi, ça va ? Ce chien connard t'a fait mal ? » demanda Sophie, gardant sa voix apaisante et douce.

Un sifflement en réponse lui fit penser que le chien avait coincé un chat.

« C'est bon. Je ne vais pas te faire de mal. Je veux juste vérifier et m'assurer que tu n'es pas blessé », expliqua stupidement Sophie au chat. Elle posa son arme de fortune à proximité et s'accroupit pour voir complètement dans l'espace étroit. Un long visage blanc avec un nez rose et des moustaches frémissantes la fixa, sifflant à nouveau en avertissement.

« Hé, tu n'es pas un chat ! Tu es un opossum ! Qu'est-ce que tu fais ici ? » demanda-t-elle. « Tu as faim, mon cœur ? J'ai une pomme. Tu aimerais une friandise ? »

Sophie tendit lentement la main dans le sac en bandoulière suspendu à son épaule. Tâtonnant au fond du sac, elle eut un pincement momentané quand elle sortit le fruit.

« Je ne devrais probablement pas gaspiller ça pour toi ; c'est ma dernière, mais je pense que tu passes peut-être un moment plus difficile que moi », dit Sophie, posant la pomme sur le sol près de l'opossum qui sifflait encore. Elle la poussa lentement plus près avec un doigt.

« Qu'est-ce qui se passe ici, bordel ?! » cria une voix familière depuis l'ouverture de la ruelle.

Exhalant un souffle agacé, elle se leva et fit face à l'intrus.

« Rien, Moe. Un chien a attaqué un opossum », expliqua Sophie.

« Un opossum ! Dégueu ! J'espère que le chien l'a eu. »

Le frisson exagéré de Moe fit plisser les yeux de Sophie d'irritation.

« Ne sois pas un connard, Moe. Les opossums sont des créatures merveilleuses. Tu racontes vraiment n'importe quoi. C'est le seul marsupial d'Amérique », dit Sophie, juste pour l'emmerder.

Moe eut l'air stupéfait un moment avant de grogner contre Sophie.

« Comme si j'en avais quelque chose à foutre des marsupiaux. La seule chose qui m'intéresse, c'est le loyer. Tu vas encore être en retard ? Parce que j'en ai marre de ces conneries. Les autres locataires ne me donnent pas les problèmes que tu me donnes », dit Moe.

« Lâche-moi, Moe. Tu auras ton loyer. Je vais à un entretien d'embauche maintenant », dit Sophie.

« Dans cette tenue ? » demanda Moe avec incrédulité, sa lèvre se retroussant de dégoût.

« Qu'est-ce que tu veux dire ? Cette tenue est parfaitement acceptable pour une réceptionniste dans un salon de tatouage », dit Sophie, regardant son jean foncé et son t-shirt des Ramones.

« Tu ressembles à une fée Clochette gothique qui vient de coucher avec tous les types d'un bar de motards », ricana Moe.

« Vraiment ? Arrête, charmeur. Tu me fais rougir », dit-elle avec une révérence.

Juste au moment où Moe ouvrait la bouche pour répliquer, Sophie leva la main pour l'interrompre.

« Merde ! Il faut que j'y aille ! » cria Sophie quand elle vit l'heure sur sa montre.

Alors qu'elle se précipitait devant un Moe encore bégayant, Sophie jeta un coup d'œil en arrière vers les poubelles, souriant joyeusement quand elle réalisa que la pomme avait disparu.

QUELQUES HEURES PLUS TARD, Sophie entra dans le bar à côté de Ma Tatin. Elle se glissa avec abattement sur un tabouret au bar en bois brillant mais éraflé.

Elle observa les quelques hommes disséminés dans la salle, espérant trouver quelqu'un prêt à lui offrir un verre en échange de quelques minutes de conversation. Avec une expiration lente, elle réalisa que les clients étaient occupés à contempler le contenu de leurs verres, les yeux trop vitreux et larmoyants pour la remarquer.

« Merde », marmonna Sophie entre ses dents.

« Salut Sophie, qu'est-ce que je peux te servir ? » demanda le barman, s'approchant de l'autre bout du comptoir où il avait parlé à un vieil homme voûté. Avec une carrure imposante et un air renfrogné permanent, le barman aurait dû intimider Sophie, mais ils avaient accroché tout de suite, dès leur première rencontre six mois plus tôt, lorsqu'elle avait emménagé à Ma Tatin.

« Salut Burg, alors... je suis un peu à court de fonds en ce moment. Et j'ai passé une journée de merde. Je ne suppose pas que je pourrais mettre un whisky sur l'ardoise et te rembourser plus tard ? Ou peut-être faire un peu de travail pour un verre ? » demanda Sophie avec une expression suppliante.

« Si mauvais que ça, hein ? D'accord, juste cette fois. Tu peux m'aider à essuyer les tables et balayer plus tard ce soir. Marché conclu ? Je dois te prévenir, ça ne te donnera droit qu'à un verre du whisky le moins cher que j'ai en stock », dit Burg, faisant sa mise en garde habituelle. Avec un geste pratiqué, Burg attrapa une bouteille à moitié vide de l'étagère à miroir.

Sophie se sentit humiliée, comme si l'indignité lui écorchait la peau, tandis qu'elle s'asseyait, honteuse de devoir compter sur la bonne volonté de Burg. Mais après la catastrophe de la journée, elle avait juste besoin d'un verre.

« Merci, Burg. Je te dois un service. Et oui, je t'aiderai à nettoyer plus tard », dit Sophie, prenant une petite gorgée de son verre. Elle leva les yeux vers Burg quand le whisky n'avait pas le goût du bas de gamme habituel. Burg haussa simplement les épaules d'un air gêné.

« Allez, Soph, raconte au vieux Burg à quel point ta journée a été mauvaise », dit-il, s'appuyant sur le comptoir.

Juste au moment où elle ouvrait la bouche pour commencer à se plaindre, la cloche au-dessus de la porte d'entrée sonna et un homme entra dans le bar. Sophie le remarqua rapidement alors qu'il s'asseyait quelques tabourets plus loin d'elle. Il avait des cheveux blonds clairsemés, des yeux foncés écartés, et semblait un peu bedonnant sous son trench-coat qui lui arrivait aux genoux. L'homme dégageait un sentiment de gentillesse et de timidité. Il n'était même pas un point sur le radar de danger de Sophie, alors elle ignora sa présence.

Elle reporta son attention sur son environnement, admirant le charme du vieux pub pendant que Burg versait une bière à l'homme. Burg lui avait dit une fois que le bar avait été construit des décennies avant la Prohibition. Les murs étaient ornés de lambris sombres d'origine et peints en vert chasseur. De vieilles photos sépia, d'anciennes affiches publicitaires pour des bières, quelques enseignes au néon et des rangées d'étagères jonchées de toutes sortes de bibelots – chacun montrant la patine de l'âge – couvraient chaque centimètre carré du bar. Il y avait quelques cibles de fléchettes qu'elle n'avait jamais vu personne utiliser dans la section arrière du bar. Sur le mur opposé au long bar en bois, quelques canapés Chesterfield – que Sophie soupçonnait d'être originaux du bar centenaire – longeaient le mur. La seule fois où Sophie s'était assise sur l'un d'eux, il était bosselé, et un ressort l'avait piquée aux fesses. S'allonger sur du gravier concassé aurait été préférable à ces canapés. Quand elle avait demandé à Burg au sujet des canapés, il prétendait qu'ils donnaient un air de « sophistication » au bar.

Sophie fixa le liquide ambré de son verre pendant que Burg finissait de servir l'homme à la voix douce. Elle admira comment la lampe en verre plombé multicolore suspendue au-dessus de sa tête reflétait des tons de bijoux sur la glace de son verre. Faisant tourner son verre sur son sous-bock en carton, elle sourit alors que les couleurs se brouillaient en une lueur chaude rouge-orange.

« Désolé pour ça », dit Burg en revenant à sa place devant

Sophie. « Maintenant, raconte-moi tout sur ta journée de merde. »

« Je pensais avoir ce poste de réceptionniste tout ficelé dans un salon de tatouage à Haight-Ashbury. Quand je suis arrivée là-bas, cinq autres personnes étaient aussi là pour passer l'entretien. J'ai dû attendre plus d'une heure pour avoir mon tour, et je n'ai même pas eu le poste. Ils l'ont donné à cette wannabe pin-up des années 1940 », dit Sophie. « J'avais vraiment besoin de ce travail. Mon loyer est dû, et je suis foutue si je ne peux rien trouver bientôt. »

« Haight-Ashbury », dit Burg avec dérision. « Pourquoi tu voudrais travailler là-bas ? Les grandes entreprises ont écrasé tout le charme du quartier. »

« Je n'ai pas le luxe de choisir. Mon loyer ne va pas se payer tout seul. Je ne peux pas me permettre d'être difficile », rétorqua-t-elle.

« D'accord, je n'ai rien d'autre à faire maintenant. Regardons les petites annonces », dit Burg, marchant et attrapant un ordinateur portable derrière le comptoir.

Ils passèrent l'heure suivante à parcourir les offres d'emploi sur divers sites web. Par intermittence, Burg devait remplir le verre d'un client, y compris l'homme silencieux assis trois tabourets plus loin dans le trench-coat, mais ils passèrent surtout l'heure à naviguer.

« Pourquoi toutes ces annonces ont-elles l'air d'être des arnaques ou des services d'escorte ? » se plaignit Sophie.

« Ne sois pas trop déprimée, certaines de celles-ci ressemblent aussi à des annonces pornos », dit Burg comme s'il lui révélait un secret joyeux, faisant renifler Sophie, avant qu'elle ne tape sa tête sur la surface du bar en signe de défaite.

« Je vais être sans-abri. Aurais-tu la gentillesse de me prêter un gobelet, pour que je puisse mendier correctement de la monnaie ? » marmonna Sophie dans le dessus du bar en bois.

« As-tu envisagé de devenir danseuse exotique ? » demanda Burg d'un ton sérieux.

Elle leva la tête pour regarder Burg d'un œil plissé. « Il ne faut pas être sympa avec les gens pour être strip-teaseuse ? Je ne pense pas que ce soit le bon travail pour moi. »

« Eh bien, en fait, si tu joues bien tes cartes, tu pourrais être payée en plus pour être méchante. Il y a un certain type de gars qui aime ce genre de choses », dit Burg avec un clin d'œil.

Sophie jeta à Burg un regard intrigué et pensif. Un raclement de gorge discret interrompit la réponse qu'elle était sur le point de faire. Burg et Sophie regardèrent tous les deux l'homme au trench-coat gris avec les sourcils levés.

« Je n'ai pas pu m'empêcher d'entendre que vous aviez besoin d'un travail. Je pourrais avoir un travail pour vous si cela vous intéresse », dit l'homme.

« Je ne veux pas être votre 'sugar baby', mais merci », dit Sophie, levant les yeux au ciel vers Burg.

« Euh, je ne sais pas ce qu'est une sugar baby. Cependant, je peux vous assurer que c'est un travail normal », déclara l'homme.

Elle fixa l'homme pendant quelques minutes, mais ne détecta que de l'honnêteté dans ses yeux brun foncé. Il avait le genre de visage rond de bébé qui rendait impossible de déterminer son âge. Il aurait pu avoir entre la trentaine et la cinquantaine. L'homme tendit la main et tendit une main pâle.

« Mon nom est Reginald Didel », dit-il.

« Sophie Feegle. Voici Burg », dit Sophie, indiquant le barman.

Quand elle serra la main de Reginald, elle nota qu'elle était douce et sèche. Sa poigne n'était ni trop forte ni trop faible. *Rien n'est plus repoussant qu'une poignée de main qui donne l'impression que quelqu'un vient de placer un poisson mort dans votre main*, pensa Sophie, grimaçant intérieurement. *Presque aussi mauvais que quelqu'un qui essaie de vous écraser les doigts pour tenter d'exercer sa domi-*

nance. Le genre de personnes qui s'amusent à casser les doigts active automatiquement le côté garce de Sophie.

« D'accord », dit Sophie lentement. « Parlez-moi de ce travail. »

« Eh bien, c'est à la morgue de la ville », dit Reginald avec un regard inquiet. « Êtes-vous impressionnable ? Pouvez-vous supporter le sang et les fluides corporels ? »

« Ce genre de choses ne me dérange pas », répondit Sophie en agitant la main.

« Je suis le médecin légiste en chef, responsable de la garde de nuit. J'ai besoin d'un assistant d'autopsie. Je me spécialise dans les décès inhabituels, donc vous verriez beaucoup de choses désagréables », avertit Reginald.

Elle renifla, pensant que « désagréable » était probablement un euphémisme. « Un assistant d'autopsie n'a-t-il pas besoin d'un diplôme ou d'une formation ou quelque chose comme ça ? » demanda-t-elle avec scepticisme.

« Normalement, oui. Cependant, je n'ai pas réussi à maintenir ce poste pourvu. Et j'ai beaucoup de pouvoir sur qui j'embauche. J'ai surtout juste besoin que vous soyez là pour prendre des notes, photographier les corps, peser et mesurer les choses, prendre les empreintes digitales et me passer les instruments pendant les autopsies », dit Reginald. « Vous serez formée sur le tas. »

« Pourquoi m'offririez-vous ce travail ? Vous ne me connaissez même pas », dit Sophie.

« Parce que j'ai besoin d'aide, et vous semblez avoir besoin qu'on vous donne votre chance », dit Reginald doucement.

Sophie soupira parce qu'elle ne pouvait pas se permettre de refuser l'opportunité. En plus, toute son intuition lui disait que Reginald était un type bien. Ses instincts l'avaient rarement mal servie, alors elle se pencha et lui offrit sa main.

« Vous avez trouvé votre assistante. Merci de me donner ma chance », dit Sophie, serrant la main de Reginald. « Alors, quand est-ce que je commence ? »

« Vous pouvez commencer dans quatre heures ? J'ai besoin d'aide immédiatement », demanda Reginald, regardant sa montre.

CHAPITRE 2

Quatre heures plus tard, Sophie se tenait devant l'institut médico-légal. Le bâtiment était étonnamment moderne – une grande boîte aux arêtes vives recouverte de verre miroir. Elle n'hésita qu'un instant avant de franchir les portes d'entrée vitrées réfléchissantes. Jetant un coup d'œil autour d'elle, elle repéra rapidement le long comptoir d'accueil et s'y dirigea.

Après lui avoir proposé le poste, Reginald avait noté une adresse et lui avait dit d'être au bureau de la réceptionniste à 10 heures pile. En consultant sa montre, Sophie fut ravie de constater qu'elle était exactement à l'heure.

« Bonjour, on m'a dit de venir ici à 10 heures pour le poste d'assistante d'autopsie », dit Sophie à la femme à l'air pincé assise au long comptoir d'accueil. Même avec un grand écran d'ordinateur qui cachait la majeure partie de sa personne, la femme parvint tout de même à lui jeter un regard prolongé et scrutateur, depuis les cheveux noirs de Sophie jusqu'à ses pieds chaussés de bottes. Il fallut tous les efforts de Sophie pour ne pas baisser les yeux sur sa tenue. Elle savait ce qu'elle verrait : un jean noir moulant, des bottes en cuir de seconde main, et les bords de quelques tatouages dépassant des manches de son t-shirt, dont l'ourlet était déchiré. Serrant les poings, elle soutint le regard de la réceptionniste empesée, avec ses cheveux relevés en chignon et son chemisier en soie, la défiant de dire un mot. Reginald avait dit qu'elle n'avait pas besoin de s'habiller chic pour ce travail – que des blouses seraient fournies.

Sophie réprima les remarques cinglantes qui lui brûlaient la langue.

Ne foutons pas tout en l'air dès le début. J'ai besoin de ce boulot, se rappela-t-elle.

« Vous êtes Sophie Feegle ? » confirma la femme. Lorsque Sophie acquiesça d'un signe de tête, elle fit glisser un dossier noir sur le comptoir. « Remplissez ces documents et ramenez-les-moi. Si vous avez des questions, faites-le-moi savoir. Une fois que vous aurez terminé, je préviendrai le Dr Didel que vous l'attendez. » La femme tendit un stylo à Sophie.

Regardant autour du hall d'entrée vide, Sophie se dirigea vers les rangées de chaises sur le côté. Trouvant un siège contre le mur d'où elle pouvait garder un œil à la fois sur la porte d'entrée et la réceptionniste, elle s'assit et ouvrit le dossier.

Elle remplit rapidement le formulaire de candidature, grimaçant légèrement devant son expérience professionnelle limitée. Il lui avait fallu du temps pour réaliser que le service client n'était pas son fort. Traiter avec des idiots faisait ressortir le pire chez Sophie. Quand les dieux distribuaient la patience, Sophie devait être partie aux toilettes. *Ils m'ont aussi oubliée quand ils distribuaient les filtres bouche-cerveau et le sens de l'humour approprié*, pensa-t-elle avec un léger sourire.

Il lui fallut moins de quinze minutes pour remplir toute la paperasse et signer le document stipulant qu'elle ne divulguerait aucun détail sur les cas auxquels elle assisterait.

C'est normal. Reginald a dit que toutes ses autopsies concernent des meurtres ou des morts suspectes. Je ne voudrais pas gâcher une enquête policière ou un truc du genre, pensa Sophie. Après avoir signé le dernier document, elle rendit le dossier à Madame Parfaite.

« Excellent. Je vais prévenir le Dr Didel que vous êtes prête. Il devrait être là dans quelques minutes si vous voulez bien retourner dans la salle d'attente », dit Madame Parfaite, parcourant rapidement les documents dans le dossier.

Sophie retourna tranquillement dans la salle d'attente et se laissa tomber dans le même fauteuil. Elle jeta un œil à la petite table couverte de magazines, et leva les yeux au ciel devant la sélection. Elle n'était pas assez désœuvrée pour lire des conseils pour fabriquer ses propres produits d'entretien ou apprendre à cuisiner des repas à cinq ingrédients en quelques minutes. Il y avait aussi une télévision dans le coin supérieur de la pièce, mais l'écran était éteint.

Se rongeant les ongles, Sophie observa discrètement les portes battantes juste derrière le bureau de Madame Parfaite. Finalement, elle aperçut une ombre bouger de l'autre côté des fenêtres en verre dépoli. Se levant déjà, elle sourit en voyant Reginald pousser les portes. Reginald lui fit un signe de la main enthousiaste et se précipita vers Sophie.

Il doit vraiment avoir besoin d'aide.

Normalement, elle aurait supposé que tout cela était un stratagème pour la mettre dans son lit, mais son radar à connards n'avait pas vibré une seule fois avec Reginald.

« Sophie ! Vous êtes venue. Êtes-vous prête à commencer ? »

« Autant que je puisse l'être. Merci encore pour cette opportunité », dit Sophie.

« Eh bien, suivez-moi. Nous allons vous donner des blouses et commencer. J'ai beaucoup d'autopsies à faire avant la fin de l'équipe ce soir, alors nous allons vous jeter directement dans le grand bain. Ce sera un vrai baptême du feu, j'en ai peur, mais je suis convaincu que vous vous en sortirez très bien », s'excusa Reginald avant de se retourner et de se diriger vers les portes battantes.

Une fois que Reginald se fut détourné, Sophie ravala son appréhension et le suivit. La serrure automatique bourdonna juste avant que Reginald ouvre la porte et fit un signe de la main vers le bureau de réception avec un « Merci ! » sonore. Regardant en arrière juste avant d'entrer dans l'espace réservé de la morgue, elle remarqua que la réceptionniste la fixait. Le couloir était silencieux à part le grincement des bottes de Sophie sur le sol en linoléum couleur crème.

« Tiens », dit Sophie avec surprise en entrant dans le large couloir.

« Qu'est-ce qu'il y a ? » demanda Reginald par-dessus son épaule en montrant le chemin.

« Cet endroit ne ressemble pas à ce que j'attendais. Je pensais qu'on serait dans un sous-sol ancien recouvert de carreaux vert pistache avec des ampoules fluorescentes nues suspendues au-dessus de nous. Je crois que j'ai regardé trop de films », dit Sophie, regardant autour des murs blancs brillants. Une légère odeur d'eau de Javel et de désinfectant flottait. Cela rappelait à Sophie l'odeur d'un hôpital, mais sans celle de la maladie. Elle fut aussi soulagée de ne détecter aucune odeur de pourriture ou de décomposition.

« Eh bien, si vous aviez vu notre ancien bâtiment, vous auriez peut-être eu raison. Cette installation a été construite il y a seulement quelques années. Tout est neuf et ultra-moderne. Le département de toxicologie est même maintenant sur place », dit Reginald, pointant vers un couloir qui se ramifiait, la fierté évidente dans sa voix.

Tournant un coin, Reginald la mena dans un bureau où plusieurs postes de travail étaient disposés en cercle. Installés à leurs bureaux se trouvaient deux hommes et une femme qui levèrent tous les yeux quand Reginald et Sophie entrèrent.

« Salut, tout le monde ! » dit Reginald bruyamment. « Voici la nouvelle assistante d'autopsie dont je vous ai parlé, Sophie. J'espère que vous l'accueillerez tous chaleureusement. Sophie, voici Amira. Elle va vous aider à vous installer. Normalement, Amira est notre Transcriptrice en Pathologie, mais quand j'ai besoin d'aide, elle me sert d'assistante. Aujourd'hui, elle nous suivra pour vous montrer les ficelles du métier. »

La femme que Reginald désigna lui fit un petit signe de la main depuis sa chaise de bureau. Sophie admira la femme d'apparence sophistiquée avec une tresse d'un noir de jais enroulée autour de sa tête comme une couronne. Serrant ses lèvres rouge foncé, Amira se leva de son bureau et se dirigea vers Reginald d'un pas nonchalant. Sa peau olive, touchée d'une pointe de terre cuite, était impeccable. Sophie admira ses grands yeux sombres et ses traits raffinés, se sentant un peu comme une mauvaise herbe parmi les roses.

« Pourquoi dois-je lui montrer comment faire son travail ? Tu n'aurais pas pu trouver quelqu'un qui sache déjà comment s'y prendre ? » se plaignit Amira avec un air de dédain royal.

Pour l'accueil chaleureux, on repassera, pensa-t-elle amèrement.

« Nous essayons de pourvoir ce poste depuis des mois. Nous avons besoin d'elle. À moins que tu veuilles continuer à être mon assistante ? » répondit Reginald.

« Non, merci », dit Amira avec un frisson délicat.

« Voici Azeban, qu'on appelle tous Ace. Il travaille dans l'équipe de nuit dans le laboratoire de Pathologie et Toxicologie », dit Reginald, désignant l'homme aux cheveux bruns assis le plus près de l'entrée. Reginald prononça le nom « ah-zeu-bahn ». L'homme leva brièvement le menton en guise de salut avant de se retourner vers son écran d'ordinateur avec indifférence. Sophie nota qu'Ace semblait avoir à peu près la même taille qu'elle, mais elle ne pouvait pas en être sûre puisqu'il était assis. Ace ressemblait à un de ces hommes compacts qui, au premier coup d'œil, ne paraissent pas coriaces, mais qui, pris dans une bagarre, se révèlent tenaces et bagarreurs. Ses cheveux étaient coupés court sur les côtés mais plus longs sur le dessus. Les mèches semblaient épaisses, presque rêches, et se hérissaient comme électrifiées. Ses cheveux semblaient être composés de toutes les nuances de brun qui existent – de l'ardoise au chocolat noir – leur donnant une teinte sable profonde. La couleur et la texture lui rappelaient un berger allemand du quartier où elle vivait avant. Quand on écartait le pelage d'Axel, le sous-poil était d'une nuance plus claire que le pelage extérieur sombre.

« Et voici Fitz. Il est notre Transporteur et Spécialiste de l'Admission », dit Reginald, indiquant un homme blond assis dans un siège de l'autre côté de la pièce.

Fitz se leva de sa chaise et s'avança vers Sophie. Au cou long, avec une pomme d'Adam proéminente, Fitz lui jeta un regard hautain par-dessus son long nez. Fitz était, de loin, le plus grand de la pièce. Il était très mince, presque dégingandé, avec des coudes osseux qui pointaient hors de ses manches. Sophie pensait qu'il serait maladroit, mais Fitz était étonnamment gracieux en s'approchant. Il avait la peau laiteuse, des cheveux blonds très clairs, et des yeux clairs, presque argentés. Il avait l'air nordique, mais sans la carrure qu'elle attendait de quelqu'un avec un héritage viking.

« Enchanté de faire votre connaissance, Sophie. Mon ordinateur et mon bureau sont là-bas », dit Fitz, pointant vers le poste qu'il venait de quitter. « Ne vous asseyez pas à mon poste et n'utilisez pas mon matériel. Au fait, l'eau pétillante dans le frigo de la salle de pause est aussi à moi. Ne buvez pas mon eau, et tout ira bien, d'accord ? »

« Bien sûr. Je ferai attention à ne pas toucher à vos affaires », promit Sophie, tout en se demandant silencieusement si cela vaudrait la peine de lécher le goulot de toutes ses bouteilles. *Probablement pas*, conclut-elle. *Au moins Reggie est sympa*, pensa-t-elle avec exaspération.

« Amira, pourriez-vous montrer à Sophie où ranger ses affaires, lui donner des blouses et la conduire à la salle d'autopsie ? » demanda Reginald.

« D'accord, suis-moi, la nouvelle », dit Amira, quittant rapidement la pièce d'un pas vif.

« C'est Sophie », dit-elle, lançant un regard noir à la nuque parfaite d'Amira.

« Peu importe. » Amira soupira, regardant en arrière et levant les yeux au ciel vers Sophie.

S'arrêtant près d'une petite salle de pause, Amira demanda si Sophie avait apporté un déjeuner.

« Si vous n'en avez pas, on pourra sûrement se débrouiller. Il n'y a nulle part où acheter de la nourriture près d'ici, et ce n'est pas ouvert à l'heure de notre déjeuner de toute façon », prévint Amira Sophie.

« Reginald m'a prévenue plus tôt aujourd'hui, alors j'ai préparé un déjeuner. »

Sophie sortit son déjeuner de son sac bandoulière et le mit dans le frigo, riant intérieurement en voyant une pile de canettes d'eau pétillante sur une étagère supérieure, chacune recouverte d'un post-it avec le nom de Fitz dessus.

Sophie suivit Amira dans le couloir, prenant plusieurs virages jusqu'à ce qu'elles arrivent à un petit vestiaire. Amira se mouvait comme une ballerine – gracieuse, assurée, avec une économie de gestes. Elle montra à Sophie le tas de blouses disponibles et les casiers.

« Vous pouvez vous changer ici. J'attendrai dans le couloir. Je vous dirais bien de prendre un cadenas pour éviter qu'on ne vole vos affaires, mais je pense que vous ne risquez rien ici », dit Amira, se glissant hors de la pièce.

Sophie se débarrassa rapidement de ses vêtements et enfila une tenue bleu marine foncé. En revenant dans le couloir, Sophie aperçut Amira adossée au mur, l'attendant. Se retournant sur ses talons, Amira s'éloigna rapidement, lui fit signe de la suivre du doigt.

« C'est bien que tu aies déjà les cheveux attachés. Veille à toujours les attacher en queue de cheval ou en chignon, d'accord ? » précisa Amira. Quand Sophie hocha la tête, Amira continua : « Voilà le topo. J'ai l'odorat très développé, et je suis sensible aux mauvaises odeurs, alors j'aide Reginald avec les autopsies, mais c'est difficile. C'est pourquoi nous avons besoin de vous ici. Comment gérez-vous les mauvaises odeurs ? »

« J'habite dans le Tenderloin, alors je m'y connais en mauvaises odeurs », répondit Sophie, riant de sa propre plaisanterie.

« On verra bien », répondit Amira d'un ton sombre.

Quand Amira ouvrit une porte et lui fit signe de passer, une faible odeur de désinfectant, mêlée à une pointe métallique, sucrée et de Javel, flottait à travers la porte ouverte.

« a vie est vraiment sacrément bizarre », dit Sophie quatre heures plus tard, fixant son sandwich au beurre de cacahuète d'un regard absent. Un léger film putride de pourriture s'accrochait encore à l'intérieur des narines de Sophie, même après s'être mouchée plusieurs fois avant d'attraper son déjeuner. Cette odeur aurait peut-être fait perdre l'appétit à la plupart des gens, mais Sophie ne s'était jamais considérée comme particulièrement normale. Et elle n'était pas du genre à gaspiller la nourriture. Haussant mentalement les épaules, elle prit une grosse bouchée de son sandwich.

« Qu'est-ce que tu veux dire ? » demanda Reginald à sa gauche. Sophie, Reginald et Amira étaient assis à la table ronde de la salle de pause en train de déjeuner.

« Eh bien, j'ai maintenant officiellement tenu trois cerveaux humains dans mes mains gantées. Je ne m'attendais pas à ce que ma vie prenne cette tournure », admit Sophie après avoir avalé sa bouchée.

« Les cerveaux ne sont-ils pas intéressants ? » demanda Reginald avec une étrange lueur intérieure qui illuminait ses yeux.

« Oui, ils sont vraiment intéressants. Et bizarres. Et bien plus mous que je ne pensais qu'ils seraient », dit Sophie avec un léger frisson. « C'était comme tenir un énorme bloc de tofu dans mes mains. Étrange de penser que cette masse de tissu abritait autrefois ce qui faisait d'une personne ce qu'elle était. Ce morceau de viande morte de trois livres que je dois maintenant peser et cataloguer, avait généré chaque pensée, chaque sentiment, chaque insécurité et chaque conscience de soi. C'est vraiment trop bizarre. »

« Je suis juste contente que tu t'en sois sortie. Je suis ravie d'avoir enfin quelqu'un pour m'aider », dit Amira avant de prendre une bouchée de son croque-thon.

Sophie leva un sourcil sceptique vers Amira. Amira avait des haut-le-cœur à chaque odeur dans la salle d'autopsie, mais venait ensuite immédiatement dans la salle de pause et réchauffait un croque-thon au micro-ondes, empestant toute la pièce avec l'odeur de poisson en conserve. Sophie regarda Amira prendre une bouchée délicate de son sandwich, faisant un bruit « hmmm » de satisfaction en mâchant.

Tu parles d'un nez sensible, pensa Sophie en levant les yeux au ciel.

Sophie regarda vers l'entrée de la pièce quand elle entendit des voix dans le couloir. La porte s'ouvrit et Ace et Fitz entrèrent dans la pièce d'un pas nonchalant.

« Elle est encore là ! » ricana Ace. « Elle a gerbé ? Elle s'est évanouie ? »

« Sophie s'en est bien sortie. Elle n'a pas eu trop de mal. Elle a eu quelques haut-le-cœur, surtout pendant la deuxième autopsie. Celui-là était en décomposition avancée », dit Reginald avec un sourire triomphant.

« Rien ? Vraiment ? » dit Fitz, choqué.

Reginald tendit la main et fit un geste « donne-moi ça ».

« Ugh, d'accord », dit Fitz, fouillant dans sa poche et sortant un billet. Ace fit de même, et ils donnèrent tous les deux l'argent à Reginald.

« Vous avez parié que je gerberais ? » demanda Sophie, les yeux plissés.

« Pas seulement vomir. J'ai aussi parié que tu pleurerais. Fitz pensait que tu t'évanouirais et que tu sortirais du bâtiment en courant », dit Ace avec un sourire acéré.

« Désolée de vous décevoir, les gars », dit Sophie en fronçant le nez vers Ace.

« Sur quoi as-tu parié ? » demanda Sophie en se tournant vers Reginald.

« J'ai misé sur toi », dit Reginald avec un doux sourire.

« Tu as eu raison de le faire », dit Sophie, lui sourit à son tour.

Fitz ouvrit le frigo et sortit un énorme bol en plastique, deux canettes d'eau pétillante et une longue baguette.

Sophie regarda Fitz retirer le film plastique du dessus de ce qui semblait être un saladier rempli uniquement de salade. Fitz avait de longs doigts aux articulations prononcées, qui semblaient presque élégants quand il prit une fourchette ; sa façon de bouger était presque gracieuse.

« Euh, tu veux de la sauce avec ça ? » demanda Sophie avec une horreur fascinée alors que Fitz commençait à s'attaquer à sa salade, dissipant toute pensée de grâce chez Sophie.

« Non ! Pourquoi gâcher la salade en mettant de la sauce dessus ? » dit Fitz la bouche pleine de verdure. « Que penses-tu du travail jusqu'à présent ? »

« Le premier jour s'est bien passé jusqu'à présent. Définitivement bizarre. J'admets que je ne m'attendais pas à ce que faire une autopsie implique l'utilisation d'outils électriques et de sécateurs. Ça, c'était certainement une surprise », répondit Sophie, écartant mentalement les habitudes alimentaires de Fitz.

« Oh, oui. Les outils du métier », dit Reginald en se frottant les mains comme un méchant de cinéma, ce qui fit ricaner Sophie.

« Je suis toujours étonnée que l'odeur ne t'ait pas rendue malade », dit Amira avec un délicat frisson.

« Eh bien, j'ai travaillé dans une station d'épuration pendant un mois, alors je me suis habituée à toutes sortes d'odeurs épouvantables », expliqua Sophie.

« Vraiment ? Pourquoi as-tu démissionné ? » demanda Ace avec un regard perçant.

« Je n'ai pas démissionné. J'ai été virée après avoir dit à mon patron que c'était logique qu'il travaille là, vu que lui-même était un gros étron. Il s'avère qu'ils désapprouvent ce genre de chose », dit Sophie en haussant les épaules.

« Qu'est-ce que tu faisais là-bas ? » demanda Fitz par-dessus le bruit des éclats de rire d'Ace.

« Je faisais couler ceux qui flottaient », dit Sophie d'un ton pince-sans-rire.

Fitz, qui était en train de boire son eau pétillante, commença à s'étouffer. Pressant une serviette contre son visage, il fallut un moment à Fitz pour reprendre son souffle.

« Tu es sérieuse ? » demanda Ace, se penchant plus près de Sophie et ignorant ostensiblement son collègue qui s'étouffait encore. Sophie était ravie d'avoir chassé l'air d'irritation d'Ace.

« Non. » Sophie rit. « Mais tu aurais dû voir ta tête. Je m'occupais surtout du ménage – je passais la serpillière et je sortais les poubelles. »

« Elle me plaît », annonça Ace à la pièce avec un sourire en coin.

Reginald offrit à Sophie une pomme verte brillante de son déjeuner dans un sac en papier.

« J'en ai apporté quelques-unes en plus », expliqua Reginald.

« Merci », dit Sophie. Admirant le petit fruit brillant, Sophie prit une grosse bouchée croquante. La pomme la fit sourire, lui rappelant son opossum préféré. Après être rentrée du bar plus tôt, elle avait cherché la créature, mais elle était introuvable.

« Quelqu'un d'autre voudrait-il une pomme ? » offrit Reginald, sortant un autre fruit vert de son sac-déjeuner.

Ace attrapa le fruit de la main de Reginald, se leva et se dirigea vers le petit évier à côté du réfrigérateur. Prenant une autre bouchée de son fruit, Sophie regarda Ace frotter vigoureusement sa pomme.

Je pense que la pomme est propre maintenant. Peut-être qu'il a une phobie des microbes, pensa Sophie en haussant mentalement les épaules face au comportement limite impoli d'Ace.

« Nous devrions conclure. Nous devons examiner au moins quatre corps de plus avant la fin du service », dit Reginald avec un soupir, froissant son sac-déjeuner vide et le jetant à la poubelle.

« Compris, chef. Montre le chemin. » Sophie se leva de sa chaise.

« Hé, Ace, as-tu pu finir le rapport de toxicologie pour l'inconnue de tout à l'heure ? Les inspecteurs du commissariat de Richmond vont nous harceler si nous n'avons pas quelque chose pour eux demain matin », avertit Reginald Ace.

« Quels inspecteurs sont sur cette affaire ? » demanda Ace, frottant toujours sa pomme.

Je pense que la pomme est propre maintenant. Peut-être qu'il est germaphobe, pensa Sophie avec un haussement d'épaules mental face au comportement limite impoli d'Ace.

« Euh, je pense Lancaster et Hernandez », dit Reginald.

« Ugh, pas ces connards », ricana Ace. « Ouais, je m'assurerai d'avoir tous les rapports finis dans l'heure qui vient. »

« Sophie, pourrais-tu vérifier le tableau et amener le prochain corps programmé du frigo dans la salle d'autopsie ? Je te rejoins là-bas », demanda Reginald.

Sophie fit un petit salut à Reginald. Après avoir vérifié le grand tableau effaçable à sec à l'extérieur de la salle d'autopsie, Sophie se dirigea vers l'énorme réfrigérateur. Localisant le prochain corps, Sophie frissonna un peu devant les rangées de tables en acier inoxydable. Chacune avait un sac mortuaire posé dessus, attendant leur tour entre les mains de Reginald et de son scalpel. Localisant rapidement la bonne civière, Sophie se dépêcha de sortir du frigo.

« Ça va ? » demanda Reginald alors que Sophie poussait la civière dans la salle d'autopsie.

« Je n'aime pas être seule dans la chambre froide. Ça me met mal à l'aise d'être seule avec tous ces corps. J'ai toujours l'impression qu'ils vont se relever comme des zombies. »

Sophie roula la table en position. Se tournant, elle attrapa les gants, le couvre-cheveux, les lunettes de sécurité et le masque facial qu'elle devait porter pour chaque autopsie. Retournant à la civière, elle ouvrit la fermeture éclair du sac pour qu'ils puissent retirer le corps.

« Whoa. Regarde ça », dit Sophie.

« Qu'est-ce que c'est ? » demanda Reginald, levant les yeux de son presse-papiers.

« Il manque la tête », répondit Sophie, pointant le cadavre.

« Vraiment ? Intéressant. Je suppose que nous n'aurons pas les empreintes dentaires alors. Oh regarde, pas de mains non plus ! » s'exclama Reginald avec une étrange joie scientifique.

« Pas de mains et pas de tête ? Je parie que le meurtrier veut rendre l'identification du corps difficile ! Qu'est-ce que tu en penses ? » demanda Sophie.

« Je ne sais pas. C'est le travail de la police. Je n'ai pas tendance à spéculer. Passe-moi le scalpel, s'il te plaît », demanda Reginald.

Sophie passa les minutes suivantes à peser, cataloguer, photographier et emballer les spécimens destinés à d'autres départements.

« Hmmm. Intéressant », dit soudain Reginald. « Viens voir ça, prends une photo. »

« Bien sûr. Qu'est-ce que c'est ? » demanda Sophie, prenant l'appareil photo et venant se placer à côté de Reginald autour de la table.

« Juste ici, sur le biceps supérieur. On dirait que quelqu'un a découpé un morceau de peau ici. Oh, regarde ici. Une autre

partie semble avoir été retirée de son avant-bras gauche aussi »,
dit Reginald, pointant les deux zones.

« Il avait probablement des tatouages là. Je parie que ce type
avait des liens avec le crime organisé », musa Sophie à voix haute.

« Le crime organisé, hein ? Comme la mafia ? » demanda
Reginald alors que Sophie commençait à prendre des photos.

« Ouais, comme la mafia. Je pense que ce type était le chef
d'une cabale secrète, et ils faisaient de la contrebande de
marchandises importées illégalement. Son rival essayait de
prendre le contrôle de son territoire pour avoir accès à plusieurs
entrepôts stratégiquement situés au bord de la baie ! » dit Sophie,
inventant une histoire sur le moment à propos de leur cadavre
sans tête.

« Je vois. Quels étaient les tatouages sur les bras de notre
présumé contrebandier ? Pour que je puisse avertir la SFPD de
surveiller les morceaux de chair couverts de motifs spécifiques »,
dit Reginald, entrant dans le jeu de Sophie.

« Hmmm. Celui sur son avant-bras était un dragon stylisé
entouré d'une phrase écrite en vietnamien », dit Sophie, pointant
un bras avec la chair manquante. « L'autre... ce n'était pas vraiment un tatouage. C'était une formation de cinq cicatrices lais-
sées par des brûlures de cigarette. C'est le rituel d'initiation pour
tous les nouveaux membres. »

« Ce gang, il a un nom ? »

« Bien sûr qu'il en a un. Ils s'appellent le gang Bay Soi »,
répondit Sophie, mélangeant les noms de ses deux restaurants
vietnamiens préférés.

« Bay Soi est le nom du gang ? J'aime bien », dit Reginald en
riant. « Et des brûlures de cigarette ? Pourquoi les brûlures ? »

« C'est un truc d'initiation. Ça montre l'engagement envers le
gang », dit Sophie, inventant au fur et à mesure qu'elle tissait son
histoire.

« Eh bien, peut-être. Il est peu probable que nous le sachions
jamais », répondit Reginald.

« Qu'est-ce que tu veux dire ? » demanda Sophie.

« À moins que je ne sois appelé à témoigner au tribunal – ce qui est rare – ou que l'affaire soit très médiatisée, j'ai rarement connaissance du résultat de l'enquête », dit Reginald en haussant les épaules.

« Vraiment ? Moi, je voudrais savoir ! »

« Franchement, nous voyons tellement d'affaires que je ne peux plus les suivre. Ce sera sans doute pareil pour toi au bout d'un moment », répondit Reginald.

CHAPITRE 4

lusieurs heures plus tard, Sophie sortit du bureau du médecin légiste, sautillant presque de bonheur. Elle tint même la porte et sourit à plusieurs employés qui arrivaient et entraient dans le bâtiment, prêts à commencer leur service de jour. Sophie imagina qu'elle devait ressembler à une sorte d'hôtesse folle de restaurant, leur adressant à chacun un sourire dément.

Comme d'habitude, il y avait moins de brouillard du côté baie de San Francisco, alors Sophie profita du soleil matinal qui réchauffait ses épaules tandis qu'elle marchait vers l'arrêt de bus le plus proche. Sa première nuit de travail fut un tel succès qu'elle ne se souciait même pas de devoir prendre le bus de Bayview au Tenderloin.

Assise dans le bus, regardant un sans-abri crasseux roucouler à son rat de compagnie, partiellement caché dans un manteau sale, Sophie ne pouvait s'empêcher de sourire. Malgré avoir dû traiter avec des cadavres froids et se frayer un chemin à travers certaines des pires odeurs qu'elle ait jamais rencontrées, ce fut une bonne nuit. Elle aimait ses collègues, même s'ils étaient un peu étranges et réservés. Sophie appréciait particulièrement travailler avec le gentil Reginald. Et elle était étonnamment douée pour ce travail. Reginald lui dit même, alors qu'ils terminaient la dernière autopsie, qu'il pensait qu'elle constituait un excellent ajout à l'équipe.

Les choses s'amélioraient enfin, vraiment enfin, pour elle.

Regardant par les fenêtres, Sophie observa le paysage qui défilait. Des entrepôts trapus et délabrés étaient coincés de façon désordonnée entre des gratte-ciel plus récents et étincelants, tous mélangés avec des petits boui-bouis de burritos, des épiceries, des agences d'encaissement de chèques, des boutiques de vêtements, et toutes sortes de magasins. S'il y avait quelque chose que vous vouliez acheter, il y avait un endroit quelque part dans la ville qui l'offrait.

Une grande ouverture entre les bâtiments donna à Sophie une vue sur les eaux scintillantes de la baie. Si elle plissait les yeux contre les eaux réfléchissantes, elle jurait qu'elle pouvait presque voir les grues portuaires géantes qui s'alignaient au bord de l'eau de l'autre côté de la baie, à Oakland. Les structures d'acier géantes lui faisaient toujours penser à des squelettes de dinosaures, se dressant au bord d'une mare dans une immobilité parfaite, guettant les prédateurs qui rodaient alentour.

Masqué par un nouveau pâté de maisons, le glorieux plan d'eau disparut de sa vue. Détournant son attention des grues d'expédition, elle repéra un restaurant de dim sum à l'aspect intéressant.

Se léchant les lèvres, Sophie se promit qu'elle allait acheter des petits pains bao au porc fondant avec son premier salaire. Elle pouvait presque déjà sentir le moelleux du porc, relevé par les croquants légumes marinés.

Quelques pâtés de maisons avant son arrêt final, l'homme au rat de compagnie descendit du bus. Il passa devant Sophie pour sortir du bus, la puanteur d'ordures pourrissantes traînant derrière lui comme une cape. Le regardant embrasser le rat sur le

nez puis glisser l'animal dans sa veste, Sophie ressentit un pincement de jalousie.

*Il faut que je trouve un mec qui me regarde comme cet homme
regarde son rat*, pensa Sophie avec nostalgie. Elle pouvait se passer
des cheveux longs et filasse, et de l'odeur aigre de transpiration
mêlée à une pointe d'urine. *Mais si ma traversée du désert continue,
je pourrais peut-être supporter une odeur corporelle forte.*

Finalement, l'arrêt de Sophie approchait, alors elle tira sur le
cordon pour le demander. La fatigue du service de nuit commençait à se faire sentir tandis qu'elle entamait les cinq minutes de
marche jusqu'à Ma Tatin. Étouffant un bâillement derrière sa
main, elle aperçut Burg plus loin, arrosant la devanture de
son bar.

« Hé, tu es debout tôt. Qu'est-ce que tu fais ? » cria Sophie à
Burg.

Se tournant vers Sophie, Burg leva une main en salut tout en
continuant à arroser la façade en brique du bar, juste sous la
grande baie vitrée. Les lettres dorées et vertes formant 'Le Petit
Poucet' sur la fenêtre scintillaient dans le soleil matinal. Ce
matin, Burg faisait penser à Sophie aux hommes forts des cirques
du début du XXe siècle. Son nez avait une grosse bosse au milieu,
comme s'il avait été cassé plus d'une fois, surplombant une
épaisse moustache sombre. Le soleil matinal se reflétait vivement
sur son crâne chauve de la taille d'un melon.

« Je suis toujours debout si tôt. Je n'ai pas besoin de beaucoup
de sommeil. Tu ne le saurais pas puisque je ne t'ai jamais vue
debout avant midi. Et je lave la pisse du mur. Un connard a
trouvé nécessaire de marquer son territoire la nuit dernière.
Sales bêtes », dit Burg en secouant la tête.

« Dégueu. Bon, je vais me coucher. Bonne journée, Burg », dit
Sophie avec un léger signe de la main.

« Oh oui ! Le nouveau travail. Comment s'est passée ta
première journée ? » demanda Burg, les yeux gris pétillant de
bonne humeur.

« C'était génial. Je pense que ça va marcher. Bientôt je pourrai acheter mon whisky plutôt que de devoir balayer ta réserve pour me le payer ! » dit Sophie avec un large sourire et un rire.

« As-tu vu quelque chose de dégoûtant ? » demanda Burg, une joie brillante rayonnant de ses yeux.

« J'ai vu que des trucs dégoûtants ! C'était vraiment répugnant. Tu aurais détesté. C'était génial. » Sophie sourit sans repentir.

« Tu es un drôle d'oiseau, Sophie Feegle. »

« Il faut en être un pour en reconnaître un, Burg », répondit Sophie, laissant Burg derrière pour s'occuper de son enlèvement d'urine.

Sophie se glissa dans la ruelle entre les bâtiments et jeta un coup d'œil autour des poubelles, espérant apercevoir son ami l'opossum. Déçue que l'animal ne soit pas là, Sophie laissa la pomme à moitié mangée que Reginald lui avait donnée plus tôt pour la créature. Les bords avaient bruni, mais Sophie se dit que les opossums n'étaient probablement pas difficiles sur leur nourriture.

Quand elle entra dans le hall de l'immeuble, un petit miaulement plaintif attira son attention. S'accroupissant, Sophie aperçut un petit chat écaille-de-tortue qui se frottait contre les pieds de la petite table où elle triait habituellement son courrier. Tendant la main, Sophie attendit patiemment que le chat décide si cela valait la peine d'accepter son offre modeste de grattouilles sous le menton.

S'approchant de Sophie, le chat frotta sa joue contre ses doigts, réclamant des caresses.

« Salut, Ginsberg. Tu t'es encore échappé ? » demanda Sophie, soulevant délicatement le chat diminutif.

Elle monta les deux étages et frappa à une porte défraîchie en face de son appartement. Après un long moment, la porte s'entrouvrit, et Sophie put voir un œil bleu laiteux et chassieux l'observer à travers l'entrebâillement.

« Bonjour, Birdie. On dirait que Ginsberg s'est encore échappé », dit Sophie, levant le coupable pour que Birdie l'inspecte.

« Oh, merci, Sophie ! Il a dû se faufiler dehors quand j'ai sorti les poubelles plus tôt, le petit coquin », dit Birdie, ouvrant sa porte et soulevant Ginsberg des bras de Sophie.

« Tu aurais dû m'attendre. J'aurais sorti tes poubelles », gronda Sophie, prenant un ton de maîtresse d'école.

« S'il te plaît, ma fille. Je peux sortir mes propres poubelles. Je n'ai pas besoin qu'une petite jeunette comme toi me dorlote. Je me débrouille toute seule depuis avant même que tu sois une étincelle dans l'œil de ton père », grommela Birdie. « Maintenant, oublie tout ça. Veux-tu entrer boire un thé ? »

« Ce serait gentil. Merci, Birdie », dit Sophie, entrant dans l'appartement faiblement éclairé. Le soleil matinal filtrait à travers les rideaux jaunâtres et vaporeux du salon, mettant en évidence les particules de poussière flottant dans l'air. L'appartement était propre, mais il y régnait une légère odeur de moisi, mêlée à celle de vieux manuels et de lavande fanée.

Sophie prit place sur le canapé affaissé couvert de grandes fleurs oranges. Les vieux ressorts émirent un grincement sourd quand elle s'assit. Birdie s'affaira dans sa cuisine, posant une bouilloire en cuivre sur la cuisinière vert avocat.

Un moment plus tard, la bouilloire poussa son cri strident, et Birdie apporta à Sophie une tasse délicate avec de la vapeur qui s'enroulait de son contenu. Quand Sophie remarqua l'ébréchure sur le bord de la tasse en porcelaine blanche et argentée, elle fit semblant de ne pas la voir.

« Veux-tu un peu de cognac dans le tien ? » offrit Birdie, agitant une petite bouteille vers Sophie.

« Peut-être une prochaine fois », dit Sophie sans aucune intention de jamais prendre une seule goutte de la bouteille réservée aux grandes occasions de Birdie. Elle regarda son sachet de thé flotter dans la tasse, souriant intérieurement.

« Qu'est-ce qui te fait sourire comme ça ? D'habitude, il n'y a qu'un homme pour me donner un sourire pareil », gloussa Birdie.

« Pas d'homme ici. Ça fait si longtemps que des toiles d'araignée pourraient se former », taquina Sophie, faisant ricaner Birdie.

« Eh bien, on devrait changer ça ! Te pomponner et te sortir », suggéra Birdie.

« Non, merci. Je dois juste me concentrer à garder mon nouveau travail et à avoir assez d'argent pour le loyer. Pas de temps pour les hommes en ce moment », déclara Sophie.

« Je comprends ça. Un homme n'est rien d'autre qu'un problème de toute façon. Toujours à distraire une femme de faire les choses », dit Birdie en secouant la tête, faisant vaciller les mèches soigneusement bouclées en place. « Alors, tu as un nouveau travail donc ? »

« Ouais. Tu ne le croiras pas, mais j'ai trouvé un boulot à la morgue de la ville », dit Sophie, prenant une petite gorgée de son thé. « Je commençais à penser que j'allais devoir me mettre au strip-tease si je ne trouvais rien bientôt. »

« Rien de mal au strip-tease. J'ai dansé le burlesque à l'époque », suggéra Birdie avec un clin d'œil coquin.

« Vraiment ? Je parie que tu faisais haleter tous les hommes après toi », dit Sophie, ses lèvres se courbant en sourire.

« Et comment ! Je faisais du burlesque au début des années 60 », dit Birdie en prenant sa poitrine sous sa robe de chambre à fleurs roses et en donnant un petit déhanchement. « Ces filles-là m'attiraient bien des ennuis. »

Sophie renifla dans son thé, faisant sourire largement Birdie. Voyant Birdie avec ce sourire coquin, Sophie pouvait presque imaginer la jeune femme qu'elle était autrefois.

« C'est ce qui a d'abord attiré mon cher vieux Darren. Cet homme n'a jamais pu me résister », dit Birdie, tenant toujours sa poitrine.

Sophie et Birdie tombèrent dans un silence complice, profitant du thé et de la compagnie.

« Veux-tu rester et regarder mes feuilletons avec moi ? » demanda Birdie tandis que Sophie vidait sa tasse.

« Je ne peux pas, Birdie. Je viens de finir le travail, et j'ai besoin de dormir un peu », dit Sophie avec regret. « As-tu besoin que je fasse quelques courses pour toi plus tard aujourd'hui ? »

« Non, chérie. J'en ai assez pour les prochains jours. Va te reposer. On pourra se voir une autre fois », dit Birdie, serrant doucement la main de Sophie avec des doigts âgés. Sophie fixa la peau mince et pâle couverte de veines, plaça son autre main sur celle de Birdie et la serra doucement.

« D'accord », dit Sophie, se levant du canapé. « Passe une bonne journée. Je te verrai plus tard. »

Se penchant pour donner à Ginsberg une dernière grattouille sous le menton, Sophie sortit et se dirigea vers son appartement pour un sommeil bien mérité.

Enlevant ses bottes près de la porte d'entrée, Sophie se déshabilla en traversant son petit appartement, laissant des vêtements en chemin derrière elle. Elle s'écroula sur son matelas, vêtue seulement de ses sous-vêtements, et s'endormit presque aussitôt.

CHAPITRE 5

Sophie descendit en sautillant les marches du perron de Ma Tatin, son sac en bandoulière sur l'épaule. En passant devant le bar, elle jeta un coup d'œil à l'intérieur, espérant apercevoir Burg. Il était à sa place habituelle derrière le comptoir, en train de parler à un vieil homme voûté.

Agitant la main, elle attira son attention. Burg leva les yeux et leva la main en guise de salut. « Travail ? » mima Burg à l'intention de Sophie. Sophie hocha la tête et leva le pouce. Elle agita de nouveau la main et mima « À plus tard. »

Sophie s'arrêta net, surprise de voir un groupe d'adolescents lui bloquer le trottoir ; d'habitude, elle sentait les problèmes venir.

« T'as pas une petite pièce ? » demanda le gars au milieu.

Sophie haussa les sourcils d'incrédulité. Devant elle se tenaient six personnes, dont aucune ne semblait assez âgée pour acheter de l'alcool légalement. Deux étaient des filles, les autres des garçons. Et ils étaient tous d'une beauté éclatante, vêtus de vêtements impeccables et coûteux. Ils n'avaient pas besoin d'argent ; ils avaient besoin d'un couvre-feu et d'une surveillance parentale.

« Désolée, j'ai pas de monnaie », répondit Sophie en haussant les épaules, jetant un regard sceptique à leurs t-shirts et jeans déchirés façon stylée.

Le tintement joyeux de la cloche de la porte du bar attira leur attention.

« Qu'est-ce que vous faites ? » demanda Burg au groupe d'ados.

« On discute juste avec la jolie dame. Occupe-toi de tes affaires », déclara le meneur.

« Elle, elle est avec moi. Maintenant, laissez-la tranquille et fichez le camp d'ici », déclara Burg, s'interposant souplement entre la bande de rejets de podium et Sophie.

« On ne faisait que parler. Recule, Burg », dit le joli garçon blond flanquant le meneur.

« C'est mon quartier, et elle est sous ma protection. Maintenant, retournez sur votre territoire. Vous êtes les bienvenus ici tant que vous n'embêtez pas les gens sous ma protection. Vous me comprenez ? » dit Burg avec une menace palpable. La colère qui émanait de Burg par vagues presque visibles le faisait paraître encore plus massif que d'habitude.

« Tu es amie avec ce putain d'ogre ? » lança le meneur d'un ton moqueur en se penchant pour voir le visage de Sophie.

Grossier ! Quelqu'un devrait donner une leçon à ce morveux, pensa Sophie.

« Oui, Narcisse, je le suis. Au moins, lui ne ressemble pas à un recalé de la Fashion Week avec un pantalon en cuir deux tailles trop petit. Ça grince quand tu marches ? Tu ferais mieux de pas péter, sinon tout va exploser », railla Sophie.

« Va te faire foutre, connasse ! T'as intérêt à pas perdre la protection de Burg », dit le meneur, tentant d'imiter Burg sans y arriver.

Burg fit un pas vers le groupe. Narcisse recula d'un pas en soufflant, levant les deux mains en signe de reddition.

« Très bien ! On s'en va. Elle n'en valait pas la peine de toute façon ! » cria-t-il tandis que le groupe se retournait et s'éloignait, la queue entre les jambes.

« Tu devrais faire plus attention. Ils n'en ont peut-être pas l'air, mais ils sont dangereux », dit Burg, se tournant vers Sophie avec un froncement de sourcils.

« Oui, papa. Je ferai plus gaffe. S'il te plaît, ne me prive pas de sortie », dit Sophie en levant les yeux au ciel, prenant un air d'ado de quinze ans.

« Espèce de maligne. Allez, file à ton boulot dégueulasse. Je te croyais fainéante, mais te voilà toute contente à l'idée de découper des cadavres », dit Burg en lui faisant une accolade de côté.

« Beurk ! Tu laisses voir ton côté tendre. » Sophie rit, se dégageant de l'étreinte à coups de coude. « Même les fainéantes comme moi peuvent trouver leur job de rêve ! À plus, Burg. »

« À plus tard, Sophie. »

Avec un geste de la main, elle partit dans la rue.

* * *

« COMMENT SE PASSE ta deuxième journée jusqu'à présent ? » demanda Ace, s'attaquant à un récipient de spaghettis au déjeuner, enroulant méticuleusement d'énormes bouchées de nouilles enrobées de rouge et les enfournant dans sa bouche.

« Je devrais te filer un bavoir ? Ou peut-être un tablier », taquina Sophie, alors qu'Ace ouvrait la bouche pour lui montrer sa bouffe à moitié mâchée. Elle plaisanta : « On dirait les intestins qu'on a disséqués tout à l'heure. Avec ce boulot, il en faudra plus pour me dégoûter. »

Avec un sourire acéré, Ace enroula une autre énorme bouchée de pâtes.

« La journée se passe très bien. Ça me plaît vraiment. Mais je suis surprise par le temps qu'on passe sur la paperasse. Je suppose que je ne devrais pas être choquée, mais c'est beaucoup, même avec l'aide d'Amira. Aussi, je suis étonnée par le nombre de victimes d'attaques d'animaux qu'on a eues jusqu'à présent. Ce n'est que ma deuxième journée, mais j'en ai déjà vu trois », dit Sophie, sortant son sandwich au beurre de cacahuète de son sac-repas.

« Oh, je peux expliquer ça », dit Reggie, sautant dans la conversation. « C'est une de mes spécialités. Je prends en charge toutes les autopsies d'attaques d'animaux, pas seulement dans le comté de San Francisco, mais aussi les comtés environnants. »

« Oh. Comment devient-on spécialiste des autopsies d'attaques animales ? » demanda Sophie.

« La pratique », dit Reggie en haussant les épaules. « Comment s'est passé ton rendez-vous avec le gars analyste de données, Amira ? »

« Beurk », fut tout ce qu'Amira dit.

« Oh non », dit Reggie avec des yeux affligés. « Qu'est-ce qui s'est passé ? »

« Il m'a demandé d'où je venais, alors j'ai dit : 'San Francisco'. Puis il a dit : 'Non, je veux dire à l'origine.'Alors, j'ai dit : 'Je suis née à Fresno.' Et puis il a répondu : 'Je veux dire comme à *l'origine* à l'origine. D'où viennent tes gens ?' J'en ai marre. »

« Hé, au moins tu as des rendez-vous », argumenta Ace.

« Si encore un gars m'appelle 'exotique' avec ce regard lubrique et plein d'espoir, je vais finir par leur casser le cou », dit Amira, laissant tomber sa fourchette, dégoûtée.

« Est-ce qu'être appelée exotique est si mal ? » demanda Ace avec un froncement de sourcils confus.

« Je ne suis le fantasme de personne, merci bien. J'en ai marre d'être objectifiée. Ils pensent tous que je vais réaliser leurs fantasmes de concubine de harem. J'en ai marre de devoir les remettre à leur place », dit Amira avec un soupir exaspéré.

D'une façon ou d'une autre, Sophie ne pensait pas qu'Amira les laissait tomber en douceur.

« Tu as de la chance. Moi, j'aimerais qu'une femme me traite comme un objet », se plaignit Ace, faisant éclater Sophie de rire.

« Est-ce que ça te fait du bien de savoir que tu es objectivement insupportable ? C'est assez proche pour toi ? » taquina Sophie, essayant de faire de gros yeux innocents à Ace, avec des cils qui battaient de façon coquette.

« On a une autopsie de priorité un qui arrive », annonça Fitz, passant la tête par la porte de la salle de pause, interrompant la réplique sur laquelle Ace travaillait.

« Ah, mince », dit Reggie, se levant de la table bancale de la salle de pause et remettant son repas dans son sac-repas isolant. « Allez, Sophie. On doit s'occuper de ça immédiatement. Les priorités un prennent le pas sur tout. »

Sophie fourra son sandwich dans le sac en papier brun et le jeta dans le frigo commun. Suivant Reggie dans le couloir, Sophie l'entendit demander à Fitz si un inspecteur assisterait.

« Oui, c'est Volpes », répondit Fitz.

« D'accord, ça pourrait être pire. Volpes, ça va. Il est plus sociable que certains autres. C'est bien que tu le rencontres en premier, plutôt qu'un des autres inspecteurs plus instables », confia Reggie à Sophie.

Sophie haussa les épaules puisqu'elle n'avait aucune idée de ce dont il parlait. Elle suivit Reggie, s'équipant correctement, avant de se diriger vers la salle d'autopsie.

« On en a un vivant », dit un homme à côté d'une civière en entrant dans la salle.

« Je ne crois pas que ce soit vraiment le cas », murmura Sophie, regardant le cadavre mutilé sur la table.

Elle tourna son attention vers l'homme mystérieux, probablement Volpes. Il faisait environ quinze centimètres de plus que la taille de Sophie, qui mesurait un mètre soixante-trois, et semblait avoir la trentaine. Même sous le costume gris anthracite, elle pouvait dire qu'il était mince mais musclé. Il semblait avoir la force gracieuse et svelte d'un danseur. Cependant, l'attitude qui émanait de lui télégraphiait un boxeur arrogant juste avant un combat : tout fanfaronnade et confiance. Ses cheveux châtain clair semblaient avoir besoin d'une coupe dans leur désordre. Pendant qu'elle regardait, il passa ses doigts distraitement dans ses mèches désordonnées, repoussant les vagues de son visage. Il y avait quelques jours de barbe naissante qui ornait sa mâchoire fine, lui donnant l'air d'avoir été trop occupé pour prendre soin de lui correctement. Si ce n'avait été pour la grimace, Sophie aurait pensé qu'il était le garçon d'à côté devenu adulte.

« T'es qui, bordel ? » grogna l'homme en remarquant enfin Sophie.

« Euh, quoi ? » balbutia Sophie, secouée de son examen désinvolte par son ton en colère.

« C'est ma nouvelle assistante d'autopsie, Sophie. Sois gentil. Laisse-la tranquille, *Malcolm* », dit Reggie, écartant davantage le sac mortuaire ouvert pour mieux regarder le cadavre.

« Mac », corrigea l'inspecteur Reggie avec un grognement.

L'homme traversa la salle jusqu'à Sophie, s'arrêtant directement devant elle. Ses yeux parcoururent ses cheveux noirs, descendirent sur son visage de lutin, s'arrêtant à ses bottes à embout d'acier. Sophie regarda ses narines se dilater et ses lèvres se retrousser légèrement de dégoût comme s'il venait d'ouvrir un paquet de fromage moisi.

« Tu n'as rien à faire ici », dit Volpes. « Comment avez-vous pu l'embaucher, Reginald ? Elle va causer des problèmes. »

« Votre nom est Mac. J'ai bien entendu ? » demanda Sophie calmement. « Alors, Mac, avez-vous votre mot à dire sur mon emploi ici ? »

Mac ne répondit pas, se contentant de fixer Sophie, essayant silencieusement de l'intimider. Sophie lui rendit son regard de dur à cuire, mais cela rebondit sur lui comme des cailloux jetés contre une fenêtre.

« C'est ta tête de dur, ou t'essaies juste de pas lâcher un pet ? Je vois pas trop la différence », dit Sophie, ricanant quand Mac ne répondit toujours pas.

« Vous devriez arrêter tant que vous êtes en avance. Vous allez causer des problèmes à ce département, et vous allez voir des choses que vous ne pourrez pas oublier », dit Mac. La royauté parlait à la paysannerie avec moins de dérision que Mac réussissait à insuffler dans chaque mot.

« Ah, donc c'est non ; vous n'avez pas votre mot à dire sur mon emploi ici. Alors, Mac... Va bouffer un sac de bites », lança Sophie, regardant directement dans ses yeux bleu océan profonds.

« Quoi ? » demanda Mac, la mâchoire tombant de surprise.

« Tu m'as entendue. Bouffe. Un. Sac. De bites », répéta Sophie fermement, soulignant chaque mot.

Mac grogna dans sa gorge, faisant un petit pas vers Sophie. Elle se campa face à Mac, prête à lui rabattre le caquet. Ce n'était pas la première fois qu'elle avait affaire à des connards. Le mieux, c'était de les remettre à leur place tout de suite pour leur montrer qu'elle ne se laisserait pas faire. Et quand ils étaient encore à terre, on appuyait là où ça faisait mal. Ou pire.

Si c'est censé être le gentil, à quoi ressemblent les autres inspecteurs ? se demanda Sophie.

« Laissez-la tranquille, Inspecteur Volpes. Si vous voulez rester et assister à cette autopsie, vous serez gentil avec mon assistante. Si vous n'arrivez pas à faire ça, vous pouvez partir, et vous recevrez mon rapport demain matin », avertit Reggie.

« Putain ! Très bien. Désolé, l'assistante », dit Mac avec un faux remords. « J'ai besoin d'informations sur cette mort au plus vite. Lancaster et Hernandez essaient de mettre le coude dans cette affaire, alors donnez-moi quelque chose que je peux utiliser. Putains de loups », cracha Mac, exhalant pratiquement l'irritation à chaque respiration.

Il serait beau s'il n'était pas un tel connard massif, pensa Sophie avec aigreur.

Pendant que Sophie aidait Reggie avec l'autopsie, elle remarqua l'inspecteur ouvrir un carnet du coin de l'œil.

« Basé sur la lividité et le degré de rigidité cadavérique, l'heure estimée de la mort est entre cinq et six heures, donc entre six et sept heures hier soir », annonça Reggie.

Pendant que Sophie enregistrait l'heure estimée de la mort sur le tableau, elle regarda l'inspecteur griffonner dans son petit carnet. Sophie était contente qu'il reste là silencieusement, n'interrompant pas leur travail. Reggie avait un ensemble récurrent d'étapes, un processus systématique qu'il utilisait pour mener chaque autopsie. Elle était contente que Volpes ne perturbe pas le rythme de leur travail.

« La cause de la mort semble être une perte de sang due à une blessure au cou », annonça Reggie. « Sophie, s'il vous plaît, prenez la règle et photographiez cette lacération. »

Pendant que Mac griffonnait dans son carnet, Sophie et Reginald mesurèrent la longueur et la largeur de l'entaille.

« On dirait que la plupart des blessures, y compris l'ablation des membres, semblent avoir eu lieu post-mortem. Il est possible qu'ils aient été enlevés en utilisant un type d'objet tranchant, mais ce n'était pas fait proprement. Voyez ces marques déchiquetées ? » dit Reggie, pointant les blessures et demandant à Sophie de prendre des photos de chacune.

« On dirait que quelque chose l'a déchiqueté », murmura Sophie. « Un monstre envoyant un message. »

« Avez-vous une histoire sur celui-ci ? » demanda Reggie, ses yeux s'illuminant d'anticipation.

« Une histoire ? » interrompit Mac, levant les yeux de son carnet.

« Sophie invente les histoires les plus délicieuses sur les gens sur lesquels nous faisons des autopsies. Ça m'a bien diverti ces deux derniers jours », expliqua Reggie.

« Oh, les histoires sont délicieuses, n'est-ce pas ? » demanda Mac sarcastiquement, le dédain dégoulinant de chaque mot.

Sophie fit semblant de se gratter le front avec son majeur, regardant les yeux de Mac s'élargir de surprise puis se plisser avec un ricanement.

« Pas d'histoires aujourd'hui, Reg. Je ne suis pas là pour amuser les connards », dit Sophie calmement à Reggie, ne voulant pas inventer une histoire sachant que Mac écouterait.

Elle était encore surprise que la plupart des autopsies prennent moins d'une heure à compléter, du début à la fin. Si quelqu'un lui avait demandé avant qu'elle prenne ce travail, Sophie aurait supposé qu'une autopsie prenait plusieurs heures. Même si l'autopsie prit le même temps que d'habitude, elle sembla traîner interminablement. Savoir que l'inspecteur regardait chacun de leurs mouvements donnait à Sophie l'impression que sa peau était trop serrée et la démangeait.

Sophie poussa un soupir de soulagement silencieux quand ils finirent enfin avec le corps, et elle roula la victime dans le frigo. Retournant à contrecœur vers la salle d'autopsie pour finir le nettoyage post-autopsie, Sophie fut contente de voir que l'Inspecteur Mac Volpes était parti.

Plusieurs heures plus tard, alors que la fin de son service approchait, Sophie rassembla les derniers échantillons et spécimens à livrer à Ace. Reconnaissante pour le chariot, elle appuya une partie de son poids sur le chariot métallique en le poussant dans le couloir. Ses yeux se sentaient granuleux et flous.

Sophie réalisait maintenant qu'elle avait passé son premier service de nuit hier purement grâce à l'adrénaline de l'aventure et un désir de faire ses preuves. Ce soir, une partie de la nouveauté de son travail s'estompait, et Sophie sentait le poids de l'épuisement peser sur elle. Son corps ne s'était pas encore ajusté à son nouvel horaire nocturne, et elle en sentait chaque minute.

Roulant le chariot dans le laboratoire d'Ace, Sophie l'aperçut en train de parler à Amira. Elle était appuyée contre le bureau d'Ace, l'encerclant là où il était assis. Ace regardait Amira d'un air sombre, ayant l'air de vouloir l'étrangler. Jetant un coup d'œil au regard aux yeux plissés qu'Amira donnait à Ace, Sophie supposa qu'ils se chamaillaient encore. Amira fixa Ace avec défi, puis tendit la main et poussa lentement un stylo de son bureau avec un doigt, tout en maintenant un contact visuel intense et furieux.

Se levant, Amira fit virevolter ses cheveux dans un mouvement dramatique et passa devant Sophie en sortant de la salle.

« Ne déconne pas avec moi, *Azeban* », lança Amira par-dessus son épaule.

« Ne m'appelez pas comme ça ! » beugla Ace après elle.

« Pourquoi tu la cherches, Amira ? Tu sais que ce chat a des griffes », dit Sophie, secouant la tête d'exaspération. Ace renifla de dédain.

« Pff, elle est inoffensive. »

« J'ai déjà rencontré des femmes comme elle. Tu la pousses trop loin, et elle risque de te trancher la gorge et elle prendra plaisir à regarder ton sang couler », avertit Sophie.

Ace jeta un petit regard nerveux vers le dos d'Amira qui s'éloignait rapidement.

« Tu n'aimes pas être appelé par ton nom complet ? » demanda Sophie.

« Pas vraiment. C'est difficile à dire, et les connards m'appelleront exprès Azkaban pour m'énerver », dit Ace.

« Qu'est-ce que c'est, Azkaban ? » demanda Sophie. « Laisse tomber, je peux voir à ton visage horrifié que c'est un film ou quelque chose que je dois absolument voir. Ça ne m'intéresse pas, alors ne te donne pas la peine. J'aime le nom Azeban. Ça sonne classe. Qu'est-ce que ça veut dire ? »

« Comment peux-tu ne pas connaître Azkaban ? De Harry Potter ? Tu as vécu sous un rocher ? » demanda Ace dans un choc perplexe. « Peu importe. Je dois faire semblant de ne pas avoir entendu ça, ou je ne pourrai plus jamais te regarder en face. Mon père m'a nommé d'après le dieu trickster raton laveur Abenaki Azeban. Il a un sens de l'humour étrange. Et ma mère lui cède trop souvent. »

« Awww. On dirait qu'ils s'aiment », dit Sophie avec un ton faussement sucré, bien qu'elle n'admettrait jamais que leur relation semblait douce, surtout pas à un grincheux comme Ace. « Tiens, j'ai les derniers échantillons de la nuit. »

Remettant les spécimens, Sophie partit après un bref au revoir. S'arrêtant au bureau de Reggie, elle vérifia s'il n'avait besoin de rien d'autre.

« Non, on est parés ici. Je suis sur le point de partir aussi. Passez une bonne nuit... euh... journée, je veux dire. Je vous verrai demain », dit Reggie avec un geste de la main.

« Hé, Reg, je voulais juste te dire merci de m'avoir donné cette chance. Tu ne vas pas le regretter. Et je ne vais pas causer de problèmes. L'Inspecteur Connard se trompe sur moi. »

LE TRAJET de retour fut un flou pour Sophie, et elle poussa un soupir de soulagement en descendant du bus.

À mi-chemin du dernier pâté de maisons vers Ma Tatin, des frissons remontèrent le long de la colonne vertébrale de Sophie, et les poils de sa nuque se dressèrent tous d'un coup. S'arrêtant devant le bar, Sophie fit semblant de regarder à l'intérieur de la grande baie vitrée. Utilisant le reflet du verre, elle essaya de regarder discrètement autour d'elle et de comprendre ce qui mettait ses sens en alerte. Du coin de l'œil, Sophie aperçut une silhouette sombre se précipiter dans la ruelle de l'autre côté du bar de Burg.

Sophie se retourna et courut dans la ruelle du côté opposé du bâtiment. Le passage n'était guère plus qu'un corridor étroit entre le bar et Ma Tatin. Si quelqu'un la suivait, il pourrait faire le tour de l'arrière du Petit Poucet et l'intercepter avant qu'elle n'atteigne la sécurité de son foyer. Courant aussi vite que ses pieds le lui permettaient, Sophie tourna le coin et glissa jusqu'à s'arrêter contre le mur de brique, cachée de la vue par une pile de caisses branlantes.

Le dos pressé contre le mur rugueux du bar, Sophie tourna la tête pour pouvoir voir un mince filet de la ruelle depuis derrière une caisse en bois. La ruelle était brillante et rétroéclairée par le soleil matinal. Elle regarda une silhouette sombre surgir au coin et passer rapidement devant elle. Juste au moment où l'homme courait, Sophie sortit et, utilisant son élan à son avantage, le poussa fort entre les omoplates.

L'homme trébucha jusqu'à s'arrêter, manquant presque de tomber, puis se retourna pour faire face à Sophie.

« Pourquoi me suivez-vous ? » demanda Sophie, évaluant l'homme. Il semblait avoir une vingtaine d'années, seulement quelques années de moins qu'elle. Yeux clairs, cheveux clairs, bronzage de fermier sur ses bras musclés dépassant des manches de son t-shirt. Son visage semblait encore essayer de s'accrocher à sa graisse de bébé, lui donnant l'air d'un adolescent malgré les cicatrices d'acné fanées.

Il se tenait, faisant face à Sophie de front, donc soit il n'avait pas été dans beaucoup de bagarres, soit il était confiant que sa taille plus grande ne lui ferait pas peur. Avec sa taille beaucoup plus grande, probablement plus d'un mètre quatre-vingts, Sophie décida qu'elle devrait aller bas, ou sa sur-confiance pourrait finir par être justifiée.

« Sebastian m'a envoyé pour vous donner une leçon », dit l'homme-enfant de façon inquiétante.

« C'est qui ce Sebastian, bordel ? »

« Vous l'avez manqué de respect hier soir », dit-il, faisant craquer dramatiquement son cou.

« Tu veux dire Narcisse ? Il t'envoie à sa place, quel lâche », rétorqua Sophie, tournant son corps de côté et se mettant en position de combat.

Levant les deux bras pour protéger son visage, Sophie rebondit légèrement sur ses pieds. Sophie savait qu'elle devait finir ça aussi vite que possible. Le gamin fit deux pas vers Sophie, faisant de la boxe dans le vide pour échauffer ses bras, s'attendant à ce qu'elle recule. Sophie réussit à le prendre au dépourvu quand elle bondit vers l'avant à la place et martela un coup de pied à sa cuisse intérieure. Sophie mit autant de son poids que possible dans le coup de pied. Le gamin baissa sa garde, tendant les deux mains vers sa cuisse et commença à courber son corps vers le bas. Sophie profita de cela en l'attrapant par l'arrière de la tête et en lui donnant un coup de genou directement dans le visage. Elle put sentir le craquement de son nez se cassant contre son genou.

Avec une poussée, Sophie poussa le gamin pour qu'il tombe contre le mur de brique. Ricanant, Sophie ramassa un morceau familier de clôture rouillée et l'utilisa pour relever le menton du gamin, soulevant son visage pour qu'elle puisse le regarder dans les yeux. Avec son visage poupin et ses grands yeux, il ressemblait à un chérubin déchu. *Chérubin*, pensa Sophie avec ironie.

« J'ai un message pour Narcisse que je veux que vous livriez. » Elle ne se donna pas la peine de rappeler son vrai nom. « Vous lui dites que s'il a un problème avec moi, il doit venir me voir lui-même. Plus de larbins à visage de bébé. Vous avez de la chance que ce soit moi qui vous aie remarqué et pas Burg. Il vous aurait vraiment botté le cul », déclara Sophie. Elle ajouta le truc de Burg juste comme renforcement, mais basé sur la façon dont les yeux de Chérubin s'élargirent, le nom de Burg lui inspirait de la peur.

« T'es sous la protection de Burg ? » balbutia Chérubin, les yeux écarquillés d'effroi.

« Oui. Et Narcisse le sait. Laissez-moi deviner... Narcisse vous a dit que si vous me bottiez le cul, il vous laisserait entrer dans sa petite bande, pas vrai ? Ils ne vont jamais vous laisser entrer. Ils vous ont envoyé ici pour me faire du mal, sachant parfaitement que les répercussions de Burg retomberaient entièrement sur vous. Vous savez au fond de votre cœur qu'ils nieraient vous avoir envoyé, prétendant que vous avez décidé de m'attaquer tout seul. Ils ne vont jamais vous faire partie de leur bande. Je les ai rencontrés, rappelez-vous ? Et franchement, vous n'êtes pas assez joli. Ils vous utilisent. Et vous les laissez faire », ricana Sophie dans son visage.

Elle inventait juste cette partie mais basé sur le regard sur son visage, la pique avait dû sonner vrai pour le gamin. Il donna à Sophie de gros yeux blessés de chiot, et elle dut se rappeler que pas deux minutes plus tôt, il n'avait aucun problème avec l'idée de lui causer de la douleur.

Avec un grognement agacé, Sophie laissa Chérubin dans la ruelle, le laissant pleurer sur son nez cassé et son orgueil blessé.

CHAPITRE 6

En entrant d'une démarche tranquille dans le hall de l'institut médico-légal, Sophie adressa un hochement de tête à la réceptionniste impeccable, Mlle Zhao. Il ne manquait à Mlle Zhao qu'une paire de lunettes à monture d'écaille perchée sur son nez délicat pour parfaire le look stéréotypé de la bibliothécaire. Quelque part dans la mi-trentaine, cette femme asiatique élancée n'avait jamais l'air de moins qu'impeccable dans ses pantalons impeccablement repassés et ses chemisiers simples mais élégants.

Retirant son bonnet en tricot et le fourrant dans son sac, Sophie passa devant le bureau de la réceptionniste en lui adressant un petit geste de la main et poussa les doubles portes alors que les verrous bourdonnaient en s'ouvrant. Sophie passa ses doigts dans sa frange, essayant de se recoiffer.

Amira était déjà dans le vestiaire, rangeant ses affaires dans un casier quand Sophie entra. Alors qu'elles échangeaient un rapide salut, Amira fit tomber quelque chose. Comme les mains d'Amira semblaient occupées, Sophie se pencha et ramassa un fin collier rose.

« Oh ! Tu as un animal de compagnie ? » demanda Sophie, puis remarqua que la médaille accrochée au collier portait le nom « Amira ». Sentant ses yeux s'écarquiller comme des soucoupes, Sophie regarda Amira puis de nouveau le collier. Il fallut un moment à Sophie pour se remettre de son choc, mais ensuite un petit rire nerveux et un peu horrifié lui échappa.

Amira arracha le collier des mains de Sophie avec un « Rends-moi ça ! » exaspéré.

« Waouh, Amira ! C'est osé. Je ne savais pas que tu avais un maître », dit Sophie en haussant les sourcils d'un air suggestif.

« Oh, s'il te plaît, c'est moi qui tiens les rênes ici », dit Amira en pinçant ses lèvres peintes en bordeaux.

« J'en suis sûre », pouffa Sophie.

Amira fit voltiger ses cheveux soyeux de façon dramatique, et Sophie sentit une pointe d'envie la brûler. Elle ne serait jamais si naturellement sophistiquée et glamour. *Mais ce n'est pas grave,* pensa Sophie, *il doit bien exister un homme quelque part qui cherche une fille un peu fainéante, sarcastique et mordante, avec une fascination pour le côté morbide de la vie.*

« Attends, tu avais dit que tu étais célibataire, non ? » demanda Sophie soudain confuse.

« Je le suis. Ma situation est "compliquée". Tu sais ce que c'est », dit Amira, avec des guillemets dans l'air.

Sophie leva les mains en signe de reddition. « Je préfère ne pas savoir. Je n'ai pas besoin de détails ! »

Secouant la tête, Sophie changea rapidement ses vêtements pour une tenue de bloc, se dirigeant vers la salle d'autopsie pour retrouver Reggie. Elle se prépara mentalement à la manière étrange de mourir qu'elle était sur le point de voir. Parce que la spécialité de Reginald était les cas inhabituels, Sophie avait vu toutes les manières de mourir imaginables : de l'empoisonnement, à la personne sciée en deux, à l'homme vidé de son sang. En une semaine, Sophie avait vu toutes les manières horribles qu'une personne pouvait infliger à une autre.

Le pire fléau de l'humanité, ce sont les humains eux-mêmes. Sophie entra dans la salle d'autopsie et vit Reggie qui l'attendait déjà avec leur premier client du jour.

* * *

QUELQUES HEURES PLUS TARD, Fitz passa la tête dans la salle d'autopsie. « Hé, juste pour vous prévenir, nous avons une priorité un. Code Rouge, Reginald », annonça-t-il avec une expression sérieuse sur son visage impérieux.

« Un Code Rouge ? Je vois. Des détectives assisteront-ils ? » demanda Reggie, l'air inquiet.

« Ouais. C'est Hernandez et Lancaster. Ils seront là dans quelques minutes », dit Fitz avec une petite grimace.

« Merci de me prévenir. Si vous pouviez dire aux inspecteurs que nous devrions avoir terminé cette autopsie dans environ dix minutes, je vous en serais reconnaissant », dit Reggie.

Une fois que Fitz se tourna pour partir, Reggie lança un regard inquiet à Sophie.

« Qu'est-ce qu'un Code Rouge ? » demanda Sophie avec inquiétude.

« Bon sang. J'espérais pouvoir t'y amener en douceur », dit Reggie en se tordant les mains.

Les yeux de Sophie s'écarquillèrent de surprise en entendant Reggie prononcer un juron. Reggie semblait toujours gérer chaque situation avec un calme imperturbable et une gentillesse bienveillante. Même les disputes constantes d'Ace et d'Amira ne semblaient pas créer de remous dans la façade calme de Reggie.

« Te souviens-tu quand je t'ai dit que nous nous occupions de tous les cas étranges et inhabituels de la ville ? Eh bien, je ne veux pas t'alarmer, mais il y a certains cas que nous recevons et dont la population humaine générale ne peut jamais avoir connaissance. »

« Qu'est-ce que tu veux dire par population *humaine* ? » lança Sophie, interloquée.

« Il y a certains corps que nous recevons ici qui ne sont pas entièrement humains. Te souviens-tu quand tu as plaisanté en disant que des vampires avaient vidé le corps exsangue l'autre jour ? » demanda Reggie.

« Ouais... » souffla Sophie, traînant sur le mot.

« Eh bien, tu vois, tu avais raison. Cette victime a été tuée par un vampire. Ils sont réels. Un Code Rouge est un vampire mort. Nous sommes sur le point de faire l'autopsie de l'un d'eux », expliqua Reggie, précipitant ses mots comme s'il devait physiquement pousser les mots hors de sa bouche à la fin.

« Conneries », dit Sophie en plissant les yeux. « Tu te fous de moi. C'est quoi, un Code Rouge, en vrai ? »

« Je jure que je ne plaisante pas », plaida Reggie. « Je ne ferais pas une blague cruelle comme ça. Je te dis la vérité. Les vampires sont réels. »

Sophie ouvrit et ferma la bouche plusieurs fois, mais rien ne sortit. Des vertiges et un bourdonnement dans ses oreilles firent que Sophie se pencha et agrippa ses genoux. Il fallut plusieurs respirations lentes avant que sa tête arrête de tourner et que les points noirs clignotant devant ses yeux commencent à s'estomper.

« Qu'est-ce que c'est que cette merde, Reg ! Pourquoi tu ne m'as rien dit de tout ça plus tôt ? » exigea Sophie.

« Je sais, je sais ! C'est beaucoup. J'aurais dû te le dire plus tôt. Je pensais avoir plus de temps. S'il te plaît, ne panique pas. Si nous pouvons juste passer cette prochaine autopsie, je répondrai à toutes tes questions, d'accord ? » supplia Reggie, joignant ses mains sous son menton en supplication.

« Les vampires sont réels ? Tu ne plaisantes pas ? »

Reggie secoua la tête, joignant toujours ses mains étroitement sous son menton.

« Merde alors. D'accord. Merde », dit Sophie, se frottant une main sur le visage. « Donne-moi une seconde. »

Je peux faire ça. Je peux prétendre que découvrir que les monstres sont réels n'est pas effrayant et étrange et troublant. Encore une journée comme les autres, se sermonna Sophie.

« Tu me diras tout quand nous aurons fini », exigea Sophie, pointant un doigt accusateur sur Reggie, qui hocha de nouveau la tête.

Quelques minutes plus tard, Fitz fit rouler une civière couverte d'un sac mortuaire noir, suivi de deux hommes imposants. Tous deux étaient grands et larges, l'un en costume gris et l'autre en bleu marine. Ils semblaient tous deux avoir à peu près la même taille que Fitz, mais là où Fitz était élancé avec une grâce élégante, ces hommes étaient massifs comme du granit. L'homme en costume bleu marine était rasé de près avec des cheveux poivre et sel. Sous un sourcil épais, ses yeux bleus perçants sautèrent par-dessus Sophie et se posèrent sur Reggie avec un froncement de sourcils. En costume gris ardoise, l'autre homme semblait avoir au moins dix ans de moins que l'autre inspecteur et avait des cheveux si foncés qu'ils semblaient bleu-noir. Il était presque joli – traits larges et masculins, yeux brun foncé et longs cils balayants – mais quelque chose dans ses yeux donna envie à Sophie de reculer d'un pas.

Normalement, Fitz aidait à faire passer le corps aux rayons X et à le peser à leur arrivée, mais Sophie le regarda battre une retraite précipitée.

« Tu ne restes pas pour aider à l'admission ? » demanda Sophie doucement, s'approchant de Fitz alors qu'il ouvrait la porte pour partir.

« Euh, non. J'ai un truc que je dois rattraper. Euh, de la paperasse, je veux dire j'ai de la paperasse que je dois rattraper », dit Fitz avec embarras, jetant un coup d'œil vers les deux inspecteurs.

Fitz se glissa hors de la salle d'autopsie sur la pointe des pieds, laissant Sophie et Reggie seuls avec les inspecteurs et un vampire mort.

Les deux inspecteurs rayonnaient de menace et de dédain en parts égales. L'agressivité se manifestait dans leurs mouvements saccadés et leur posture tendue. Sophie se sentit un peu coupable de se sentir heureuse qu'ils semblent tous les deux l'ignorer complètement, concentrant leur attention combinée uniquement sur le pauvre Reggie.

Si elle n'avait pas appris à si bien connaître Reggie cette semaine, Sophie n'aurait peut-être pas remarqué à quel point Reggie était mal à l'aise et silencieux. Non pas qu'elle puisse le blâmer ; ces types étaient bien trop intenses.

Est-ce qu'ils ont regardé trop de séries policières quand ils étaient enfants ? Ils ont besoin de se détendre. Baisser la menace d'un cran, pensa-t-elle avec sarcasme.

« Bonsoir, Inspecteurs. Y a-t-il quelque chose que je dois savoir sur ce Code Rouge ? » demanda Reggie. Étonnamment, Reggie semblait bien tenir le coup sous les regards jumelés des jumeaux maléfiques.

« Nous ne pensons pas. On dirait qu'un chasseur a interrompu un mordre-et-filer », dit l'inspecteur en costume bleu marine.

« Resterez-vous pour l'autopsie, Inspecteur Lancaster ? » demanda Reggie d'un ton professionnel froid.

Lancaster jeta un coup d'œil à l'homme en costume gris qui, d'après la logique de Sophie, devait être l'Inspecteur Hernandez. Hernandez donna un bref hochement de menton en affirmation.

Sophie réussit tout juste à retenir son soupir de déception. Ces deux-là avaient réussi à remplir toute la salle d'autopsie d'un air d'inconfort et d'agressivité à peine contenue. Il n'était pas étonnant que Fitz ait battu une retraite précipitée, plutôt que de rester et d'aider comme d'habitude.

Habituellement, Sophie aurait eu quelque chose d'impertinent à dire, mais elle décida de faire profil bas. Silencieusement,

Sophie dézippa le sac mortuaire pour préparer le vampire à l'autopsie. Écartant le rabat du sac, Sophie s'arrêta quand elle jeta un coup d'œil au visage de la victime.

« Qu'est-ce qui ne va pas ? » demanda Reggie quand il remarqua que Sophie se figeait.

Pendant un moment, elle fixa juste le visage éthéré d'albâtre du jeune homme. Puis, ses yeux glissèrent vers son jean artistiquement déchiré, confirmant les soupçons de Sophie. « J'ai déjà vu ce type. »

Hernandez et Lancaster s'animèrent comme deux hyènes apercevant une gazelle blessée.

« Explique », exigea Hernandez.

Sophie détailla ses interactions avec Narcisse, alias Sebastian, et sa bande de crétins. Le vampire mort était l'un des jolis garçons qui se tenaient avec Sebastian quand Burg l'avait sauvée de ce qu'elle pensait être une tentative de vol avortée.

« Ce Burg s'est interposé entre toi et un coven de vampires ? Quel est le nom de famille de Burg ? » interrompit Lancaster.

« Euh, je ne sais pas. Il possède le pub Le Petit Poucet sur Hyde Street. »

« Ce Burg a dit que tu étais sous sa "protection". Tu couches avec lui ? » demanda Hernandez.

« Je ne connais même pas son nom de famille, et tu penses que je couche avec lui ?! Non, je ne sors pas avec Burg. Nous sommes juste voisins et amis », s'exclama Sophie avec indignation.

« Penses-tu que Burg sait qu'ils étaient des vampires ? » demanda Lancaster, posant une main apaisante sur le bras d'Hernandez.

Sophie ouvrit la bouche pour donner une réplique négative rapide, puis s'arrêta une seconde. « Euh, peut-être ? » dit-elle lentement. « Il m'a bien prévenue qu'ils étaient plus dangereux qu'ils n'en avaient l'air. »

Pendant que Lancaster prenait rapidement des notes, Sophie

leur raconta toute la situation avec Sebastian, y compris son échange avec Chérubin le lendemain.

« Penses-tu qu'il était sage de se battre avec un homme plus grand que toi ? » demanda Hernandez avec un froncement de sourcils désapprobateur.

« Tu te prends pour mon père, ou quoi ? Aurais-je dû le laisser me botter le cul sans me défendre ? Je peux me débrouiller. J'ai eu un peu d'entraînement. En plus, je ne me suis battue que parce que j'ai eu l'avantage de la surprise. »

Lancaster referma son petit carnet d'un coup sec et se tourna vers Reggie. « Nous partons pour suivre cette piste. Envoie-moi un texto si l'autopsie révèle quelque chose d'inhabituel », commanda Lancaster.

Impoli, non ? Pas de s'il vous plaît, pas de merci ? Quel connard, pensa Sophie.

« Ne quittez pas la ville », ordonna Lancaster, pointant un doigt vers Sophie.

Avec ce dernier ordre, les deux inspecteurs firent demi-tour et sortirent à grands pas de la salle d'autopsie.

« Ne quittez pas la ville », se moqua Sophie en levant les yeux au ciel. « Tu crois qu'il prend son pied à chaque fois qu'il peut dire ça ? Où il pense que je vais aller ? »

« Tu as dit que tu avais un peu d'entraînement au combat. Où as-tu appris à te battre ? »

« C'était peut-être un peu exagéré. J'étais réceptionniste dans une salle de boxe pendant quelques mois. Le propriétaire m'aimait bien et m'a montré les bases », dit Sophie en haussant les épaules.

« Pourquoi tu t'es fait virer de ce boulot ? » demanda Reggie avec un sourire entendu.

« Il s'avère que ces grosses brutes avaient des egos étonnamment fragiles. Dire à un mec que les muscles ne compensent pas le manque de personnalité le fait filer droit chez le patron pour se plaindre. »

Après les photographies initiales et les rayons X, Sophie emballa les vêtements ruinés et coûteux du vampire. Retirer sa chemise révéla une grande plaie béante dans son abdomen.

« Il semble que nous ayons trouvé la cause du décès », constata Reggie en désignant la blessure.

« Vraiment ? Toutes les histoires disent qu'il faut planter un pieu dans le cœur d'un vampire. »

« Les vampires peuvent être tués comme n'importe qui d'autre ; ils sont juste plus difficiles à tuer qu'un humain. Les empaler au cœur ou les décapiter sont juste les méthodes les plus efficaces pour les tuer. Comme un humain. En plus, je soupçonne que ce vampire a effectivement été empalé au cœur. Tu sais comme le sternum est dur et épais ; c'est plus facile de poignarder par l'abdomen et ensuite d'incliner l'arme vers le haut derrière le sternum », expliqua Reginald.

« Oh wow. Donc, le chemin vers le cœur d'un homme passe vraiment par son estomac », renifla Sophie.

« Techniquement, oui. Aussi, les vampires ont tous entendu cette blague avant, et tu pourrais regretter de la faire en face d'eux », avertit Reggie.

« Qu'est-ce qu'un mordre-et-filer ? » demanda Sophie alors qu'ils déplaçaient le corps sur la table d'autopsie.

« C'est un terme familier pour décrire comment certains vampires se nourrissent, surtout les vampires solitaires qui ne font pas partie d'un Domus. Ils boiront une petite quantité de sang d'un humain et feront oublier cette alimentation à cette personne. Une partie du pouvoir d'un vampire est qu'ils peuvent effacer de petits bouts de mémoire. Ce n'est pas dangereux pour la victime humaine, mais beaucoup d'autres créatures ont un problème avec cette pratique », expliqua Reggie en commençant l'autopsie.

Sophie mâchonna cette information pendant une minute en regardant le joli vampire blond sur la table. « Est-ce que tous les vampires sont beaux comme ce type ? » demanda-t-elle.

« Non. Mais la plupart le sont. Les vampires prisent la beauté. »

« Tu as dit un mot que je ne connais pas. Qu'est-ce qu'un Domus ? » demanda Sophie alors qu'ils préparaient le corps et collectaient des échantillons de cheveux. Un examen sommaire ne révéla aucune fibre ni aucun autre objet étranger sur le corps.

« La plupart des vampires font partie d'un Domus, qui est comme un clan ou une petite famille. Un Domus de vampires garde généralement des humains autour pour fournir du sang. Les humains sont là volontairement dans l'espoir qu'ils seront finalement transformés en vampires. Ils sont appelés Volos, mais beaucoup de gens les appellent Veines en cachette. Je pense que c'est un nom cruel, bien que j'admette ne pas pouvoir comprendre pourquoi quelqu'un voudrait être un Volo », dit Reggie.

« Domus ? Volos ? C'est du grec ou quoi ? » demanda Sophie en prenant les empreintes digitales du vampire.

« Du latin en fait. Domus signifie maison ou famille. Et Volos signifie plein d'espoir ou vouloir ou quelque chose comme ça. Les vampires sont très snobs, donc ils adorent utiliser le latin pour nommer les choses », dit Reggie en levant les yeux au ciel.

« Lancaster a dit qu'il pensait qu'un chasseur avait tué le vampire pendant un mordre-et-filer... Qu'est-ce qu'un chasseur ? Ça sonne comme un titre. »

« Il existe un groupe de fanatiques humains dont le seul but est d'éliminer les vampires. Il n'en reste plus beaucoup. La plupart ont été éliminés pendant les années 1980 », expliqua Reggie.

« Tout ça, c'est tellement putain de bizarre », dit Sophie, pendant que Reggie commençait la première incision en Y pour commencer l'autopsie.

* * *

« HEIN », dit Sophie presque une demi-heure plus tard.

« Qu'est-ce qu'il y a ? Tu vois quelque chose d'inhabituel ? » demanda Reggie.

« Non, rien d'inhabituel. C'est ça qui est si dingue. Si tu ne m'avais pas dit que c'était un vampire, je n'aurais même pas su. Je pensais que les organes internes seraient différents d'une façon ou d'une autre. Dans tous les livres, ils appellent les vampires les morts-vivants. Je pensais... je ne sais pas, que ses organes internes seraient desséchés ou quelque chose comme ça. » Sophie haussa les épaules.

« Oh, ne les appelle jamais les morts-vivants. Ils sont juste transformés d'humains en quelque chose de différent. En plus, ils n'aiment vraiment pas quand on les appelle comme ça », avertit Reggie.

« Transformés ? Qu'est-ce que tu veux dire ? Comment sont-ils transformés ? »

« Il y a un virus dans leur sang. Beaucoup de gens ont essayé de l'étudier, mais il échappe à nos tentatives de l'étudier. Il a des propriétés magiques qui interfèrent avec les lectures des instruments médicaux. Il rend les vampires plus rapides, plus forts, et ils vieillissent beaucoup, beaucoup plus lentement. Cependant, le vampire a besoin de plus de sang que son corps ne peut en produire seul pour survivre. Ma théorie est que leurs globules rouges ne peuvent pas suivre les demandes de leur corps amélioré. Le cycle de vie moyen d'un globule rouge chez un humain est de 120 jours. Le peu de recherche que nous avons suggère que la durée de vie des globules rouges d'un vampire est la moitié de cette durée. Ils sont incapables de produire assez de sang seuls pour suivre les besoins de leur corps. Ace pourrait probablement expliquer ça mieux que moi », dit Reggie, une lueur excitée brillant dans ses yeux.

Sophie sourit en elle-même devant l'excitation de Reggie sur le sujet. *Il aurait dû être enseignant ou scientifique*, pensa-t-elle avec affection.

« Non, tu l'expliques très bien. Est-ce que la lumière du soleil tue les vampires, comme dans les films ? » demanda Sophie, regardant la peau lisse, presque blanc laiteux du vampire.

« La lumière du soleil ne tue pas les vampires. Ils n'explosent pas spectaculairement en poussière. » Reggie gloussa. « Avec le temps, leurs corps arrêtent de produire de la mélanine. Plus le vampire est âgé, moins il a de mélanine. Plus la peau d'un vampire est pâle, plus il est probablement âgé. Ce n'est pas une façon garantie de savoir puisque les gens commencent avec des tons de peau variés. Plus ils sont âgés, plus ils éviteront la lumière du jour puisque le spectre UV de la lumière du soleil causera de l'inconfort. Basé sur la pâleur de la peau de celui-ci, je devinerais qu'il a plus de 60 ans », devina Reggie.

« Il n'a même pas l'air assez vieux pour acheter une bière ! » s'exclama Sophie. « Sont-ils immortels ? Vivent-ils éternellement ? »

« Ils ne sont pas immortels, mais ils vivent exceptionnellement longtemps. Il y a eu quelques vampires dont nous savons qu'ils ont vécu plus de 300 ans. Ils vieillissent, mais très lentement. Ils gardent une apparence jeune pendant la plupart de leur vie », dit Reggie.

« Ça doit être sympa. » Sophie sourit. « Comment peux-tu même dire que c'est un vampire ? À part être si beau et pâle, tout chez lui semble humain. Autre qu'examiner son sang, je suppose. »

« Il y a une façon infaillible », dit Reggie. Il releva la lèvre du vampire pour montrer à Sophie ses canines pointues.

« Des crocs », s'exclama-t-elle, stupéfaite.

« Des crocs », confirma Reggie. « Les vampires ont des canines prononcées. À leur mort, ils ne redeviennent pas complètement humains comme le font les métamorphes. C'est la façon la plus rapide d'identifier un vampire. »

« D'accord, ça– » Sophie s'arrêta et regarda Reggie. « Attends... tu as dit métamorphes ? Comme, euh, comme les loups-garous et tout ça ? »

« Ne les appelle pas loups-garous. Ils détestent ça. Appelle-les loups-métamorphes », dit Reggie.

« Attends une minute. Juste... Tu te fous de moi ? » Sophie regarda Reggie avec incrédulité. « Les vampires sont réels. Les "loups-métamorphes" sont réels. Qu'est-ce qu'il y a d'autre là-dehors ? »

« Eh bien, il y a toutes sortes de métamorphes, pas seule-ment les loups. Il y a aussi les fées, les gobelins, les ogres, les sorcières, les sirènes... Presque toutes les créatures magiques mentionnées dans les mythes existent probablement », dit Reggie.

« Putain de merde. Comment tu sais tout ça ? » demanda Sophie.

« Euh, eh bien... Je ne suis pas entièrement humain moi-même », Reggie s'interrompit, une expression inquiète sur le visage. « J'espère que ça ne change pas ce que tu ressens pour moi. Je ne veux pas perdre ton amitié. »

« Reggie, non », dit Sophie d'un ton plaintif. « Tu es mon ami, et tu es un type bien. Je me fiche que tu ne sois pas entièrement humain. Ça ne change rien entre nous, d'accord ? Tu ne peux pas te débarrasser de moi si facilement. »

Reggie poussa un petit souffle de soulagement et cligna rapi-dement des yeux. Se sentant mal à l'aise avec la démonstration d'émotion de Reggie, Sophie se tourna vers le vampire étalé sur la table d'autopsie en acier inoxydable, fixant sans voir ses traits délicats et elfiques.

« Ça va ? » demanda Reggie, posant une main rassurante sur l'épaule de Sophie.

Secouant la tête, Sophie regarda Reggie. « Ouais, ça va. Je pense que toute cette information folle a surchargé mon cerveau. Donne-moi juste une minute, et je serai de nouveau remise sur pied. »

« Que dirais-tu qu'une fois que nous aurons terminé cette autopsie, nous prenions un déjeuner anticipé, et nous pourrons parler davantage. Je répondrai à toutes les questions que tu as alors. »

« Marché conclu », dit Sophie avec un rapide sourire.

« Veux-tu me raconter une histoire sur le vampire ? Je pense que nous pourrions tous les deux avoir besoin de distraction », demanda Reggie.

Alors que Reggie et Sophie se remettaient au travail, Sophie commença à tisser son récit. « Ce type était le bras droit de Sebastian. Tout le monde l'appelait Montgomery, mais son vrai nom était Jerry. Dans les années 1950, il s'est renommé d'après le beau gosse Montgomery Clift. Jerry avait été nommé d'origine d'après son père, un homme qu'il méprisait, alors il l'a changé. Encore un type avec des problèmes de père. »

Reggie renifla d'amusement. « A-t-il été tué pendant un mordre-et-filer comme Lancaster et Hernandez l'ont suggéré ? »

« E-n-n-u-y-e-u-x », chantonna Sophie. « Non, quelqu'un a organisé ce meurtre pour que ça ressemble à une attaque de chasseur, mais ce n'en était pas une. Le meurtrier a attrapé Jerry à Twin Peaks en route pour rendre visite à sa petite amie humaine secrète : Bridgette. Le tueur a utilisé la même arme que les chasseurs utilisent – un pieu recourbé en bois. »

« Courbé ? Pourquoi est-il courbé ? » encouragea Reggie.

« C'est comme tu l'as expliqué plus tôt. C'est trop difficile de percer le cœur à travers le sternum. Ils utilisent un pieu en bois courbé conçu pour entrer par l'abdomen et ensuite se courber naturellement vers le haut pour frapper le cœur du vampire en une poussée solide. Ils appellent l'arme un pieu recurve. »

« Un pieu recurve... J'aime ce nom. Alors pourquoi a-t-il été tué si ce n'était pas par un chasseur ? » demanda Reggie.

« Quelqu'un de puissant veut que le Domus de Jerry leur vende un bâtiment important. C'est juste une affaire immobilière qui a mal tourné ! » taquina Sophie.

Une ombre passant devant la fenêtre givrée de la porte d'autopsie attira l'attention de Sophie. En entendant dehors la voix d'Ace, pleine d'agacement bourru, Sophie eut un grand sourire. On aurait dit qu'Amira l'embêtait encore. Sophie adorait regarder ces deux-là s'envoyer des piques verbales au déjeuner chaque jour.

Peu importait si Sophie devait maintenant faire face aux vampires et aux fées et à d'autres créatures magiques. Elle s'était toujours sentie bizarre et déplacée autour des gens normaux, il était donc logique que Sophie se sente enfin chez elle ici.

CHAPITRE 7

*A*ssise à la table de la salle de pause, Sophie regardait Reggie tripoter nerveusement son déjeuner.

« Tu n'es pas obligé de me dire ce que tu es. Ça m'est égal. Vraiment », essaya de rassurer Sophie. « Tant que tu ne fais pas de mal aux innocents, je m'en fiche. »

« Je suis un opossum », lâcha Reggie, avalant sa salive avec difficulté une fois les mots prononcés.

« Un opossum », répéta Sophie, la surprise la figeant un instant. Un regard au visage nerveux de Reggie remit en marche les processus mentaux de Sophie. « Comme un métamorphe opossum, c'est ça ? Tu peux te transformer d'humain en opossum. Attends... tu es l'opossum de la semaine dernière ? Celui que le chien poursuivait ? »

« Oui, c'était moi. Bien que ce fût un métamorphe loup, pas un chien. »

« C'était aussi un métamorphe ? Il t'attaquait ! » s'exclama Sophie. « Tu es en danger ? »

« Je ne cours aucun danger. Il ne faisait que m'avertir de rester loin de son territoire. C'est déjà réglé. J'ai contacté son Alpha. Le

Conclave m'accorde l'immunité territoriale à cause de mon travail ici. »

« C'était un avertissement ! Je pensais qu'il allait... »

L'ouverture de la porte de la salle de pause interrompit Sophie.

« J'en ai putain marre. On ne devrait pas avoir à supporter qu'il vienne ici débiter ses conneries », disait Ace à Fitz en entrant dans la pièce, Amira suivant derrière eux. Les yeux d'Ace brillaient d'une intelligence enveloppée dans un air perpétuel d'agacement – comme si l'univers entier l'énervait.

« Salut les gars, Sophie est au courant », annonça Reggie au groupe.

« Enfin. J'en avais marre de marcher sur des œufs autour de sa sensibilité humaine délicate », dit Amira avec un roulement d'yeux impérieux.

« Est-ce que j'ai l'air d'être une petite chose fragile ? » demanda Sophie, se tournant vers Reggie avec un souffle exaspéré et un sourcil levé.

Amira renifla délicatement. « Je suppose que non. »

« Est-ce qu'aucun de vous n'est humain ? » demanda Sophie à Reggie à voix basse. Reggie fit un petit signe de tête négatif.

Sophie mourait d'envie de demander à tout le monde quel genre de créature ils étaient, mais elle se retint, ne connaissant pas l'étiquette entre espèces.

« De quelles conneries ne devriez-vous pas avoir à supporter ? » demanda Sophie à Ace, décidant de le faire enrager plutôt que de poser des questions personnelles. Ace était à l'évier, lavant méticuleusement son déjeuner comme d'habitude.

« Ce connard de Malcolm Volpes. S'il m'appelle encore une fois rat-laveur... »

« Rat-laveur ? » demanda Sophie.

« Ouais, c'est une insulte envers les métamorphes raton-laveurs, je te dis », grogna Ace.

« Tu es un métamorphe raton-laveur ? » demanda Sophie,

sentant ses sourcils monter si haut sur son front qu'elle fut surprise qu'ils ne se fondent pas dans sa racine des cheveux.

Ace hocha la tête, grognant toujours entre ses dents.

« Je suis une oie des neiges », annonça placidement Fitz tout en fourrant un énorme morceau de baguette dans sa bouche.

Sophie ouvrit la bouche, mais aucun mot n'en sortit. Des pensées et questions à moitié formées tourbillonnaient dans sa tête. Finalement, son esprit se fixa sur une question : « Le pain n'est-il pas mauvais pour les oies ? »

Fitz renifla. « Le pain est mauvais pour tout le monde. Mais c'est tellement bon. » Il fourra une autre bouchée de baguette dans sa bouche avec un plaisir évident.

« Attends… Tu peux voler ? » demanda Sophie, pleine d'envie.

« Oui », dit Fitz avec un air satisfait.

« C'est trop génial. Je t'envie trop », dit Sophie avec un sourire.

Regardant autour de la table, Sophie catalogua ses amis, essayant de les relier mentalement à leurs moitiés animales. Reggie était un opossum, Ace était un raton-laveur, et Fitz était une oie.

Sophie regarda Amira prendre de petites bouchées délicates d'un autre déjeuner composé principalement de poisson. Elle repensa au collier rose, à l'attitude distante, à la fois où elle avait délibérément fait tomber le stylo d'Ace de son bureau.

Sophie hésita une seconde, puis se lança. « Amira, tu es un chat ? »

« Comment tu as deviné ? » demanda Amira avec une expression satisfaite.

Sophie hocha la tête vers le poisson dans l'assiette d'Amira. « Ça. Et le collier m'a fait penser félin. »

Sagement, Sophie omit le comportement distant d'Amira ou sa tendance à faire tomber les choses des comptoirs quand elle était agacée par quelqu'un.

« Donc vous êtes tous des métamorphes... Il y a quoi d'autre, dehors ? » demanda Sophie.

« À peu près toutes les créatures dont tu as entendu parler dans les légendes existent », dit Ace.

« Alors comme les trolls sont réels ? »

« Ouais », dit Ace.

« Les centaures ? Les lutins ? Les gobelins ? Les chupacabras ? » demanda Sophie avec un rire étouffé.

« Oui à tous. Enfin, en fait... je ne suis pas sûr pour les chupacabras. Je n'en ai jamais rencontré, mais ça ne veut pas dire qu'ils n'existent pas », expliqua Reggie.

« Y a-t-il beaucoup de métamorphes et de non-humains dans le monde, et je n'en ai jamais rien su ? » demanda Sophie.

« Pas tant que ça. Il y a beaucoup plus d'humains que de Mythiques dans ce royaume. Nous avons tendance à nous regrouper dans les grandes villes ou près des lignes de force, donc il y en a beaucoup plus ici à San Francisco que dans d'autres régions. La proximité de la ville avec l'eau et une ligne de force puissante signifie que c'est la ville la plus densément peuplée de Mythiques à l'ouest de La Nouvelle-Orléans », expliqua Reggie.

« Mythiques ? Royaumes ? Lignes de force ? »

« Mythique, c'est juste un autre mot pour non-humain. Il y a tout un tas d'autres royaumes comme celui des Fées, Shangri-La, Valhalla, etc. Les autres royaumes n'ont généralement pas d'importance ici. Ils ignorent surtout ce royaume, et nous les ignorons. Le royaume des Fées est le seul qui interagit avec le royaume humain avec une certaine régularité. Les lignes de force sont des canaux d'énergie magique qui s'entrecroisent partout sur la planète. Là où les lignes de force sont les plus fortes, c'est souvent là où le chemin entre les royaumes est le plus mince et le plus proche, permettant aux gens de passer d'un royaume à l'autre », expliqua Fitz.

« Comment puis-je savoir si quelqu'un est un Mythique ? » demanda Sophie, repoussant l'idée des royaumes au fond de son esprit. Il n'y avait qu'un nombre limité de révélations bizarres sur lesquelles elle pouvait se concentrer à la fois avant d'avoir un effondrement mental complet.

« Surtout, toi tu ne peux pas. Nous pouvons généralement le dire par l'odeur, mais même alors, certains sont indétectables, comme les sorcières, les brownies et les nymphes. Certains, tu peux les reconnaître si tu sais quoi chercher, comme les dents des vampires », dit Ace avec un haussement d'épaules négligent.

« Toutefois, presque tous les Mythiques présentent des différences biologiques et physiologiques qui apparaissent comme des anomalies lors d'un examen scientifique poussé. C'est pourquoi nous sommes ici : pour nous assurer que la population humaine n'apprenne jamais l'existence des Mythiques parmi eux », dit Reggie, reprenant l'explication d'Ace.

« Est-ce que ça veut dire que toutes les autopsies que nous avons faites cette semaine étaient sur des Mythiques ? » demanda Sophie.

« Surtout. Quelques-unes étaient des victimes humaines d'une attaque par un Mythique. Une des autopsies que nous avons menées était parce qu'ils n'étaient pas sûrs si c'était causé par un Mythique ou non, alors ils nous l'ont amenée juste au cas où. Je vois que tu t'inquiètes, mais les Mythiques sont très stricts concernant toute mort humaine. Toute violence contre les humains est sévèrement et rapidement punie », rassura Reggie.

« Attends. Ce type qui avait été déchiqueté par un ours à Yosemite, qu'est-ce qu'il était ? » demanda Sophie avec suspicion.

« Il était un ours. Il a perdu un combat de domination contre un autre métamorphe ours », dit Reggie.

« Combat de domination ? » demanda Sophie avec les sourcils levés. « Tu sais quoi, en fait, je pense que je vois le tableau. Et ce type qui était coupé en deux ? »

« Il était Fée. Il a probablement été coupé en deux en utilisant la magie, mais l'autopsie n'a pas pu le déterminer de façon concluante », répondit Reggie.

« Tout ça c'est tellement dingue. Pourquoi m'avez-vous embauchée ? Pourquoi suis-je – une humaine – autorisée à savoir tout ça ? » demanda Sophie.

« Pour plusieurs raisons. Tu as été gentille avec moi quand j'étais sous ma forme d'opossum – beaucoup de gens ne le sont pas. Mon instinct me disait qu'on pouvait te faire confiance. En plus, j'avais vraiment besoin d'un assistant pour les autopsies. Amira menaçait de démissionner si on ne trouvait pas quelqu'un bientôt », dit Reggie.

Une pensée aléatoire surgit dans la tête de Sophie.

« C'est pour ça que l'Inspecteur Volpes a dit que je n'avais pas ma place ici ? Parce que je suis humaine ? C'est pour ça qu'il pensait que je causerais des problèmes », demanda Sophie. L'expression sur le visage de Reggie confirma ses soupçons.

« Quel est son problème de toute façon ? Volpes m'embêtait à propos de Sophie plus tôt aujourd'hui. On n'a pas de comptes à rendre à ce connard à propos de nos recrutements », grogna Ace.

« Qu'est-ce que tu veux dire qu'il t'embêtait ? » demanda Sophie.

« Il voulait juste en savoir plus sur toi : si tu arrivais au travail à l'heure, si tu causais des problèmes, si tu agissais bizarrement. C'est juste un connard élitiste », ricana Ace.

« Ce sale fouineur de connard ! Il s'appelait Malcolm Volpes ? » demanda Sophie.

« Est-ce que je dois m'inquiéter qu'il me cause des problèmes ? » demanda Sophie.

« Je vais parler à Mac. Les renards sont naturellement méfiants. Je ne suis pas surpris qu'il se soit focalisé sur le fait que tu travailles ici. Tu n'as pas à t'inquiéter de lui. Je vais m'assurer qu'il te laisse tranquille. Mac sait qu'il doit rester dans nos bonnes grâces à cause de notre poste », essaya de rassurer Reggie.

Un renard ? pensa Sophie, essayant de concilier l'idée de l'inspecteur étant un métamorphe renard.

Reggie jeta un coup d'œil à sa montre et soupira légèrement.

« Il faut qu'on retourne au travail. Je suis désolé qu'on n'ait pas le temps de parler plus », dit Reggie.

« Pas de souci. Je ne pense pas que mon cerveau puisse traiter plus d'informations de toute façon », dit Sophie, contente de faire rire Reggie.

* * *

Sophie observait les autres gens dans le bus du coin de l'œil, se demandant si quelqu'un était un Mythique. Les quelques personnes dans le bus à cette heure du matin avaient toutes l'air normales à Sophie. *Enfin, normales pour San Francisco de toute façon*, pensa Sophie en regardant une femme aux yeux rouges vitreux tendre la main et caresser l'air vide devant elle.

C'était une sensation étrange de réaliser que des créatures de mythes et légendes vivaient dans la ville comme une société secrète cachée à la vue de tous. Secouant la tête, Sophie retourna à l'observation discrète de ses compagnons de voyage.

Sur le chemin du retour vers Ma Tatin depuis l'arrêt de bus, Sophie aperçut Burg qui traînait dans l'embrasure de la porte de son bar.

« Je t'attendais. Il faut qu'on parle », dit Burg, faisant signe à Sophie d'entrer dans l'intérieur sombre du bar vide.

Burg désigna un tabouret indiquant que Sophie devait s'asseoir. Passant derrière le bar, il prit une bouteille à moitié remplie de liquide ambré sur une étagère de verre. Attrapant deux verres sous le comptoir, Burg leur versa à chacun deux doigts de whisky. Puis il laissa tomber quelques glaçons dans les verres trapus. Exactement comme Sophie l'aimait.

Ils trinquèrent et Sophie prit une gorgée lente. Elle laissa le whisky reposer sur sa langue un moment, savourant la façon dont il réchauffait l'intérieur de sa bouche. Le goût fit penser Sophie à des livres reliés en cuir surmontés d'une cuillerée de caramel au beurre et de vanille. Elle le laissa glisser lentement dans sa gorge. Un whisky comme ça méritait d'être savouré.

« J'ai eu deux inspecteurs qui se sont pointés ici hier soir pour demander des infos sur le gang de vampires qui t'embêtait », dit Burg. Sophie commença à s'étouffer et à tousser, l'alcool brûlant en descendant dans le mauvais conduit. Burg tendit une serviette à Sophie avec une grimace d'excuse.

« Préviens-moi la prochaine fois que tu comptes me sortir un scoop pareil ! » toussa-t-elle. « Je n'arrive pas à croire que tu sois au courant pour les vampires. Tu savais que c'étaient des suceurs de sang quand tu les as mis en garde contre moi ? » demanda Sophie, reprenant enfin le contrôle de sa toux.

« Oui, je savais. Je ne savais pas que tu étais au courant pour les vampires. Les vampires ne s'aventurent pas souvent sur mon territoire. Ils restent généralement dans leurs manoirs chics de Nob Hill ou on peut les trouver en train de draguer les touristes à Fisherman's Wharf cherchant un en-cas rapide. »

« Draguer les Touristes serait un excellent nom de groupe », dit Sophie de façon inepte, faisant renifler Burg. « Au fait, je n'étais pas au courant pour les vampires jusqu'à hier soir. »

« Tu ne m'as pas dit que les vampires avaient envoyé une Veine pour t'embêter, Sophie », dit Burg, canalisant sa voix de Papa Strict.

« Je me suis débrouillée. »

« Tu ne devrais pas t'embêter avec les vampires. »

« Premièrement, je ne savais pas que c'étaient des vampires à ce moment-là. Deuxièmement, c'est eux qui m'ont embêtée. Je ne les ai pas embêtés. » Sophie énuméra les éléments sur ses doigts.

« C'est juste. Mais à partir de maintenant, quand quelqu'un t'embête – peu importe qui – tu dois me le dire, peu importe quoi. La plupart des Mythiques ressemblent à des humains, donc tu ne sauras pas qui est dangereux », avertit Burg. « En parlant de gens dangereux, j'ai eu un deuxième inspecteur qui est venu me parler hier soir, spécifiquement à ton sujet. Il voulait savoir si tu étais un problème, où tu avais été la semaine dernière, tes habitudes et tes amis. »

« Ce. Fouineur. Connard ! Il s'appelait Malcolm Volpes ? » demanda Sophie. Quand Burg hocha la tête, Sophie râla : « Il ne m'aime pas simplement parce que je suis humaine. Ne t'inquiète pas pour lui. Il se plaint parce qu'il ne pense pas qu'une humaine devrait travailler à la morgue. Il pense que ma présence va causer des problèmes. Il ne peut rien faire concernant mon emploi là-bas à part pleurnicher comme un gamin capricieux. S'il continue, je vais lui acheter une tétine. »

« J'aurais dû te prévenir que l'homme qui t'a offert ce travail n'était pas humain. Mais je ne réalisais pas qu'il te recrutait dans la division Mythique. Je pensais que tu travaillerais dans le département humain normal, donc ça ne m'est pas venu à l'esprit de te le dire », dit Burg avec inquiétude.

« Ne t'inquiète pas pour ça. Même si j'avais su à l'avance, j'aurais quand même pris le travail. »

Burg leva son verre, et ils trinquèrent.

Faisant tourner son doigt dans l'eau laissée sur le bar par la condensation qui gouttait de son verre, Sophie sirota lentement son whisky tout en essayant de dégoûter Burg en décrivant le bruit que faisait un écarte-côtes en craquant une cage thoracique. Regarder le géant d'homme frissonner de dégoût fit caqueter Sophie comme une folle.

Quand elle récupéra finalement de l'attaque de fou rire, elle fixa sa boisson, essayant de rassembler son courage.

« Hé Burg, tu es humain ? » demanda Sophie doucement, évitant délibérément de lever les yeux du dessus de bar poli et brillant au cas où la question bouleverserait Burg. « Pas que ça me dérange d'une façon ou d'une autre. Je suis juste curieuse. Tu n'es pas obligé de répondre à ma question si c'est impoli. Je ne connais pas encore l'étiquette », dit Sophie précipitamment.

« Non, je ne suis pas humain, Sophie », dit Burg avec un sourire bienveillant. « Je suis un ogre. »

Le choc fit claquer les yeux de Sophie vers le haut de la contemplation du grain du bois sous ses doigts si rapidement qu'elle faillit lâcher son verre.

« Wow. Je pensais… je ne sais pas comment dire ça délicatement. D'après les histoires que j'ai lues, je pensais qu'un ogre n'aurait pas l'air si humain en apparence », dit Sophie, avalant la grimace qui voulait s'étaler sur son visage. Sophie omit sagement de mentionner que dans la plupart des contes de fées dont elle se souvenait, les ogres étaient aussi connus pour dévorer les humains, surtout les enfants.

Burg tendit un bras, puis commença à remonter sa manche de façon nette. Il révéla un tatouage sur son avant-bras d'une botte encerclée de mots dans une langue que Sophie ne reconnaissait pas. La botte ressemblait à une botte de pirate montant jusqu'au genou avec un large revers plié au sommet. Une boucle ornée tenait une épaisse lanière de cuir à travers le dessus du pied. Le détail était si fin sur le tatouage que Sophie jurait pouvoir voir le grain du cuir sur la botte. Les mots étrangers étaient dans une langue cursive si élégante et fluide qu'elle donnerait probablement des orgasmes à un calligraphe.

« Les bottes figurent dans plusieurs contes sur les ogres – du Chat botté au Petit Poucet. L'image est souvent utilisée pour représenter les ogres maintenant. J'ai payé pour qu'une Fée crée et ensorcelle ce tatouage-sigil et l'a imprégné d'un sortilège d'illusion pour me donner une forme humaine. Ce tatouage me permet d'avoir l'apparence d'un humain », expliqua Burg.

Le tatouage fit penser Sophie au cadavre sans tête de son premier jour à la morgue. À l'époque, Sophie avait dit en plaisantant à Reggie que quelqu'un avait découpé ses tatouages du corps. Regardant l'avant-bras de Burg, Sophie se demanda si elle n'avait pas deviné juste. Le sigille de Burg était au même endroit que la chair manquante du cadavre.

« C'est tellement cool. » Sophie rit. « Tu penses que je pourrais avoir un tatouage de Fée magique ? Pour pouvoir me transformer en quelque chose de super classe comme un dragon ou une licorne ? »

« Désolé, ça ne marche pas sur les humains. Si tu arrivais d'une façon ou d'une autre à convaincre une Fée de te faire un tatouage imprégné de magie, ce ne serait qu'un tatouage. Il te faut de la magie interne pour que les tatouages-sigilles fonctionnent. En plus, la plupart des dragons sont des connards arrogants ; tu ne voudrais pas être un dragon. »

« Et les licornes ? Elles sont réelles aussi ? »

« Non, désolé. Mais les Pégases existent. Ils viennent du royaume du Mont Olympe. Ils sont cependant extrêmement rares. Je n'en ai jamais vu », dit Burg avec un large sourire.

« Pégases ? Mont Olympe ? Je n'arrive pas à dire si tu me racontes des conneries ou pas », dit Sophie en secouant la tête.

Sophie et Burg finirent leurs verres en silence. Tous deux étaient perdus dans leurs pensées. Après la dernière gorgée de son whisky, Sophie se leva et se tourna vers Burg.

« Il faut que j'y aille, Burg. Merci pour le verre. Et merci de veiller sur moi. J'apprécie », dit Sophie.

« Tu es peut-être une emmerdeuse, mais tu es mon emmerdeuse. Si quelqu'un t'embête, je veille sur toi », dit Burg avec un clin d'œil.

« Tu es peut-être un ogre mangeur d'hommes, mais tu es mon ogre mangeur d'hommes », rétorqua Sophie avec insolence. « Hé, Burg, quel goût a la chair humaine ? »

« Je ne saurais pas, mais si jamais j'ai l'occasion d'en goûter, tu seras la première prévenue. »

« Dommage ! Tu aurais dû dire poulet », dit Sophie en sortant du bar avec un signe de la main, accompagnée par le rire de Burg.

Entrant dans le minuscule hall de l'immeuble, Sophie regretta de ne pas avoir eu le courage de demander à voir la vraie forme de Burg. Soupirant doucement, elle décida que ça aurait probablement été une demande impolie ; s'il n'avait pas proposé de la lui montrer, alors ça ne semblait pas correct de demander.

Ginsberg descendit les marches en trombe et s'arrêta devant Sophie, enroulant sa queue sur ses pattes.

S'accroupissant à son niveau, Sophie fixa intensément ses yeux citrins brillants. Pendant quelques instants, ils s'observèrent tous deux silencieusement. La bande orange ardente entourant ses iris s'élargit alors que ses pupilles se contractaient en une fente aiguë tandis qu'il se concentrait sur les yeux de Sophie.

« Ginsberg, tu es un métamorphe chat ? » chuchota Sophie. « Tu peux me le dire. Je suis au courant de ce genre de choses maintenant. »

Sophie regardait avec fascination son visage, cherchant même un petit tic pour trahir le statut de métamorphe de Ginsberg, attendant une réponse.

« Miaou », miula le petit félin à Sophie, clairement lassé du concours de regard impromptu.

« Très bien. Garde donc tes secrets », souffla Sophie, blottissant le chat sous son menton. « Allons te ramener chez ta maman. »

CHAPITRE 8

*I*l semblait à Sophie que le brouillard de San Francisco ne se présentait que sous deux formes.

Parfois, il déferlait sur la ville comme un géant déroulant un tapis sur le paysage. Une fois, quand elle était à Twin Peaks, Sophie s'était trouvée assez haut au-dessus du reste de la ville pour voir le brouillard arriver du Pacifique. Il ressemblait à un mur impénétrable surgissant au-dessus de la terre, la ville s'effaçant sous ses pieds. Ce type de brouillard se posait sur les gratte-ciel comme une épaisse couverture de laine grise, très haut au-dessus.

Le second type de brouillard s'infiltrait sur des doigts silencieux, se glissant dans toutes les crevasses de la ville, drapant le paysage jusqu'à tout recouvrir de son linceul dense et opaque. Il se déposait dans vos cheveux et sur vos vêtements, vous donnant envie de serrer votre manteau plus fort autour de vous pour éviter son contact humide sur votre peau.

En descendant le perron de Ma Tatin, le brouillard effleura la joue de Sophie de ses lèvres froides et moites. Tandis que Sophie marchait rapidement sur le trottoir, la brume tourbillonnait derrière elle en volutes, comme un navire fendant les eaux noires.

Je parie qu'on aura plus de cadavres que d'habitude ce soir, pensa Sophie. Ce type de brouillard donnait aux gens l'impression qu'il cacherait leurs péchés. Les péchés de ces gens finissaient sur une table dans son lieu de travail. Son travail consistait maintenant à aider à les dévoiler dans l'effort d'attraper le coupable et de s'assurer qu'il ne pourrait plus jamais faire de mal à personne d'autre. Même si Sophie ne savait pas ce qui arrivait à chaque autopsie une fois qu'elle était terminée, il y avait une satisfaction à savoir qu'elle avait aidé. Elle se fichait de n'être qu'un petit rouage insignifiant dans la machine de la justice.

En montant dans le bus, Sophie posa soigneusement son sac en bandoulière sur ses genoux, ne voulant pas écraser le sandwich au jambon qui s'y trouvait. Avec son premier salaire, elle avait pu passer du beurre de cacahuète à quelque chose de mieux. Le salaire était arrivé juste à temps, car elle aurait dû se contenter de riz toute la semaine si elle n'avait pas reçu d'argent.

Regardant par la fenêtre du bus, la ville se cachait sombre et mystérieuse derrière la vitre, de hauts immeubles se dressant sombrement au-dessus. Les boules lumineuses des réverbères, étouffées par l'épais brouillard, brisaient régulièrement l'obscurité d'une lumière brumeuse et vaporeuse. Chaque orbe doré donnait rapidement et silencieusement qu'un répit momentané aux ombres brumeuses. Des silhouettes d'immeubles surgissaient de la pénombre, telles des pierres tombales alignées dans un cimetière. Sophie sourit quand le bus passa devant un bar, la lumière vive et les voix joyeuses se déversaient dans la nuit, un havre vivant dans l'obscurité.

Sophie descendit du bus avec un soupir de soulagement, heureuse d'être presque arrivée au travail. Après un week-end spectaculairement paresseux, pour une raison quelconque, elle était étrangement à cran ; ses nerfs tendus à craquer. Plus tôt dans la journée, alors qu'elle payait le loyer à Moe, faisait les courses pour elle et Birdie, et rattrapait ses courses, Sophie n'arrivait pas à se défaire de l'impression que tout le monde la dévisageait. Elle n'arrêtait pas de regarder par-dessus son épaule, se demandant si un gang de vampires n'était pas après elle. Cette sensation désagréable entre ses omoplates finit par disparaître alors qu'elle marchait vers l'étrange sculpture métallique devant le bâtiment de l'institut médico-légal.

Heureuse d'être enfin presque dans le cocon sécurisé du travail, Sophie s'arrêta pour regarder l'œuvre d'art. Elle n'avait jamais accordé un second regard à la sculpture jusqu'à maintenant. D'après la plaque à sa base, la sculpture métallique représentait des voiles gonflées par le vent. Pour Sophie, elle ressemblait à des sections de clôture argentée figées en pleine pirouette dans une tornade invisible.

En entrant dans le hall, Sophie sourit en voyant que Mlle Zhao était tout de rose pastel vêtue. Même les perles de son joli peigne à cheveux étaient d'un rose irisé doux. Sophie leva la main pour la saluer tandis que Mlle Zhao lui ouvrait avec un petit sourire énigmatique.

« Je pense que Mlle Zhao trouve mon look punk-décontracté amusant », dit Sophie à Ace, passant la tête par la porte du bureau qu'il partageait avec Fitz. Ace leva les yeux du rapport qu'il foudroyait du regard sur son bureau comme si les mots du document l'offensaient personnellement.

« Je trouve ton look très drôle, ça ne m'étonne pas », dit Ace, son sourire en coin trahissant son humour.

« Arrête, petit charmeur. Tu me fais rougir », taquina Sophie.

Ace jeta un regard appuyé sur le jean noir troué aux genoux de Sophie, levant un sourcil d'un air expectatif.

« Au fait, quel est le prénom de Mlle Zhao ? » demanda Sophie, ignorant la pique.

Ace haussa les épaules. « Je ne pense pas qu'elle en ait un. C'est juste Mlle Zhao. »

Alors que Sophie se tournait pour partir, Fitz la frôla en entrant dans l'espace de bureau.

« Hé, Fitz. J'ai pris quelque chose pour toi aujourd'hui », dit Sophie.

« Tu as pris quelque chose pour moi ? » demanda Fitz, surpris.

« Ce n'est pas grand-chose. J'étais juste près de la boulangerie Boudin », expliqua Sophie, fouillant dans son sac en bandoulière et en sortant un sac en papier. Fitz arracha pratiquement le paquet des mains de Sophie, plongeant le nez dans l'ouverture du sac.

« Hmmm, pain au levain. » Fitz soupira, reniflant son cadeau pâteux comme un junkie. « Sophie, veux-tu m'épouser ? Je serais un mari formidable pour toi. »

« Il est gay », annonça Ace. « Alors, n'accepte pas cette demande. »

« Tu n'es pas censé révéler l'orientation des gens. On ne sait jamais comment la personne va réagir », répliqua Fitz.

« Si elle se fiche que tu sois une oie, elle ne va certainement pas se soucier que tu aimes les hommes. »

« Bon, maintenant », interrompit Sophie avant qu'ils ne se lancent tous les deux l'un contre l'autre. « Non, je ne t'épouserai pas, Fitz. L'amour mutuel du pain n'est pas suffisant pour baser une vie ensemble. Et, Ace, arrête d'être un tel connard. »

« Tu parles d'Ace ? J'ai entendu quelque chose à propos d'un connard », dit Amira en entrant dans la pièce. Sophie se tourna et sortit de la pièce avant que les choses ne s'échauffent. Alors qu'elle s'éloignait, elle entendit Amira et Ace commencer à se chamailler comme d'habitude.

Après s'être changée, Sophie prit ses dossiers de la nuit. Elle les compara au tableau sur le mur, confirmant le numéro de dossier pour la première autopsie prévue, avant de se diriger vers le frigo. Sophie trouva rapidement la civière correspondante et la fit rouler dans la salle d'autopsie.

« Sophie ! Qu'est-ce que tu m'apportes là ? » s'exclama Reggie, levant les yeux d'un dossier manila dans ses mains.

« Notre premier client de la soirée. »

En plaçant la civière à côté de la table d'autopsie, Sophie ouvrit la fermeture éclair du sac mortuaire pour qu'ils puissent installer la personne sur la table. L'odeur accablante de l'océan – une combinaison d'algues cuites au soleil, de saumure, et de poisson frais avec une pointe d'ammoniaque et de concombre – remplit la salle d'autopsie. Sophie secoua la tête, essayant de chasser l'odeur de ses narines alors qu'elle jetait un regard intrigué à la femme dans le sac mortuaire.

« Étrange », dit Sophie alors qu'ils transféraient le corps de la femme sur la table d'autopsie. « Pourquoi est-ce qu'elle sent comme ça ? »

« À cause de ce qu'elle est », dit Reggie avec un air mystérieux.

« Laisse-moi deviner… Elle doit être une créature marine… Sirène ? Kelpie ? métamorphe morse ? Non attends, j'ai trouvé. Sirène ! » s'exclama Sophie. « Elle sent la poissonnerie… Au moins, elle sent le poisson frais, pas le vieux poisson avarié. »

« Tu as raison. C'était une sirène », confirma Reggie.

« C'est tellement cool », murmura doucement Sophie. « Tellement bizarre, mais quand même… tellement cool. »

Ils travaillèrent en silence pendant un moment, le calme seulement ponctué par des demandes occasionnelles d'outils de la part de Reggie et l'énonciation d'informations pour qu'elle les note.

« Attends une minute… Si c'est une sirène, où est sa queue de poisson ? » demanda Sophie, regardant les jambes d'apparence très humaine de la femme.

« Excellente question », dit Reggie, glissant facilement dans son mode mentor. « Les sirènes sont un type de métamorphe et la plupart des métamorphes reviennent à leur forme humaine quand ils meurent. »

« C'est pour ça qu'on reçoit tous ces corps humains mutilés ? Parce qu'ils se battaient sous leur forme de métamorphe, par exemple un loup, ou autre. Puis quand ils sont tués, ils redeviennent humains mais ils gardent leurs blessures ? »

« C'est correct », dit Reggie avec une expression satisfaite. Sophie réprima l'envie de se pavaner comme le chouchou du professeur.

« Alors, comment est-elle morte ? » demanda Reggie après un moment, demandant une autre histoire sur la victime.

« Hmmm… Laisse-moi réfléchir », dit Sophie en tendant un scalpel à Reggie, examinant la forme de la femme.

« Regarde toutes ces blessures sur son côté. Je pense que ce sont des marques de morsure », dit Sophie, pointant vers une série de déchirures irrégulières et d'abrasions sur le torse de la femme.

« Des marques de morsure ? » dit Reggie, regardant de plus près les blessures. « Tu pourrais avoir raison. Difficile à dire encore à cause de l'étendue des déchirures. Qu'est-ce qui l'a mordue ? »

« Un éléphant de mer », annonça Sophie triomphalement.

« Quoi ? » La tête de Reggie surgit de l'examen des blessures, faisant rire Sophie.

« Ouais, elle a accidentellement erré dans le territoire d'un éléphant de mer mâle pendant la saison de reproduction. En tant que sirène, elle pensait pouvoir s'échapper en courant dans l'océan, mais il l'a suivie et l'a attaquée », expliqua Sophie.

« Eh bien, maintenant je sais ne jamais croiser le chemin d'un éléphant de mer amoureux. Je visiterai la plage avec plus de prudence désormais », taquina Reggie.

Sophie ouvrit la bouche pour répliquer mais fut interrompue par le grincement de la porte, annonçant quelqu'un entrant dans la salle d'autopsie derrière eux. « Oh génial », murmura Sophie quand elle vit Mac Volpes entrer dans la pièce.

« Inspecteur Volpes, que puis-je faire pour vous ? » demanda Reggie.

« J'ai besoin de vous parler, docteur Didel », dit l'inspecteur, jetant un regard aigre à Sophie.

« Nous devons finir cette autopsie avant que je puisse vous parler. Nous avons presque terminé. Si vous voulez, vous pouvez attendre dans mon bureau ou prendre un siège là-bas », dit Reggie, indiquant une chaise de l'autre côté de la pièce.

Avec un soupir agacé, l'inspecteur prit le siège. Sophie afficha une mine déçue quand il ne se dirigea pas vers le bureau de Reggie, mais décida de l'ignorer. Elle ne lui donnerait pas la satisfaction de savoir que sa présence la dérangeait. Reggie et Sophie continuèrent l'autopsie en silence.

« Hein, regarde ça », dit Reggie quelques minutes plus tard. « Viens prendre une photo de cette zone. »

Sophie prit l'appareil photo et alla où Reggie pointait.

« Regarde cette marque sur sa cuisse extérieure. Ces lacérations font vraiment penser à des marques de morsure. Comme c'est étrange. Peut-être que tu avais raison », plaisanta Reggie, étalant sa main pour couvrir la zone circulaire des blessures, montrant que la supposée morsure était plus grande que la taille de sa main.

« Qu'un éléphant de mer l'a tuée ? Ce serait incroyable. » Sophie gloussa.

« On ne sait jamais. J'ai entendu dire que les éléphants de mer peuvent être assez dangereux », rétorqua Reggie.

« Peut-être que l'éléphant de mer pensait qu'elle était un sushi. Est-ce que c'est bizarre que j'aie maintenant envie d'un maki au thon épicé ? » Un reniflement étouffé de l'autre côté de la pièce attira l'attention de Sophie. En regardant, Sophie surprit Volpes en train d'étouffer un sourire.

Peut-être qu'il n'est pas totalement irrécupérable, pensa Sophie avec doute.

« Sophie, une fois que tu auras remis la sirène au frigo, pourrais-tu voir si Fitz a besoin d'aide avec les pesées et les rayons X ? Dès que j'aurai fini de parler avec Mac, je te retrouverai, et on pourra reprendre le travail », dit Reggie alors qu'ils terminaient les dernières étapes de l'autopsie.

« Bien sûr, chef », dit Sophie en saluant d'un geste désinvolte, elle sortit de la salle d'autopsie avec la sirène. Après avoir redéposé la sirène dans le frigo, Sophie se dirigea vers le bureau d'Ace et Fitz.

Quinze minutes plus tard, alors que Fitz continuait son monologue animé sur l'importance d'un bon levain, Sophie vit la porte du bureau de Reggie s'ouvrir. Mac sortit en premier, surprenant Sophie en train de regarder dans sa direction. Mac lui jeta un long regard considérant, ce qui fit remonter l'appréhension le long de sa colonne vertébrale.

« Alors que les microbes mangent les sucres dans la farine, ils exhalent du dioxyde de carbone. C'est ce qui produit les bulles. Il faudra que j'apporte mon levain – mon levain-mère, comme on dit en boulangerie – pour que tu la voies bientôt », exposa Fitz.

« Ton levain-mère ? » répéta Sophie avec confusion, détournant le regard de Mac vers Fitz.

« Désolé ! C'est comme ça que nous, dans la communauté de la boulangerie, appelons notre levain. J'ai le mien depuis trois ans ! » s'exclama Fitz.

« Wow. C'est incroyable », dit Sophie, essayant de feindre l'enthousiasme pour Fitz. Jetant un regard vers le bureau de Reggie, elle vit que Mac avait quitté la pièce. Reggie lui fit signe de le rejoindre. « Désolée, Fitz, Reggie a besoin de moi. »

Elle s'éloigna vivement de Fitz et rejoignit Reggie devant la porte de son bureau.

« Merci de m'avoir sauvée. Si j'avais su qu'acheter une miche de pain ferait de nous des amis intimes, je ne l'aurais pas fait. Si je dois encore entendre parler de l'importance d'une croûte dense, je n'en pourrai plus », chuchota Sophie à Reggie alors qu'ils se dirigeaient vers la salle d'autopsie principale. « Qu'est-ce que Mac voulait ? » Elle roula la civière suivante.

« Il avait juste quelques questions de suivi sur une autopsie », dit Reggie.

« Est-ce que vous avez parlé de moi ? »

« Pourquoi penserais-tu ça ? »

« Juste par la façon dont il m'a regardée quand vous êtes sortis de votre bureau. »

« Je pense qu'il essaie juste de comprendre comment tu t'intègres ici. »

« Je suis désolée si ma présence ici te cause des problèmes. » Sophie grimaça intérieurement.

« Tu ne causes aucun problème. T'avoir ici a été d'une aide énorme. Je suis content que nous puissions travailler ensemble. Si Mac continue à être confrontant avec toi, fais-le-moi savoir, et je m'en occuperai. »

Sophie n'arrivait pas à imaginer le doux Reggie repousser Mac. Elle ne voulait pas le mettre dans une position inconfortable avec ce connard, alors elle se promit de ne pas être une source de problèmes pour lui. « Je peux gérer Mac. Il aboie fort, mais il ne mord pas. En plus, s'il essaie de me mordre, je le mordrai en retour. Et je le mordrai là où ça fait mal », ricana Sophie.

CHAPITRE 9

*E*lle versa deux verres, prenant soin de mélanger une dose mortelle de fentanyl dans l'un des verres de vodka-tonic. Pressant un citron supplémentaire dans le verre pour aider à masquer le goût, elle se retourna vers l'homme vautré sur le canapé moelleux.

Elle tendit son verre truqué à l'homme corpulent, puis s'assit à côté de lui.

« Buvons ensemble. Je n'ai jamais fait ça avant, et je suis nerveuse », dit-elle avec un petit sourire timide.

Elle réprima un sourire en le voyant vider rapidement son verre. Elle observa l'homme qui la regardait avec des petits yeux perçants, emplis d'excitation contenue. Ses cheveux soigneusement taillés auraient eu leur place sur un vendeur d'assurance, et son costume légèrement froissé était trop serré au niveau du ventre. Il lui rappelait un ancien athlète du lycée qui s'était laissé aller, ses muscles autrefois épais s'étant transformés en une graisse dure au fil du temps.

« Alors, c'est la première fois que tu réponds à une annonce d'escorte ? » demanda l'homme, qui s'était présenté comme Dirk. « Comment tu t'appelles déjà ? »

« Tu peux m'appeler Blanche-Neige », dit-elle, laissant ses lèvres se *courber en un sourire mystérieux. Elle se leva et s'avança vers sa victime d'un pas nonchalant.*

Sophie se réveilla en sursaut. « Putain. » Elle se frotta vigoureusement les yeux avec les paumes, regarda son réveil et gémit en voyant l'heure. Elle pouvait encore dormir deux heures avant de devoir se lever pour aller travailler, mais il n'y avait absolument aucun moyen qu'elle parvienne à se rendormir après ce cauchemar. Elle ne voulait pas penser à ce rêve. Se souvenir à quel point son moi onirique avait pris plaisir à jouer avec sa victime la rendait vaguement malade.

« Ces putains de rêves... Pourquoi tu déconnes comme ça, cerveau ? » demanda Sophie à voix haute.

Avec un soupir, Sophie repoussa sa couette épaisse, l'un des rares luxes de son appartement. L'obscurité plongeait sa chambre dans l'ombre, la pénombre créée par les rideaux tirés et l'aube naissante. Dans le noir, Sophie se fraya un chemin prudemment dans sa chambre jusqu'à sa commode, connaissant par cœur l'emplacement de chaque objet dans le petit espace. Attrapant quelques vêtements, elle prit une douche rapide.

Après, Sophie jeta un regard absent dans son réfrigérateur, mais le rêve troublant lui avait coupé l'appétit. Parcourant du regard son appartement exigu et terne, Sophie réalisa qu'elle ne pouvait pas passer une minute de plus ici seule avec ses pensées.

Sortant à grands pas de son appartement, elle se dirigea vers l'autre côté du palier.

« Birdie, t'es là ? » cria Sophie, frappant à la porte rouge délavée de sa voisine.

« Ma fille, où veux-tu que je sois ? » répondit Birdie en ouvrant la porte.

Sophie attrapa Ginsberg avant qu'il ne puisse s'échapper complètement dans le couloir. Serrant le félin dans ses bras, Sophie le gratta sous le menton. Rien ne calmait mieux ses nerfs que le ronronnement de Ginsberg.

« Birdie, tu veux venir au bar avec moi ? Je t'offre un verre. On peut faire semblant que c'est une soirée entre filles et mettre un peu d'ambiance », proposa Sophie.

« Il y a un nouvel épisode du *Bachelor* ce soir. Je ne peux pas le rater. »

« Bien sûr. Je n'oserais pas m'interposer entre toi et le célibataire que tu convoites ! »

« Les choses que je ferais à cet homme ! » gloussa Birdie.

« Du calme, ma belle. Il serait fichu pour les autres femmes », taquina Sophie, rendant Ginsberg à Birdie.

« Tu as sacrément raison ! »

« Une autre fois alors. Passe une bonne soirée, Birdie », dit Sophie, reculant de l'embrasure de la porte de Birdie.

« Toi aussi, ma chérie. Va au bar et trouve-toi un homme », cria Birdie dans le couloir tandis que Sophie se retournait pour partir.

LE TINTEMENT de la cloche annonça l'entrée de Sophie dans le bar. Tout le monde leva les yeux au bruit, mais se retourna rapidement vers leurs verres en voyant Sophie à la porte. C'était le genre de bar où les gens s'occupaient de leurs affaires et ne cherchaient pas d'ennuis. Et Burg s'assurait que cela reste ainsi.

Parcourant du regard Le Petit Poucet, Sophie repéra quelques clients solitaires éparpillés dans le pub et un groupe d'hommes costauds assis autour d'une des tables du fond. Il y avait quelques visages familiers, mais à part Burg, elle ne connaissait personne par son nom. Au Petit Poucet, il y avait toujours quelqu'un pour noyer ses chagrins dans du whisky bon marché ou une épaisse bière brune. Trouver un tabouret au bar avec les deux sièges vides obligatoires entre elle et la personne suivante la plaça plus près de la table d'hommes qu'elle ne l'aurait voulu. Elle n'était pas particulièrement à l'aise avec un groupe d'hommes inconnus assis dans son dos. Cependant, savoir que Burg était dans les parages la rassurait. De plus, elle n'avait pas l'impression qu'ils lui prêtaient attention.

« Salut, Soph. Qu'est-ce que je peux te servir ? Tu veux ton habituel ? » demanda Burg, s'approchant de Sophie avec un torchon de bar blanc jeté sur son épaule.

« Pas aujourd'hui, Burg. Je dois aller travailler dans quelques heures, et je ne veux pas boire avant. J'ai besoin de quelque chose sans alcool. Peut-être un soda tout simplement ? » dit Sophie.

« Que dirais-tu d'une Dame Berceuse ? » suggéra Burg.

« Dame Berceuse ? » répéta Sophie. « Qu'est-ce que c'est ? »

« C'est comme une version mythique de ton diabolo grenadine. Tu veux essayer ? Je pense que ça va te plaire », dit Burg.

« D'accord », dit Sophie en haussant les épaules, posant de l'argent pour payer la boisson et rattraper son ardoise.

Après quelques minutes à préparer une boisson, le dos tourné à Sophie pour qu'elle ne puisse pas voir, Burg fit glisser un dessous-de-verre sur le comptoir et déposa devant elle un grand verre à cocktail avec panache, lui rappelant une fois de plus un artiste de cirque à l'ancienne.

Le contenu du verre était d'un blanc laiteux, semblable à du lait dilué, surmonté d'une couche rouge vif. Tandis que Sophie regardait, le sirop rouge s'infiltrait lentement dans le liquide blanc en dessous, ressemblant presque à du sang s'infiltrant dans un tissu.

« Beau, mais mortel. Comme la Dame Berceuse », dit Burg.

Sophie prit le verre, le tournant vers la lumière pour admirer la beauté macabre de la boisson. Le portant à ses lèvres, Sophie prit une petite gorgée. La première chose qu'elle goûta fut une sorte de note fruitée et florale, comme du litchi ou du fruit de la passion. C'était presque parfumé au début, mais ensuite le goût se posa sur son palais et se transforma en quelque chose de plus profond, comme un thé noir sucré au miel.

« C'est délicieux. Qu'est-ce qu'il y a dedans ? » demanda

Sophie, se léchant légèrement les lèvres, avant de prendre une autre gorgée plus grande.

« Si je te le disais, il faudrait que je te tue », déclara Burg sur un ton théâtral, en lui adressant un sourire carnassier.

« C'est triste que tu croies être drôle », dit Sophie, levant les yeux au ciel. « Dame Berceuse... C'est un drôle de nom. »

« Elle porte le nom d'une vraie personne. C'est une Fae considérée comme si maléfique et assoiffée de pouvoir que seule la reine Fae peut enchaîner sa colère. C'est le nom que les mères Fae utilisent pour dissuader leurs enfants de mal se comporter. »

« Donc la Dame Berceuse est comme le croque-mitaine – inventée pour effrayer les enfants et les inciter à bien se tenir. »

« Je déteste t'annoncer la nouvelle, mais le croque-mitaine et la Dame Berceuse ne sont pas inventés. Ils sont réels. Chaque culture a un mythe autour d'une créature comme le croque-mitaine. C'est généralement basé sur des observations de goules ou parfois de vampires selon le pays », expliqua Burg.

« Les goules sont réelles ? Elles mangent les humains ? Tu sais quoi ? Je ne veux pas savoir. Raconte-m'en plus sur la Dame Berceuse. Elle a l'air plus intéressante. »

« Elle est censée être belle mais mortelle. Je ne connais personne qui l'ait jamais vue pour de vrai, cependant. Elle vit dans le royaume Fae. Il y a des rumeurs qu'elle est l'assassin préféré de la reine Fae. J'ai entendu des rumeurs qu'elle tue quiconque a vu son visage, donc seule la reine sait même à quoi elle ressemble. »

« Elle a l'air plutôt géniale. Les Fae sont la même chose que les fées ? J'ai toujours voulu demander à quelqu'un. Tout le monde parle sans cesse de Fae ci, Fae ça, et je ne peux m'empêcher d'imaginer quelqu'un qui ressemble à la Fée Clochette », demanda Sophie avec de grands yeux.

« Les fées ne sont pas de vraies créatures, mais elles étaient basées sur les Fae. Si tu rencontres un jour un Fae, ne parle pas de fées ; ils deviennent très susceptibles sur le sujet. Les Fae sont dangereux. Certaines personnes pourraient en fait me considérer comme une créature Fae puisque les ogres sont originaires du royaume Fae. Cependant, je préfère juste me considérer comme un ogre, une espèce entièrement différente des Fae. Tous les ogres ne sont pas de bonnes personnes selon les standards humains mais certains des Fae font passer les ogres pour des anges. Les vrais Fae Sídhe eux-mêmes sont généralement des êtres froids, beaux, avides de pouvoir, supérieurs qui considèrent tout le reste comme inférieur à eux. Ne t'y frotte jamais », avertit Burg, se penchant près du comptoir pour chuchoter à Sophie.

« Fae Sídhe ? » répéta lentement Sophie. On aurait dit que Burg avait dit Fae Shee.

« Oui, les Fae Sídhe. Heureusement, la plupart restent dans le royaume Fae, s'en tenant à leurs cours et leurs tertres, donc les chances que nous nous retrouvions face à face avec l'un d'eux sont assez rares. Principalement, nous n'avons que les bannis ici dans ce royaume. Et leurs descendants. » Burg ouvrit la bouche, clairement prêt à émettre plus d'avertissements, mais un homme au bout du bar leva et agita son verre vide.

« Évite les Fae, d'accord ? » dit Burg à Sophie, croisant ses bras épais sur sa poitrine.

« Compris, Burg. Je les éviterai autant que possible », promit Sophie, levant les deux mains en signe de reddition. « Comment je saurais même que j'ai affaire à un Fae ? Ils ont l'air différent ? »

« Eh bien, si tu étais Fae, tu pourrais peut-être sentir leur magie. Mais puisque tu es humaine, tu n'as aucun moyen de le savoir. Beaucoup d'entre eux possèdent une magie très puissante, donc ils peuvent être très dangereux. »

« Ils ressemblent aux humains ? »

« Ils ressemblent principalement aux humains. Ce sont des snobs, donc ils s'habillent généralement de manière somptueuse. Ils sont généralement riches, surtout les familles anciennes. La meilleure façon d'en repérer un – si tu ne peux pas sentir leur magie – c'est qu'ils s'habillent souvent de manière démodée, et ils

ont tendance à traiter tous les humains comme des serviteurs »,
conseilla Burg.

« D'aaaaaccord. Je pense que c'est assez d'informations pour
moi », chuchota Sophie avant de prendre une autre gorgée de sa
Dame Berceuse.

« J'en ai marre, c'est tout ce que je dis. C'est de la foutaise, et tu
le sais », dit une voix rauque derrière Sophie.

Regardant dans le mur de miroir antique au-dessus du bar,
Sophie localisa la voix. Le reflet moucheté montrait un homme
aux cheveux hirsutes avec une peau rougeaude et burinée assis à
la table ronde quelques mètres derrière elle.

« Ils nous chassent de Forest Knolls. Bientôt nous n'aurons
plus que Golden Gate Park et le Presidio pour courir. S'ils continuent à essayer de nous évincer, nous allons finir par devoir aller
jusqu'au comté de Marin ou Muir Woods. Et tu sais comment
sont les sacrées meutes là-haut », grogna l'homme.

« Que veux-tu qu'on fasse ? Nous n'avons aucun moyen de
pression ni pouvoir. Je ne veux pas finir comme Zee », dit un
autre homme aux cheveux blond doré coupés ras.

Tous les hommes avaient l'air de sortir d'un travail impliquant
du travail manuel à en juger par leurs pantalons de travail pous-
siéreux et crasseux et leurs chaussures de sécurité bien usées.

« On devrait porter ça au Conclave. Ils ont besoin de savoir ce
qui se passe », dit le premier homme.

« Tu parles trop fort, Wayne », dit l'homme aux cheveux
hirsutes. Sophie reporta rapidement son attention du miroir à sa
boisson avant qu'ils ne la surprennent à écouter aux portes.

Sophie fit un signe d'adieu à Burg, elle en salivait déjà à la
pensée d'un grand bol de ramen du restaurant à quelques pâtés
de maisons de là. Ils avaient des soupes assez abordables pour ne
pas trop entamer son budget.

En partant, Sophie sentit une présence quelques mètres
derrière elle. Cependant, son intuition de danger ne se déclen-
chait pas. Jetant un coup d'œil prudent par-dessus son épaule, elle

vit l'homme blond sortir du bar juste derrière elle, titubant légèrement. Pressant le pas, Sophie jeta un regard en arrière vers
l'homme pour le voir uriner sur le coin du bâtiment où la brique
rencontrait le trottoir.

Grimaçant, Sophie cria : « Burg déteste quand vous urinez
contre son bar. »

L'homme leva les yeux de sa concentration intense sur son jet
d'urine pour voir Sophie agiter un doigt accusateur vers lui.
L'homme donna à Sophie un haussement d'épaules, un large
sourire narquois, et un clin d'œil lascif. Secouant la tête, Sophie
tourna les talons pour laisser l'homme à sa beuverie en solitaire.

CHAPITRE 10

*A*lors que Sophie approchait du bâtiment du médecin légiste, elle aperçut une silhouette vêtue d'un trench-coat avec une démarche traînante familière.

« Reggie ! Attends-moi », dit Sophie en trottinant pour rattraper son ami.

En entrant dans le couloir principal, Sophie vit Ace et Mac plus loin, face à face. Ils se regardaient en fronçant les sourcils et se disputaient à voix basse, d'un ton rageur. Sophie essaya de discerner ce qu'ils disaient, mais elle était trop loin pour saisir le moindre mot.

Je pensais que ces deux rois de l'irritabilité s'entendraient comme larrons en foire, pensa Sophie, mais ils se faisaient face comme des chiens de casse prêts à se battre pour des restes.

« Il faut que je vous parle à tous les deux », dit Mac, sans même jeter un coup d'œil pour confirmer qui c'était. Pivotant sur ses talons, Mac s'engagea dans le couloir vers le bureau de Reggie. Il ne prit même pas la peine de regarder s'ils le suivaient.

Sophie regarda Ace et faisant le geste de se tirer une balle dans la tête avec deux doigts, le faisant renifler. Ace transforma rapidement son ricanement en toux quand Mac lui lança un regard noir.

Reggie prit place à son bureau en métal gris tandis que Sophie attrapa une des deux chaises qui lui faisaient face. Mac arpentait de long en large le côté de la pièce, paraissant de plus en plus agité. Les quelques fois où Sophie avait côtoyé Mac auparavant, il arborait une barbe naissante et des cheveux ébouriffés, mais maintenant il avait l'air complètement froissé, comme s'il s'était roulé dans son costume. Il y avait des cernes sombres sous ses yeux rougis.

« Que pouvons-nous faire pour toi, Mac ? » demanda Reggie après s'être délicatement éclairci la gorge.

Mac se figea au milieu de son va-et-vient agité comme si quelqu'un avait débranché son cordon d'alimentation ; puis il se retourna en pointant un doigt vers Sophie.

« Explique-moi comment tu savais pour la sirène. »

Sophie fixa Mac un moment avec confusion, puis regarda Reggie pour voir s'il comprenait ce qui se passait mieux qu'elle. Elle vit son incertitude reflétée sur le visage de Reggie.

« Euh... que veux-tu dire ? » demanda-t-elle.

« Comment savais-tu qu'un éléphant de mer avait tué la sirène ? Je pensais que tu plaisantais. Imagine ma surprise quand tout ce dont parlait mon département ce matin était de cette femme stupide qui était tombée sur le territoire d'accouplement d'un éléphant de mer et s'était faite tuer. Quand ils ont apporté le corps hier soir, ce n'était pas de notoriété publique. Alors, explique comment tu savais », exigea Mac.

« Je rigolais. Je n'aurais jamais cru qu'un éléphant de mer avait pu la tuer. C'est absurde. J'ai inventé la chose la plus ridicule à laquelle je pouvais penser parce que je voulais faire rire Reggie. C'est juste une coïncidence très, *très* étrange qu'un éléphant de mer ait tué la sirène. Je n'aurais pas pu connaître la vérité ! »

« D'accord. Disons que je te crois », dit Mac, tandis que Sophie soufflait d'exaspération. « Disons que c'était juste une étrange supposition chanceuse. Explique-moi comment tu savais pour le vampire. »

« Que veux-tu dire ? » dit Sophie, l'appréhension remontant lentement dans sa gorge.

« Le vampire empalé. Il s'avère qu'il avait vraiment une petite amie humaine secrète nommée Bridgette. Personne ne savait même qu'elle existait, pas même le Domus de Montgomery. La seule raison pour laquelle je l'ai trouvée, c'est parce que j'ai décidé de faire quelques vérifications dans Twin Peaks après avoir découvert la mort de la sirène. Je t'ai entendue dire que Montgomery avait été enlevé à Twin Peaks. Son corps a été découvert à Golden Gate Park. Twin Peaks n'était sur le radar de personne. Devine ce que j'ai trouvé après avoir creusé un peu ? Une petite amie humaine secrète nommée Bridgette Hudson vivant à Twin Peaks. Comment connaissais-tu tous ces détails ? »

Sophie resta figée sur sa chaise, la bouche ouverte, l'esprit qui partait dans tous les sens.

« Son... son nom était vraiment Montgomery ? » demanda-t-elle, la voix faible.

Mac hocha la tête en signe d'affirmation.

Sophie regarda Reggie avec désespoir.

« J'inventais, je le jure. J'ai créé des histoires pour nous divertir. Tu dois me croire. Dis-moi que tu me crois, s'il te plaît, Reg. » Sophie se tourna, joignant les mains si fort que sa peau paraissait tendue sur ses articulations.

« Bien sûr que je crois... »

« Je sais que tu n'as pas commis ces meurtres », dit Mac, interrompant les assurances de Reggie. « Quand le vampire a été enlevé à Twin Peaks puis abandonné à Golden Gate Park, tu étais ici en train de travailler. J'ai vérifié. Il n'y avait aucun moyen que ton absence ne soit pas remarquée. Pour enlever un vampire, l'empaler et abandonner son corps aurait pris assez de temps pour que quelqu'un ici remarque que tu manquais. J'ai déjà parlé à Reginald hier, et ton emploi du temps peut être confirmé pour toute la nuit du meurtre du vampire. Tu n'aurais pas pu quitter le bâtiment sans que Mlle Zhao s'en aperçoive. Je t'ai suivie le jour de la mort de la sirène, donc je sais que tu n'étais pas là. De plus, il y avait un témoin oculaire de son meurtre. Ma question est : comment connaissais-tu tous les détails de leur mort ? Est-ce que quelqu'un t'a fourni des informations ? »

« Je ne parle à personne des détails des affaires qu'on traite, je le jure. Est-ce que ce ne sont pas juste de bizarres coïncidences ? » demanda Sophie, sachant au fond d'elle-même que cela ne semblait pas probable. Mac qui la suivait l'autre jour expliquait la sensation d'être observée.

« J'ai une idée », intervint Reggie.

Mac et Sophie le regardèrent tous les deux avec des regards expectatifs, alors Reggie continua :

« Mac, si tu as accès à tous les rapports de police, je vais demander à Amira de sortir les dossiers de toutes les affaires d'autopsie sur lesquelles Sophie et moi avons travaillé. Nous essaierons de nous souvenir des histoires que Sophie a racontées sur chaque décès, et tu pourras comparer ses histoires aux rapports. Ne nous dis pas les détails des rapports pour que nous puissions déterminer si elle a correctement deviné les circonstances d'autres décès. »

« Reg, c'est stupide. Nous n'avons pas besoin de faire ça. C'étaient juste des histoires bidon », dit Sophie, l'appréhension rendant ses mots petits et rapides.

« Je ne suis pas d'accord. Nous devons voir si c'était juste un coup de chance. Si les autres histoires ne correspondent pas aux rapports de police, alors nous saurons avec certitude. Mais si tu as raison pour les autres meurtres... il pourrait y avoir quelque chose de plus important en jeu, et nous devons découvrir quoi », dit Reggie.

Il serra l'épaule de Sophie en se dirigeant vers la sortie pour demander à Amira de sortir tous les dossiers de la semaine et demie passée.

Alors que Sophie se recroquevillait et pressait son front contre ses genoux, Mac s'éclaircit la gorge et annonça qu'il devait aller chercher son ordinateur portable. Son ordre de ne pas quitter le bureau fit que Sophie lui fit silencieusement un doigt d'honneur.

Quand Mac revint, Sophie se tourna vers lui.

« Alors, qu'est-ce que ça veut dire ? Soit je suis suspecte de meurtre, soit j'ai un pouvoir surnaturel. Ce sont mes seuls putains de choix ? »

« Tu ne serais pas la première humaine à avoir des pouvoirs. Ça signifie généralement qu'il y avait un Mythique quelque part dans ton ascendance », dit Mac. Voyant ses épaules affaissées, il dit : « Est-ce que ce serait si terrible d'avoir des pouvoirs ? Tu pourrais faire du bien avec. »

« Je ne veux pas d'une vie compliquée. Je veux juste assister aux autopsies, traîner avec mes amis, et boire un whisky de temps en temps dans le bar d'ogres du quartier. Est-ce trop demander ? »

Mac lança à Sophie un regard compatissant qu'elle n'apprécia pas du tout. Elle ne voulait pas de la pitié de ce connard. Surtout que, selon elle, tout était de sa faute de toute façon.

« J'ai une question », dit Sophie après un petit silence gênant. « Si il s'avère que le reste des histoires ne correspondent pas, qu'est-ce que ça signifie pour moi ? Est-ce que je serai suspecte de meurtre ? »

« Pas pour la sirène, évidemment. Mais nous devrons découvrir comment tu connaissais tous les détails de la mort de Montgomery. Je ne peux pas ignorer le fait que tu connaissais des détails spécifiques. Mais ne t'inquiète pas encore. Nous traverserons ce pont quand nous y arriverons. »

Sophie souffla d'agacement. *Facile pour lui d'être nonchalant quand ce n'est pas sa vie qui est bouleversée.*

Reggie revint en se dépêchant, serrant une pile de dossiers.

Tirant la chaise de Sophie autour de son bureau, ils s'assirent côte à côte avec Mac séparé d'eux par le bureau imposant.

Reggie empila les dossiers un par un, les gardant dans la même séquence que les autopsies avaient initialement eu lieu, en commençant par la première de Sophie.

« Quand ai-je commencé à raconter les histoires ? » demanda Sophie, essayant de se rappeler. « Attends... je crois me souvenir. C'était ce type sans tête ? Je me souviens avoir plaisanté que les meurtriers avaient coupé ses tatouages. »

Feuilletant la pile, Reggie localisa le bon dossier et cria le numéro de l'affaire à Mac. Pendant que Mac prenait des notes dans son petit carnet, Reggie et Sophie lui racontèrent les détails de l'histoire que Sophie avait inventée sur le cadavre sans tête.

Quand ils arrivèrent à l'autopsie où elle avait rencontré Mac pour la première fois, Reggie commença à le déplacer vers la pile croissante de dossiers examinés.

« Attends. Avais-tu une histoire sur celui-ci ? » demanda Mac. « Je me souviens que tu as dit quelque chose sur un 'monstre envoyant un message'. Quelle aurait été ton histoire sur ce meurtre ? C'était mon affaire, et j'aimerais entendre tes pensées sur la mort de la victime. »

« Je ne sais pas. Quelle que soit l'histoire que j'allais raconter, elle a disparu. Je ne me souviens pas de ce que j'allais dire. » Sophie haussa les épaules en s'excusant.

« Hmmm. Peut-être que tu as besoin d'être en présence du corps pour obtenir leur histoire », suggéra Reggie.

« Tu supposes que ce n'est pas juste une perte de temps et que j'ai raison pour ces histoires », dit Sophie de manière pointue.

« Passons juste au suivant », grogna Mac. « Je ne peux pas passer toute la nuit ici pendant que vous deux vous remémorez. J'ai à peine dormi dans les dernières vingt-quatre heures. »

« Oh pardon de t'importuner ! Tu veux pas aller te faire voir ?... »

« Aucune des autopsies prévues pour ce soir n'est de haute priorité. Je crois que résoudre ceci prend la priorité. Nous pourrons faire notre travail très bien », interrompit rapidement Reggie.

Mac agita la main de manière impérieuse pour qu'ils continuent.

Sophie ouvrait la bouche pour dire à Mac précisément ce qu'elle pensait de son attitude quand Reggie croisa son regard et secoua la tête de manière imperceptible.

Soupirant de défaite, Sophie se retourna vers le dossier suivant. Elle reconnut que son envie de chercher la bagarre avec Mac venait du désir de ne pas avoir à faire face à la possibilité que ses histoires soient autre chose que des inventions.

Puisqu'ils ne complétaient généralement qu'environ cinq à six autopsies par service, c'était moins de quarante dossiers à examiner. Examiner les autopsies prit trente des plus longues minutes de la vie de Sophie.

« Bon, Mac, dis-nous. Est-ce qu'une des histoires de Sophie était correcte ? » demanda Reggie après avoir fermé le dernier dossier.

Sophie fut reconnaissante qu'il dise quelque chose, puisque ses cordes vocales semblaient être gelées.

Mac mit son ordinateur portable de côté et prit son carnet. Silencieusement, Mac feuilleta ses notes, examinant ses informations. Sophie put à peine se retenir de bondir par-dessus le bureau et de l'étrangler d'impatience.

« Sur les 31 histoires, tu en as eu 27 de correctes. Un meurtre n'est pas résolu, donc il n'y avait pas assez de détails pour confirmer dans un sens ou dans l'autre. Je vais faire un suivi avec l'inspecteur principal sur celui-ci. Tu avais quelques détails mineurs corrects avec les trois autres, mais la majorité de ton histoire ne correspond pas au rapport de police. Donc il semble que ton don ne soit pas infaillible », déclara Mac.

« Don... » balbutia Sophie.

« Si nous supposons que ces chiffres reflètent ta précision habituelle, tu as raison plus de 80 % du temps », continua Mac.

« Mais... c'étaient juste des histoires. Elles ne sont pas réelles », chuchota Sophie, fixant Mac avec horreur.

« Tu ne vois pas, Sophie ? C'est incroyable. Tu peux faire tant de choses pour aider ! » s'exclama Reggie.

Voyant le visage de Sophie, l'expression ravie de Reggie se transforma en consternation, alors que les larmes emplissaient ses yeux.

« Oh, Sophie. Ça va aller », dit Reggie, la prenant dans ses bras.

Sophie, normalement pas du genre tactile, s'accrocha aux épaules de Reggie pendant un long moment, avalant difficilement pour contrôler ses émotions. Il n'y avait aucun moyen que Sophie pleure, surtout devant l'inspecteur bourru qui avait l'air décidément mal à l'aise avec sa démonstration.

« Je vais bien. Sérieusement, je vais bien. Merci, Reg », dit Sophie en se reculant.

Se rasseyant dans sa chaise, Sophie se frotta les tempes, essayant de prévenir un mal de tête de stress.

« Bon, que se passe-t-il maintenant ? » demanda-t-elle en fixant Mac.

« Pour l'instant, je veux que vous continuiez tous les deux comme d'habitude. J'ai besoin de faire un suivi sur ces trois affaires qui ne correspondent pas à tes histoires. Je veux aussi voir ce que je peux déterrer sur le meurtre non résolu. En attendant, je veux que tu continues à raconter tes histoires à Reggie sur chaque autopsie, puis qu'il me les envoie. Si vous pouvez trouver un moyen de les enregistrer, faites-le. Je veux m'assurer qu'aucun détail n'est oublié ou manqué. Une fois que j'aurai plus d'informations, je reviendrai. Aussi, ne dis à personne ce que tu peux faire pour l'instant. Nous devons décider ensemble quoi faire de ton don. Ne le dis à personne, Sophie – pas tes collègues, pas ta famille, pas ton ami ogre. Personne. Compris ? »

« Bien sûr, papa. Tu vas me punir si je n'obéis pas ? Peut-être me prendre les clés de ma voiture ? » dit Sophie, la voix dégoulinante de dérision.

« Tu n'es pas aussi drôle que tu le penses. Je le répète, jusqu'à ce qu'on maîtrise ça, il faut garder le secret. Il y a des gens dangereux dans cette ville qui seraient heureux de t'utiliser ou de t'éliminer s'ils savent ce que tu peux faire », grogna Mac.

« En parlant de ce que tu peux faire... Y a-t-il d'autres talents cachés que tu possèdes ? As-tu déjà pu voir l'avenir ou influencer l'humeur d'autres personnes ? »

« Eh bien, j'ai visiblement le don de t'agacer. »

« Oui, ça semble être un talent qui t'est unique. Qu'en est-il des instincts viscéraux ? Sens-tu le danger ou arrives-tu facilement à cerner les intentions ou personnalités des gens ? »

« Je ne sais pas. J'ai tout de suite vu que tu étais un connard », taquina Sophie.

« Sophie... » commença Mac à grogner.

« D'accord, d'accord. Désolée, tu es si facile à énerver. Ouais, parfois j'ai de forts instincts viscéraux sur les gens ou les situations. Mais je ne sais pas si c'est différent ou plus fort que l'intuition d'une personne normale », dit Sophie, levant les mains en signe de défaite.

« Qu'en est-il des rêves ? Des prémonitions ? » intervint Reggie.

« Aucune prémonition d'aucune sorte. Cependant, j'ai un rêve récurrent où je suis une tueuse en série qui travaille à Disneyland en tant que Blanche-Neige. Parfois, j'ai aussi un rêve où je suis une courtière impitoyable », dit Sophie, faisant rire Reggie.

« Je peux t'imaginer en Blanche-Neige, mais je ne peux pas t'imaginer en costume. » Reggie gloussa.

« Blanche-Neige version alternative, peut-être. Tu distribuerais les pommes empoisonnées au lieu de les manger », dit Mac.

Sophie renifla, amusée.

« Bon, je vais y aller. Dès que j'aurai plus d'informations, je vous retrouverai ici. »

Sans un autre mot, Mac se retourna et sortit du bureau à grands pas. Sophie fixa l'agrafeuse sur le bureau de Reggie, fantasmant sur le fait de la lancer à l'arrière de la tête de Mac. Elle soupira, sachant au fond d'elle-même que ce n'était pas la faute de Mac si des informations accablantes planaient maintenant au-dessus de sa tête. La seule chose qu'il avait mal faite était de découvrir que les histoires pouvaient être réelles.

« Je sais que c'est beaucoup », dit Reggie doucement. « Mais tu peux le faire. Tu peux aider les gens. La même femme qui a essayé de secourir un opossum acculé et de lui donner une pomme est le genre de personne qui utiliserait son don pour aider les gens. Je crois en toi, Sophie. »

« Je veux juste être normale, Reg », chuchota Sophie.

« Tu n'as jamais été normale, Soph », chuchota Reggie en retour comme s'il confiait un secret bien gardé.

« Aïe. Trop vrai, cependant », gloussa Sophie. « Bon, assez de cette fête de la pitié à la con. Allons faire une autopsie. »

« C'est ma fille. »

Le reste de la nuit parut un peu surréaliste à Sophie. Reggie utilisa son téléphone pour enregistrer ses histoires pendant qu'ils travaillaient. Il promit de s'occuper d'envoyer les enregistrements à Mac. Elle était contente de ne pas avoir à s'en inquiéter. Pour les deux premières autopsies, les histoires sortirent guindées et maladroites jusqu'à ce que Reggie et Sophie commencent à se détendre et entrent dans l'étrange rythme de leur travail.

Alors qu'ils s'asseyaient pour déjeuner, ni Reggie ni Sophie ne participèrent beaucoup à la conversation, chacun perdu dans ses propres pensées. Heureusement, personne ne sembla remarquer qu'ils étaient inhabituellement silencieux. Une dispute animée entre Ace et Amira détourna toute attention d'eux.

« Je me fiche que tu ressentes le besoin de laver obsessionnel-lement ta nourriture comme le rongeur atteint de TOC que tu es.

Ce n'est pas le problème. Le problème, c'est que tu fous de l'eau partout, bordel ! Le moins que tu puisses faire, c'est de nettoyer, pour que la salle de pause ne soit pas un danger. Quelqu'un pourrait glisser », cracha Amira.

« Je n'arrive pas à croire que *tu* oserais m'appeler inconsidéré quand tu laisses cette pièce puer comme un marché aux poissons. Tous. Les. Jours », grinça Ace, montrant ses dents à Amira dans les prémices d'un grognement. « Je ne suis *pas* un rongeur. Je ne vais pas supporter ces conneries spécistes des royaumes supérieurs, donc je ne vais certainement pas supporter cette merde de ta part. Tu sais mieux que ça. Les royaumes inférieurs doivent putain se serrer les coudes et se surveiller mutuellement. Ou es-tu trop bien pour nous autres, féline ? »

« Royaume supérieur ? Royaume inférieur ? Qu'est-ce que c'est ? » demanda Sophie, espérant éviter une bagarre. La façon dont Ace et Amira avaient tous les deux commencé à se lever de leurs sièges n'augurait rien de bon pour une résolution pacifique. Intellectuellement, Sophie savait qu'ils n'en viendraient pas vraiment aux mains, mais elle pouvait imaginer qu'ils avaient tous les deux le poil hérissé d'agressivité.

« Dans le monde des métamorphes, il y a un peu de hiérarchie. Les prédateurs supérieurs comme les loups, les ours et les grands félins sont dans un royaume. Le royaume inférieur consiste en les autres métamorphes qui ne sont pas des prédateurs de pointe. Comme nous, par exemple, un opossum, un raton laveur, une oie et un chat », dit Reggie, pointant chaque personne à la table à tour de rôle. « Il y a pas mal d'entre nous des royaumes inférieurs dans ce royaume. Malgré notre nombre supérieur, nous sommes souvent traités comme si nous étions bizarres et inférieurs par les autres espèces. »

« Est-ce que Mac est un métamorphe supérieur, puisque c'est un renard ? » demanda Sophie.

« Il est à la limite. Pas considéré comme un prédateur supérieur par le royaume supérieur, malgré le fait d'être un animal prédateur. Mais il ne s'intègre pas non plus dans le royaume inférieur avec nous autres », dit Reggie.

« C'est toutes des conneries, bien sûr. Il n'y a pas de 'royaume inférieur', et si tu utilises ce terme, ça veut dire que tu es un connard. La hiérarchie n'existe pas vraiment – c'est tout dans leur tête. Plus le prédateur est gros, plus son ego est gros. Les loups sont les pires parce qu'ils sont les plus célèbres », dit Fitz. « C'est tous ces putains de romans à l'eau de rose, je dis. »

« Et n'oubliez pas les Fae qui traitent *tous* les royaumes de métamorphes comme s'ils étaient inférieurs », intervint Ace.

« Quoi ? Pourquoi ? » demanda Sophie.

« Les Fae ont utilisé leur magie pour créer les métamorphes pour être leurs serviteurs et guerriers. Ils possédaient les métamorphes », expliqua Amira.

« Comme des esclaves ? » demanda Sophie avec dégoût.

« Oui, exactement comme des esclaves. Ils ont créé les métamorphes supérieurs pour se battre pour eux, chasser, garder. Les métamorphes inférieurs étaient utilisés à diverses fins », répondit Amira.

« Comme quoi ? »

« Ça dépend de la race. Éclaireurs, travail domestique, assassins... parfois juste comme animal de compagnie. C'était il y a si longtemps, ce ne sont plus que des spéculations maintenant », dit Amira en haussant les épaules. « Mais beaucoup de Fae agissent encore de manière supérieure envers les métamorphes, et notre histoire avec eux y est pour beaucoup. Ça, et les Fae sont souvent juste des connards arrogants. »

« Qu'en est-il des humains ? Où s'intègrent-ils ? » demanda Sophie.

Elle jeta un coup d'œil autour de la table alors que personne ne répondait. Tout le monde avait l'air mal à l'aise et vaguement embarrassé.

« Nous ne comptons même pas, n'est-ce pas ? » demanda Sophie avec une compréhension croissante.

« Eh bien... » dit Ace en s'éclaircissant la gorge. « La force et le pouvoir sont ce qui compte avec les Mythiques. Plus l'individu est gros ou dangereux, plus il est respecté. Par exemple, les métamorphes sont physiquement forts, ont des dents et des griffes ; nous sommes plus rapides, plus forts, et nous guérissons rapidement – même les métamorphes des royaumes inférieurs. Cependant, nous respectons les Fae parce que certains d'entre eux ont un pouvoir inimaginable. »

« D'accord. Alors, que se passerait-il si un petit groupe de vampires faisait face à un ogre ? Si l'ogre leur disait de quitter son territoire, ils le feraient, non ? Parce que l'ogre est plus fort ou plus puissant qu'eux ? » demanda Sophie, se souvenant de l'interaction entre Burg et Narcisse.

« Il faudrait un vampire très vieux et très puissant pour être prêt à s'attaquer à un ogre. Ou au moins un groupe considérable de vampires », dit Amira en haussant légèrement les épaules.

« Est-ce que ça veut dire que les humains sont les plus faibles et les moins puissants ? Pour un vampire, les humains sont-ils juste des collations chaudes et gigotantes qui essaient parfois de s'enfuir ? » précisa Sophie.

« Un humain individuel ? Oui. Mais toute l'humanité ? Il y a tant de force dans le simple nombre d'humains dans ce royaume. Pour rester en sécurité, les Mythiques doivent rester secrets. Il y a des individus dans la communauté Mythique qui croient que nous devrions régner sur les humains. Je crois que ces gens courtisent l'extinction. Je veux juste travailler ici et vivre ma vie », dit Reggie.

« Eh bien... cet humain faible, sans défense et tendre est prêt à retourner au travail. Nous sommes en retard à cause de Mac de toute façon », dit Sophie en se levant. « Au fait, ces types qui pensent qu'ils sont meilleurs que vous parce qu'ils pensent que leur côté animal est plus gros ou plus méchant... Ces types peuvent aller se faire voir. Ce que vous êtes et ce que vous pouvez faire... Franchement, c'est vraiment incroyable. »

Jetant ses déchets à la poubelle, Sophie sortit de la salle de pause, s'arrêtant devant le tableau pour voir quelle autopsie était prévue ensuite.

« Soph, attends », dit Reg, la rattrapant à ses côtés quand elle s'arrêta devant la salle d'autopsie.

Quand elle se tourna pour lui faire face, Reggie lui fit un sourire hésitant.

« Merci », dit Reggie. « Ça nous a fait beaucoup de bien. Nous en avons marre de la façon dont les métamorphes supérieurs nous traitent parfois ; nous apprécions tes mots. Et nous ne pensons pas que les humains sont inférieurs. Surtout pas toi. Tu es notre amie. »

« Vous êtes mes amis aussi », dit Sophie. « Maintenant assez de ces conneries de sentiments à l'eau de rose. Allons faire une autopsie. »

« C'est ma fille. »

* * *

Descendant du bus, Sophie admira le brouillard matinal qui s'élevait lentement de la rue. Bientôt, la chaleur du soleil chasserait les dernières volutes de brouillard qui s'accrochaient encore obstinément aux bâtiments et aux trottoirs.

Jetant un rapide coup d'œil vers la droite, là où l'attendaient Ma Tatin et son lit, Sophie fit demi-tour et partit à gauche. Avec les révélations de la nuit précédente, il n'y avait aucun moyen qu'elle puisse s'endormir de sitôt. L'épuisement et un mal de tête de tension planaient le long de ses tempes, mais elle ne pouvait supporter l'idée de se diriger vers son appartement vide avec seulement ses pensées tourbillonnantes pour lui tenir compagnie.

Son chemin errant l'amena à une petite boutique de curiosités sur Leavenworth. Des livres, des chapeaux et des portants de marchandises diverses débordaient de l'entrée sombre sur le trottoir comme une valise qui avait éclaté.

En entrant, l'espace étroit débordait de vêtements, d'armoires bourrées de livres usagés et de centaines de chapeaux empilés jusqu'au plafond. Avec seulement une allée, le magasin était à peine assez large pour contenir Sophie et son sac en bandoulière. On avait presque l'impression qu'elle était entrée dans le placard débordant d'un collectionneur compulsif.

Dans la vitrine se trouvaient plusieurs présentoirs rotatifs, empilés de bijoux de fantaisie étincelants.

Un homme mince et âgé avec une touffe de cheveux brun foncé dépassant d'une casquette de baseball beige, fit apparaître sa tête de derrière une petite vitrine, surprenant Sophie.

« Bonjour, bienvenue ! Cherchez-vous quelque chose en particulier ? » dit l'homme d'une voix chaude et mélodieuse.

« Je regarde juste », répondit Sophie, secouant la tête d'émerveillement devant cette étrange boutique. On avait l'impression qu'elle était entrée dans une réalité de poche, séparée du reste du monde.

Sophie se retourna, faisant attention de ne pas renverser un présentoir suspendu débordant de sacs à main de toutes tailles et couleurs. Elle était sur le point de s'échapper vers les espaces ouverts de la rue quand quelque chose attira son attention.

Un œil couleur ambre semblait presque la regarder de derrière une pile de lunettes de soleil sur une étagère.

Fouillant avec ses doigts dans le fouillis, elle poussa les débris emmêlés hors du chemin.

Sophie fit glisser délicatement une tasse et une soucoupe vers l'avant de l'étagère poussiéreuse. Sur l'extérieur de la tasse en porcelaine délicate était peint à la main un chat, ressemblant étroitement à Ginsberg.

Prenant la tasse de l'étagère, Sophie l'examina pour des défauts. Bien que ce soit clairement un objet artisanal, l'image du chat était pittoresque et soigneusement détaillée. Il ne semblait pas y avoir une seule ébréchure ou rayure sur la tasse ou la soucoupe.

Quand Sophie regarda dans le fond de la tasse, elle faillit perdre sa prise sur l'anse et la laisser tomber.

Éclatant de rire, Sophie admira les mots délicats en cursive peints à l'intérieur : « Chatte chaude ».

Incapable de contenir son sourire, Sophie apporta son trésor retrouvé à l'homme qui attendait près d'une caisse enregistreuse à l'ancienne.

Sophie a payé avec plaisir au propriétaire du magasin les quelques dollars indiqués au fond de la soucoupe.

Il a emballé méticuleusement le tout dans du papier journal après avoir jeté un regard admiratif à l'ensemble. Avec un sourire de conspirateur, il tendit son paquet à Sophie.

Sophie se précipita vers Ma Tatin, impatiente de voir la réaction de Birdie au cadeau. Elle était aussi excitée d'avoir une conversation humaine normale sans la moindre trace de trucs magiques, avec une vieille dame douce et à l'esprit coquin.

CHAPITRE 11

A peine une heure après le début de leur service le lendemain, le téléphone de Reggie sonna bruyamment alors qu'ils finissaient une autopsie.

Enlevant ses gants jetables, Reggie prit le téléphone et regarda l'écran un moment avant de taper rapidement quelque chose. Sophie sourit en voyant la langue de Reggie pointer au coin de sa bouche dans sa concentration pendant qu'il tapait.

« L'inspecteur Volpes sera là dans environ une heure. Il veut nous rencontrer », informa Reggie à Sophie. « Je pense que nous pouvons faire une autre autopsie avant qu'il n'arrive. »

« Compris, chef. Laisse-moi aller chercher notre prochain client », dit Sophie avec désinvolture, essayant de dissimuler sa nervosité soudaine.

L'heure suivante traîna en longueur et fila à toute vitesse à la fois. Cela n'aidait pas que Sophie se surprenne à jeter un coup d'œil à l'horloge murale toutes les quelques minutes. Après un nettoyage rapide mais minutieux, la finalisation de la paperasserie et le retour du corps au frigo, Sophie se dirigea vers le bureau de Reggie d'un pas traînant.

En entrant dans le petit bureau, Sophie poussa un soupir de

soulagement en voyant que Mac n'était pas encore arrivé, même si ce n'était qu'un sursis temporaire, au mieux. Sophie essaya de s'asseoir pour se détendre, mais presque aussitôt que ses fesses touchèrent le siège de sa chaise, elle rebondit. Elle commença à faire les cent pas dans le bureau, tout comme Mac l'avait fait la veille. Ses yeux reflétaient l'inquiétude et le stress.

« Mac dit qu'il sera là dans quelques minutes. Il attend dans le hall qu'on le fasse entrer par Mme Zhao », dit Reggie, regardant délibérément son téléphone pour lui laisser un peu d'intimité.

« J'ai une question, en fait », dit Sophie, cherchant à se distraire. « Pourquoi vous n'avez pas plus de sécurité pour ce bâtiment ? Tant de ces autopsies pourraient envoyer quelqu'un en prison, on pourrait penser que le bâtiment serait mieux protégé. Tout ce qu'on a, ce sont des interphones et Mme Zhao. »

« Mme Zhao est amplement suffisante comme sécurité. Seul quelqu'un d'extrêmement stupide tenterait de forcer le passage devant elle », confia Reggie.

« Mme Zhao ? » répéta Sophie, pensant à la femme à l'accueil portant des escarpins et un tailleur en laine.

« Oh oui. C'est une dilong, un dragon de terre chinois », dit Reggie, comme si Sophie devait savoir ce que cela signifiait.

« Une quoi ? »

« Une dilong est un dragon de terre chinois. Seul un imbécile, ou quelqu'un avec un désir de mort, essaierait d'affronter une dilong », dit Reggie, faisant tourner la tête de Sophie pour le fixer avec incrédulité. Sophie sentit ses yeux s'écarquiller de surprise, mais elle ne pouvait pas contrôler sa réaction.

« Un dragon ? Un vrai dragon, vivant ? » répéta Sophie, désespérément tentée d'aller observer Mme Zhao comme on regarde un tigre dans un zoo. Sophie était incapable d'imaginer Madame Parfaite en dragon écaillé et puissant... Bien qu'il y ait quelque chose de sage et de redoutable qui persistait dans les yeux de Mme Zhao.

Avant que Sophie ne puisse poser toutes les questions qui se bousculaient dans son cerveau, la porte du bureau s'ouvrit à la volée, et Mac se glissa à l'intérieur.

« Tu savais que la réceptionniste est un dragon ? » lui demanda Sophie, essayant de ne pas laisser transparaître son émerveillement.

« Oh oui. Celui qui l'a embauchée pour garder l'entrée est un génie. Personne ne va pouvoir se faufiler devant une dilong, et ils le regretteront amèrement s'ils essaient. Rappelle-toi juste que le respect et les bonnes manières sont très importants pour les dragons chinois. Tu ne veux pas être dans leurs mauvaises grâces. »

Sophie s'effondra dans une des chaises du bureau tandis que Mac prenait l'autre, sortant son bloc-notes. Alors que Sophie le regardait réviser rapidement ses notes, elle se creusa la cervelle, essayant de se rappeler si elle avait jamais laissé sa langue se délier devant Mme Zhao. Elle ne se souvenait d'aucun cas où elle aurait pu être impolie, mais elle prit note mentalement de traiter le dragon avec précaution.

Mac avait toujours l'air fatigué, et ses cheveux avaient besoin d'être domptés, mais son costume sombre semblait fraîchement repassé avec des plis nets. Pendant qu'il parcourait des yeux l'écriture qui encombrait les pages, Sophie prit discrètement un moment pour admirer comment la veste mettait en valeur ses épaules. Souvent, un costume déguise le physique d'un homme, mais cette veste soulignait agréablement la largeur de ses épaules.

Je parie qu'il fait faire ses costumes sur mesure, c'est pour ça qu'ils lui vont si bien, pensa Sophie, laissant ses yeux s'attarder juste un moment de plus.

« Voici ce que j'ai trouvé jusqu'à présent », annonça Mac. « Ton histoire sur le meurtre non résolu pourrait être correcte. Trop tôt pour le dire encore, mais je me suis arrêté ce matin pour parler à l'inspectrice responsable. Je lui ai fait remarquer qu'il pourrait y avoir un trou dans l'alibi du petit ami. Elle n'était pas ravie que je me mêle de ses affaires, mais je l'ai convaincue de lui jeter un autre coup d'œil. On verra comment ça se passe. Quant aux trois autopsies qui ne correspondent pas à tes visions, je ne trouve pas comment prouver quelle version de leur décès est correcte : la tienne, ou celle du rapport de police. »

Mac revint quelques pages en arrière dans son carnet et pointa un nom sur la page.

« La première victime que je veux examiner est Joseph Henson, le métamorphe jaguar. Le rapport de police dit qu'il est mort par suicide. Il s'est pendu et a laissé un mot. Son frère cadet Floyd l'a trouvé le lendemain quand il ne s'est pas présenté à un déjeuner de famille. Ton histoire était que le frère Floyd a fait prendre de l'oxy et boire de l'alcool à Joseph, puis a mis en scène la pendaison avec deux complices. Selon le rapport de toxicologie, Joseph avait effectivement de l'oxycodone et de l'alcool dans son système. Floyd a un alibi pour cette nuit-là, mais il n'est pas béton. Il était avec deux amis, John Dowling et Mateo Perez », dit Mac.

« Ces deux-là pourraient-ils être les complices que Sophie a vus dans sa vision ? » demanda Reggie.

« Je n'ai aucun moyen de prouver cette possibilité. L'affaire est marquée comme close, et il n'y a pas d'autres pistes à suivre. J'ai enquêté sur Dowling et Perez. Bien qu'ils aient tous les deux des antécédents d'arrestation, il n'y a rien dans leur passé qui me ferait croire qu'ils pourraient commettre un meurtre. Pour le moment, c'est une impasse. »

« Ça ne veut pas dire que Sophie n'a pas raison sur ce qui s'est passé », argumenta Reggie.

« Je suis d'accord, mais j'ai besoin d'avoir plus de preuves concrètes avant de pouvoir faire quoi que ce soit. Pour rouvrir une affaire, je dois avoir plus que la parole de Sophie. Cela nous amène à Cynthia Forsythe. Le rapport indique qu'elle a interrompu un cambriolage en cours et a été abattue pour ses efforts. La version de Sophie des événements était que la personne qui a tiré sur Mme Forsythe avait été engagée pour le faire. Ils l'attendaient qu'elle rentre chez elle. Ils ont saccagé la maison et volé quelques objets de valeur, faisant passer ça pour un vol qui a mal tourné. Ta vision n'incluait pas, par hasard, qui avait engagé le tireur ? » demanda Mac.

« Pas que je me souvienne. Si tu me donnais accès au corps encore une fois, je pourrais tenter d'obtenir une autre... lecture médiumnique », offrit Sophie avec un haussement d'épaules d'excuse.

« Je vais revenir à cette offre dans une minute. Avant ça, je veux examiner la troisième histoire d'autopsie qui ne correspond pas au rapport de police : le vampire, Montgomery. Tu avais raison sur son vrai nom, sa petite amie humaine, et je soupçonne que tu avais raison que quelqu'un l'a attrapé à Twin Peaks. J'ai parlé à Bridgette. La nuit où il a été assassiné, elle l'attendait pour une visite, mais il n'est jamais venu. Le rapport de police indique que c'était un mordre-et-filer interrompu par un chasseur humain. S'il se nourrissait d'un humain, aucun témoin ne s'est manifesté. Les chasseurs recrutent souvent ces victimes pour rejoindre leurs rangs, donc ça pourrait ne rien vouloir dire dans un sens ou dans l'autre. Je prévois de faire un suivi avec le Domus de Montgomery demain pour voir s'ils ont des ennemis qui sont prêts à tuer des membres pour une affaire immobilière.

« Mais ça me semble être un coup dans l'eau. La plupart des Domus sont extrêmement secrets. Même s'ils savent qu'un de leurs membres a été assassiné, ils ne donneraient aucune information à la police. Ils aiment régler les problèmes eux-mêmes. Accepter de l'aide les fait paraître faibles. Avec toutes ces affaires, je suis bloqué, et il n'y a plus de pistes à suivre. De plus, c'est techniquement l'affaire de Lancaster et Hernandez, et ils me harcèlent pour avoir essayé d'empiéter sur leur territoire. Ils agissent pire que d'habitude, et c'est dire quelque chose quand il s'agit de loups qui deviennent territoriaux. Je pense que c'est du travail de police paresseux de se contenter d'accepter la solution facile comme ils l'ont fait. »

« Des loups, des vrais loups, c'est bien ça », demanda Sophie. Quand Mac hocha la tête, Sophie prit une profonde inspiration, compta jusqu'à trois dans sa tête avant d'expirer. Il y avait tant de choses qui se bousculaient pour avoir de la place dans son cerveau qu'elle devait juste mettre une épingle là-dessus et s'en occuper plus tard. « D'accord, passons à autre chose. Si les loups ne vont pas te laisser participer à l'affaire Montgomery, où est-ce que ça nous laisse ? Je crois que je ne peux pas faire plus que ce que j'ai déjà fait. »

« J'espérais te donner accès à un de ces corps pour voir si on peut obtenir une autre lecture, mais les cadavres de Joseph Henson et Cynthia Forsythe ont été rendus à leurs familles. Tous les deux ont déjà été incinérés. Montgomery a été rendu à son Domus, et je n'ai aucune idée de ce qu'ils font avec leurs membres décédés, mais je serais choqué s'ils nous laissaient nous approcher du corps de Montgomery », dit Mac.

« Eh bien, merde. Je pensais que tu aurais de meilleures nouvelles. Ou peut-être quelques idées sur comment je pourrais aider », dit Sophie avec une grimace.

« Il y a quelque chose. Tu te souviens de la première fois qu'on s'est rencontrés ? C'était une autopsie pour Zhang Liu. Il avait été déchiqueté par un métamorphe. Basé sur des échantillons de cheveux et de tissus, la police scientifique a pu le réduire à un métamorphe loup. J'ai d'abord pensé que c'était lié aux gangs ou possiblement un deal de drogue qui avait mal tourné, mais je n'étais pas convaincu. Je n'ai pas pu trouver de vrais suspects, et les pistes se sont taries. Je veux que tu examines le corps encore une fois », demanda Mac.

« Absolument. Amène-moi juste le corps, et je verrai ce que je peux faire », accepta Sophie immédiatement.

Mac se racla la gorge plusieurs fois, ayant l'air de plus en plus mal à l'aise alors qu'il jetait un coup d'œil à ses notes.

« Quel est le problème ? » demanda Sophie.

« Eh bien, on va devoir le déterrer », dit Mac avec une grimace.

« Qu'est-ce que tu veux dire, le déterrer ? » demanda Sophie, sa voix montant dans les aigus jusqu'à ce qu'elle couine sur le dernier mot.

« Il a été inhumé au Woodlawn Memorial Park à Colma il y a trois jours », révéla Mac d'un ton factuel.

« Tu veux qu'on profane une tombe ! » hurla Sophie. « Comment diable allons-nous faire, tous les trois, pour nous faufiler dans un cimetière et déterrer un cercueil ? »

« Je ne suis pas sûr encore, mais on doit le faire bientôt. Je vais trouver quelque chose. Je crains que la puissance de tes visions ne s'affaiblisse à mesure que tu t'éloignes du moment de la mort. Je ne veux pas prendre le risque », dit Mac.

« Ce samedi, Sophie et moi sommes tous les deux en congé. Amira, Fitz et Ace aussi. Je pense qu'on doit les informer du don de Sophie. Ils finiront par remarquer ce dont elle est capable. J'ai travaillé avec tous les trois pendant de nombreuses années ; on peut leur faire confiance », suggéra Reggie, regardant Mac et Sophie avec expectative.

« Tu es sûr qu'on peut leur faire confiance ? Si on se trompe sur le don de Sophie, ça pourrait devenir très embarrassant très rapidement. Possiblement même dommageable pour nos carrières. Même si on a raison sur le don de Sophie, si l'information venait à se savoir avant qu'on puisse s'y préparer, cela poserait d'autres problèmes. Dans tous les cas, jusqu'à ce qu'on puisse confirmer ça avec plus de preuves irréfutables, on devrait garder ça entièrement secret », avertit Mac.

« Tu sais que ce n'est pas un coup de chance, Mac. Tu sais que ses visions sont justes », grogna presque Reggie, faisant hausser les sourcils de Sophie de surprise.

« Je suis d'accord. Elle est authentique. Mais... j'ai besoin de savoir si ses visions sont précises à 100 % ou si elle fait des erreurs. De toute façon, j'ai besoin d'une autre piste sur l'affaire Liu, et elle est mon meilleur espoir », argumenta Mac.

« As-tu écouté la bande audio qu'on t'a envoyée ce matin ? » demanda Reggie, changeant de sujet.

« Oui. Toutes ces visions semblent justes. Cependant, c'étaient aussi des affaires assez directes. Voyons ce qui se passe samedi, et ensuite on pourra décider quoi faire ensuite », dit Mac. « Tu es sûr que tu peux faire confiance à Ace, Amira et Fitz ? »

« Absolument », confirma Reggie avec un hochement de tête ferme.

Refermant son carnet d'un geste décidé, Mac se leva de sa chaise et se dirigea vers la porte du bureau. « D'accord, il n'y a pas de temps comme le présent. Allons parler à ton équipe », dit-il, sortant du bureau, laissant Reggie et Sophie se précipiter après lui.

« Hé, connard, attends-nous ! » beugla Sophie.

« C'est Inspecteur Connard, je te prie. » Il se dirigea vers la salle de repos où le bourdonnement de la conversation résonnait.

Quand Mac entra dans la salle de repos avec Sophie sur ses talons, la conversation s'arrêta net comme si quelqu'un avait appuyé sur le bouton muet. Sophie observa par-dessus l'épaule de Mac alors que tout le monde le fixait avec choc, la bouche bée. La salle de pause était le sanctuaire de l'équipe, un endroit pour se détendre et décompresser de l'obscurité occasionnelle de leur travail. Avoir la présence orageuse du détective apparaître dans l'embrasure avait choqué tout le monde au silence.

Alors que Sophie se pressait derrière Reggie dans l'embrasure, Mac attrapa une chaise vide de la table ronde de la salle de repos et s'assit avec panache.

« Qu'est-ce que c'est que cette merde ? » grogna Ace. « Tu n'es pas le bienvenu ici, espèce de... »

« On a besoin de votre aide », interrompit Mac avant qu'Ace ne puisse se lancer.

Reggie et Sophie se précipitèrent et prirent des sièges de chaque côté de Mac.

« Il a raison », dit Reggie, coupant tout ce que Mac aurait pu dire pour énerver Ace. « On a besoin de votre aide. »

Reggie et Mac passèrent les trente minutes suivantes à exposer les faits à l'équipe.

« Alors, notre fille ici est une super-héroïne, hein ? » dit Ace avec un sourire après que Mac eut fini de parler.

« Je ne suis pas... »

« Arrête de la taquiner, Ace. Ça a été quelques jours difficiles pour Sophie », réprimanda Mac, sa défense rapide surprenant Sophie.

« Va te faire foutre. Je ne 'taquine' pas Sophie. Tu n'as pas à venir ici et me dire comment je dois parler à mes amis », ricana Ace, commençant à se lever et se pencher au-dessus de la table vers Mac.

« Ça suffit, vous deux. Je ne peux pas supporter d'arguments maintenant. Vous allez me donner mal à la tête. On doit élaborer un plan, pas vous entendre vous chamailler », intervint Fitz. Il fixa les deux hommes du regard jusqu'à ce qu'Ace se rasseye avec un souffle irrité.

« On va devoir déterrer Zhang Liu pour que Sophie puisse faire une lecture médiumnique sur lui. Il est enterré là-bas, au cimetière Woodlawn à Colma. Nous trois, nous ne pourrons pas y arriver seuls. On a besoin de votre aide. Puisque vous êtes tous en congé samedi soir, on devrait le faire ce soir-là », dit Mac.

« Je suis partante », annonça Amira avec un large sourire. « J'ai toujours rêvé d'enfreindre la loi ! »

« D'abord, je dois trouver l'emplacement exact de la tombe de Liu. Aussi, je veux repérer les lieux et la sécurité du cimetière. Sophie, j'ai besoin que tu viennes avec moi. Voyons si tu peux avoir une lecture médiumnique sans qu'on ait à le déterrer d'abord. Je ne veux pas perdre de temps, donc j'aimerais y aller

GWEN DEMARCO

dès demain matin. C'est moi qui conduis », déclara Mac, traitant
la proposition comme si c'était déjà une affaire conclue.

« Euh, bien sûr. Ça me va, je suppose », dit Sophie, avalant
toute appréhension.

« Si tu as des visions, ça doit vouloir dire que tu as du
Mythique dans ton ADN. Tu as l'air d'avoir du sang Fae dans les
veines. Tu as le bon type d'yeux et de structure osseuse. Maintenant que je regarde de plus près, peut-être une pixie ou une
nymphe », dit Amira, donnant à Sophie un long regard.

« Ouais, mais les pixies et les nymphes n'ont généralement pas
de pouvoirs psychiques », argumenta Fitz. « Je parierais sur les
Fae. Est-ce qu'un de tes grands-parents est étrange ou particulièrement beau ? Même sous un glamour, les Fae ne peuvent pas
s'empêcher d'être beaux. Tout cet ego démesuré ne leur permettrait pas d'être d'apparence ordinaire. »

« Aucun membre de ma famille étrange ou magique ne me
vient à l'esprit », dit Sophie avec une grimace.

« Est-ce qu'il t'est arrivé quelque chose de bizarre au collège
ou au lycée que tu n'as pas pu expliquer ? » demanda Fitz.

« À part la puberté ? Non, j'étais une adolescente normale »,
répondit Sophie.

« Tu étais normale comme adolescente ? » renifla Amira.

« Tu étais pom-pom girl ? » demanda Ace, soudain intéressé
par la conversation.

« Quoi ? Non. Tu peux m'imaginer en pom-pom girl ? » dit
Sophie, secouant la tête.

« Je parie que tu étais une de ces gamines emo socialement
maladroites avec toujours le nez dans un livre. C'est pour ça que
tu ne comprends jamais nos références à la pop culture. Tu étais
trop occupée à écrire de la poésie angoissée, prêcher contre le
conformisme et te tourmenter sur le consumérisme aveugle »,
annonça Amira, faisant ricaner Mac en accord.

« Non, je parie qu'elle était tout pour l'anarchie, abattre 'Big
Brother' et semer la pagaille », renifla Mac.

« Vous êtes insupportables. J'étais une adolescente parfaitement normale et je ne vous dirai rien de plus. Vous devrez vivre avec le mystère de la curiosité non récompensée parce que vous êtes des connards. En plus, juste essayer de penser au lycée me donne mal à la tête », dit Sophie. « Est-ce qu'on peut se recentrer sur nos plans de profanation de sépulture ? »

Pour le reste de la pause déjeuner, ils élaborèrent un plan au cas où Sophie ne parviendrait pas à avoir une vision de Liu le lendemain matin. Il y eut aussi une discussion approfondie sur les outils et objets dont ils auraient besoin pour déterrer et réenterrer un cercueil en une seule nuit.

« Je le répète, ne parlez à personne de nos plans ou de ce que Sophie peut faire. Ça doit rester un secret complet. Je compte sur tout le monde dans cette pièce pour être à la hauteur de la tâche », déclara Mac. Une fois que tout le monde eut hoché la tête en signe d'accord, il partit travailler sur sa partie du plan.

CHAPITRE 12

Q uand Mac se gara devant le bâtiment du médecin légiste précisément à 7 heures, Sophie fut surprise par la berline grise banale qu'il conduisait. Elle s'était attendue à quelque chose de tape-à-l'œil et de surpuissant.

« Bonjour, Inspecteur Connard ! » gazouilla Sophie en montant dans la voiture.

« Pareil pour toi, diablesse », rétorqua Mac.

Sophie ricana devant cette piètre tentative de répartie. Regardant autour d'elle, elle nota distraitement l'intérieur méticuleusement propre de la voiture.

« As-tu déjà pris ton petit-déjeuner ? » demanda Mac tandis que Sophie bouclait sa ceinture.

« Non, mais je n'ai pas faim », répondit Sophie d'un air absent, examinant toujours la voiture. Jetant un coup d'œil à Mac, elle réalisa qu'il portait un jean délavé et un t-shirt noir. Son jean et son t-shirt étaient du genre à avoir été portés si souvent qu'ils épousaient la forme de leur propriétaire, révélant autant qu'ils cachaient la musculature de Mac. Remontant ses yeux de ses vêtements à sa tête, le regard de Sophie se fixa sur le visage de Mac. C'était la première fois qu'elle le voyait rasé de près. Les poils perpétuels de sa barbe de trois jours avaient jusqu'alors caché la netteté de sa mâchoire et adouci les creux sous ses pommettes. Sophie sentit ses yeux s'écarquiller avant de reprendre une expression neutre.

« Quoi ? » demanda Mac, ses yeux bleu foncé fixant Sophie avec suspicion.

« Euh, je ne t'ai jamais vu autrement qu'en costume. Je suppo-sais que c'était tout ce que tu portais. Que tu dormais probable-ment en costume trois-pièces », taquina Sophie, heureuse que Mac n'ait pas réalisé que sa réaction était l'effet viscéral que son visage avait eu sur sa libido. Secouant la tête, elle se rappela qu'un joli visage et un net manque de relations sexuelles récentes ne changeaient pas le fait que Mac était un connard. Elle aurait peut-être envisagé de lui donner une chance pour une fois si elle n'avait pas eu à traiter avec lui au travail de temps en temps. Hors de question qu'elle risque son emploi pour une aventure d'un soir.

« Tu n'es pas aussi drôle que tu le penses. Je vais nous cher-cher de la nourriture. Tu dois manger ; tu as à peine touché à ton repas hier soir. En plus, je ne sais pas exactement combien de temps ça va prendre. Tu as des préférences pour la nourriture ? » demanda Mac.

« Non, je ne suis pas difficile. Prenons juste quelque chose de rapide en route », suggéra Sophie.

Après quelques minutes de silence gêné et étouffé, Sophie ouvrit la boîte à gants et commença à fouiller dans les papiers soigneusement empilés à l'intérieur.

« Qu'est-ce que tu fais ? » demanda Mac, confus, jetant des regards entre la route et l'indiscrétion de Sophie.

« Je vérifie juste pour voir si cette voiture est enregistrée au nom de quelqu'un d'autre. Tu l'as volée ? » demanda Sophie. « Ou peut-être est-ce la voiture de ton conjoint ? »

« C'est ma voiture », grogna Mac. « Et je ne suis pas marié. Je vais le regretter, mais pourquoi vérifies-tu si la voiture est à moi ? »

« Je t'imaginais juste dans quelque chose de sportif, tu sais, quelque chose avec un gros moteur qui gronde, bourré de chevaux. Ou peut-être une grosse moto noire brillante. Quelque chose avec assez de puissance pour compenser d'éventuels petits défauts », dit Sophie avec un sourire narquois.

« Je n'ai besoin de compenser quoi que ce soit », gronda Mac. « Cette voiture est économique, consomme peu d'essence et conservera bien sa valeur de revente. C'était un achat intelligent. »

« Bien sûr, Monsieur Tout-Américain. Ça sonne comme un choix financier très sage. » Sophie sourit largement, regardant Mac s'agiter à propos de son véhicule et de ses suppositions moqueuses.

Après un arrêt rapide dans un fast-food, Sophie mangea son petit-déjeuner en regardant le paysage défiler. Avec un sourire malicieux, elle froissa et laissa tomber l'emballage du sandwich sur le sol de la voiture de Mac.

Les gratte-ciel disparurent rapidement derrière eux, se transformant en banlieues de la ville. L'Interstate 280 s'arquait haut au-dessus des franges de San Francisco, où l'immobilier moins cher peuplait le paysage. Des centres commerciaux délabrés et des centres de service usés entrecoupaient d'interminables rangées de petites maisons.

La chaîne de montagnes de San Bruno se dressait sur la gauche, parsemée le long de la crête d'une série de tours rayées rouge et blanc. À cette époque de l'année, la petite chaîne de montagnes paraissait sèche et brun roux.

« Savais-tu qu'il y a plus de morts à Colma que de vivants ? » demanda soudain Mac, interrompant le silence confortable qui était tombé entre eux.

« Quoi ? »

« Il y a moins de deux mille personnes vivant actuellement à

Colma, mais il y a plus d'un million et demi de personnes enter-
rées là-bas. »

« Sérieusement ? »

« Ouais, s'il y a jamais une apocalypse zombie, Colma sera
l'épicentre », dit Mac, faisant rire Sophie.

Même avec le trafic matinal, ce fut à peine un trajet de 30
minutes jusqu'à Colma. La plupart du flux de l'heure de pointe se
dirigeait vers la ville, pas hors de San Francisco, rendant le trajet
facile.

En entrant dans Colma, Sophie remarqua une tendance
distincte concernant le paysage de la ville. Pierres tombales, fleuriste, pierres tombales, un autre fleuriste, encore des pierres
tombales.

« Pourquoi y a-t-il autant de cimetières dans le coin ? »
demanda Sophie.

« Il n'y a presque plus d'immobilier non développé à San
Francisco. En plus, les terrains disponibles sont trop précieux
pour être utilisés pour contenir des corps morts. Au début des
années 1900, San Francisco a interdit toute nouvelle inhumation
dans les limites de la ville. Puis dans les années vingt, il y a eu une
énorme poussée pour fermer la plupart des cimetières existants
et déplacer les corps. L'immobilier était trop précieux, et beaucoup des cimetières étaient tombés en ruine. Colma a été établie
uniquement pour abriter les morts de San Francisco. La plupart
des corps enterrés dans la ville ont été exhumés et déplacés à
Colma à la fin des années 1930. Ils ont déplacé bien plus de cent
mille corps. Tu peux imaginer ? »

« Je n'ose pas imaginer l'odeur. » Sophie frissonna.

« Tu m'étonnes ! », ricana Mac. « Bien que ça ne se soit pas
passé d'un coup. Un grand secret que la plupart des gens ne
connaissent pas, c'est qu'un tas de corps ont été laissés derrière.
Alors, de temps en temps, un chantier de construction tombera
sur un tas de restes. En 1993, la Legion of Honor subissait des
rénovations, et ils ont trouvé plus de sept cents corps. »

« Putain de merde ! Ça a dû être une sacrée journée bizarre sur le chantier », s'exclama Sophie.

« Donc, Colma est une vraie nécropole. »

Quand Mac mit son clignotant, Sophie regarda à droite et resta bouche bée de surprise.

À travers une vaste pelouse verte se dressait un bâtiment couleur crème qui ressemblait comme si on avait posé la moitié supérieure d'un château gothique médiéval devant une longue allée bordée de rangées de palmiers.

Entre deux larges passages voûtés en pierre, qui servaient d'une sorte de poste de garde sans personnel, se trouvait une tour octogonale tronquée surmontée d'un toit pointu aux tuiles rouges. Quelque chose à propos des briques de granit blanc taillées grossièrement, des fenêtres voûtées et des larges arcs à pignons donnait l'impression que le bâtiment devrait avoir plusieurs étages au lieu d'être un château miniature trapu et étalé.

Conduisant lentement sous l'une des arches, Mac sortit un morceau de papier de sa poche et le tendit à Sophie. « Liu est dans le Jardin de la Porte de Lune. Je l'ai marqué sur la carte. Donne-moi les directions pour qu'on puisse s'approcher le plus possible », demanda Mac.

Suivant les virages sur la carte avec son doigt, Sophie donna les directions à Mac, essayant de regarder le paysage environnant tout en naviguant. Des collines doucement vallonnées étaient couvertes de rangées et de rangées de pierres tombales, interrompues seulement par des cyprès d'apparence ancienne. La chaîne de montagnes de San Bruno se dressait au-dessus du cimetière au loin comme un chien de garde toujours vigilant.

« Cet endroit est immense ! », s'exclama Sophie.

« Ouais, d'après ce que j'ai lu, ça couvre plus de 60 acres. »

Sophie les amena aussi près de la tombe de Liu qu'elle put, puis ils sortirent et commencèrent à marcher.

« Je pense que le Jardin de la Porte de Lune est par là », dit

Mac, pointant vers un mur de pierre brute avec une grande ouverture ronde, menant à un joli jardin de roses.

Alors qu'ils se promenaient à travers l'arche de pierre, Sophie tendit la main pour toucher la clé de voûte grise en passant dessous. Elle était granuleuse et rugueuse sous ses doigts.

Dans l'une des dernières rangées de tombes, ils localisèrent le lieu de repos final de Zhang Liu. L'herbe qui recouvrait la tombe était neuve. Les joints où le gazon avait été posé étaient encore clairement visibles.

Pointant les sections carrées de gazon, Mac dit : « Si on fait attention, on devrait pouvoir enlever l'herbe et la remettre en place, pour que personne ne sache jamais que la tombe a été dérangée. »

Après s'être assurée que personne ne la regardait, Sophie s'agenouilla à côté de la pierre tombale de Liu et posa ses mains sur l'herbe récemment dérangée. Fermant les yeux, elle essaya de se détendre et de laisser l'histoire émerger dans sa conscience. Jusqu'à ce qu'il soit révélé que ses visions étaient réelles, Sophie n'avait jamais fait attention à la façon dont les histoires naissaient.

Maintenant qu'elle connaissait la vérité, elle essayait de se concentrer en elle-même quand une histoire se matérialisait. Il y avait une source dans son esprit d'où les histoires émergeaient, entièrement formées, dans sa conscience. Faisant attention à ne pas pousser vers le gouffre, Sophie observa l'abîme sombre et vide dans son esprit avec neutralité, attendant de voir si quelque chose bouillonnait.

Après quelques minutes de quasi-méditation silencieuse, Sophie soupira de défaite.

Levant les yeux vers Mac, elle secoua la tête, submergée un moment par l'incertitude. Elle ne voulait décevoir personne. La possibilité de ne pas pouvoir aider à résoudre le crime contre Zhang Liu faisait mal au cœur de Sophie. Elle se souvenait vivement de son corps déchiqueté et de son visage meurtri et coupé.

Et d'une certaine façon, elle ne voulait pas décevoir Mac non plus.

« Ne t'inquiète pas pour ça. C'était une chance sur mille, vu qu'il est six pieds sous terre de toute façon. Je pense que tu as juste besoin d'être plus proche du corps – peut-être même en contact direct. J'ai encore bon espoir pour samedi. Mais même si ça ne marche pas, on continuera d'essayer », dit Mac, en réponse au regard déçu sur le visage de Sophie.

« Arrête d'être gentil avec moi, Inspecteur Connard. Ça rend les choses bizarres », dit Sophie, s'asseyant sur l'herbe douce, laissant ses yeux tracer la pierre tombale de granit rouge de Liu.

Voir les mots gravés « Fils et Frère Bien-Aimé » frappa Sophie durement. Quand elle faisait ses autopsies, il était difficile de voir les cadavres comme autre chose qu'un travail à accomplir. Mais voir ces mots martelait le fait qu'une famille avait perdu quelqu'un qu'elle aimait. Si Sophie pouvait leur donner justice, ou même juste quelques réponses, elle devait creuser profondément et faire ce qu'elle pouvait pour découvrir la vérité de son meurtre.

« C'est noté, diablesse. Plus de mots d'encouragement de ma part. Alors, lève ton cul et arrête de me faire perdre mon temps. On a plus de merdes à faire avant de pouvoir sortir d'ici », dit Mac avec un haussement de sourcils provocateur.

Sophie regarda ses lèvres tressaillir alors qu'il luttait contre un sourire.

Sophie lui fit un doigt d'honneur avec un sourire, puis se leva et épousseta ses mains sur son jean.

« Où maintenant, Connard ? »

« Inspecteur Connard », corrigea Mac en plaisantant. « Marchons un peu et voyons si on peut comprendre la meilleure façon de s'infiltrer sur la propriété. Aussi, garde l'œil ouvert pour les caméras et la sécurité. »

Se promenant sur les terrains, Mac hocha la tête vers une clôture grillagée séparant le cimetière de l'arrière d'un centre commercial. Ils trouvèrent un endroit qui était principalement caché du reste du cimetière par un bosquet épais de conifères.

« On pourrait se garer derrière le magasin et sauter par-dessus la clôture ici », dit Mac, pointant vers l'aire de stationnement derrière le magasin de bricolage. « Je pense qu'ils ont planté tous ces arbres pour cacher le centre commercial et préserver l'esthétique d'un lieu de repos paisible. Ça marche en notre faveur. Allons vérifier l'entrée du cimetière et voir si on peut repérer du personnel de sécurité. Puis allons examiner l'arrière de ce magasin. Ce soir, je vais revenir voir si Woodlawn utilise des gardiens de sécurité nocturnes. Je dois voir à quel point cette zone est bien éclairée la nuit. »

Après environ une heure à errer dans les jardins entourant la tombe de Liu, ils visitèrent le mausolée et la chapelle.

Puis ils repartirent chercher un terrain plus élevé plus loin dans le cimetière. Debout sur la plus haute colline de Woodlawn, ils essayèrent de déterminer si la tombe de Liu était visible depuis leur perchoir.

« Ça ressemble au seul endroit d'où quelqu'un pourrait nous repérer à la tombe de Liu. Si le Jardin de la Porte de Lune n'est pas bien éclairé, on devrait aller. Il faudra juste faire attention avec les lampes de poche », dit Mac, se protégeant les yeux d'une main, fixant intensément la zone avec la tombe de Liu.

Après avoir fini leur visite, Sophie et Mac se dirigèrent vers sa voiture. L'arrière du grand magasin de bricolage semblait exempt de caméras de sécurité.

« Regarde, on peut se garer de l'autre côté de ce conteneur s'il est encore là samedi. Comme ça, on sera cachés de la rue », dit Mac, pointant le conteneur d'acier gris posé sur deux places de parking d'employés derrière le magasin.

« Ça pourrait ne pas être aussi difficile que je le craignais. Je veux dire, ça va être chiant de faire le vrai creusage, mais il n'y a juste pas beaucoup de sécurité ici. Je m'attendais à des caméras ou quelque chose », dit Sophie.

« Je ne pense pas que la profanation de tombes soit un gros problème de nos jours. Je parie que le pire dont le cimetière ait à s'inquiéter, ce sont les adolescents qui font la fête sur les tombes et le vandalisme », dit Mac pensivement, sortant du parking du magasin et retournant sur l'artère principale de Colma.

« As-tu déjà fait la fête dans un cimetière quand tu étais adolescent ? Je peux totalement t'imaginer faire la fête avec ton équipe de football », demanda Sophie avec un sourire.

« J'ai fait la fête quelques fois. Mais jamais dans un cimetière. Nos fêtes étaient toujours à la base du château d'eau local. Aussi, c'était avec mon équipe de baseball. Pas de football. » Mac rit. « Je ne faisais pas beaucoup la fête au lycée parce que mon père était chef de police dans notre ville. Il m'aurait tanné le cuir s'il m'avait attrapé en train de 'souiller' la réputation familiale. »

« Chef de police, hein ? Tu n'es pas d'ici ? » demanda Sophie.

« Je suis né dans une petite ville appelée Civitas, à environ deux heures au sud d'ici. Et toi ? As-tu fait la fête avec tes amis emo angoissés dans un cimetière ? »

« Pas dans un cimetière. J'étais une ado typique. Je faisais les mêmes choses que tout le monde. Je voulais juste m'intégrer, j'imagine. Rien de spécial là-dedans », répondit Sophie.

Mac ricana doucement mais ne dit rien d'autre.

Une fois revenus en ville, Sophie accepta l'offre de Mac de la reconduire chez elle.

Se garant le long du trottoir devant Ma Tatin, Sophie repéra Birdie debout devant, serrant un sac en papier orné du logo d'une épicerie. Birdie jeta un regard suspicieux à la voiture jusqu'à ce qu'elle reconnaisse Sophie assise sur le siège avant. Puis elle se précipita vers la voiture plus vite qu'il ne semblait possible.

« Sophie ! » s'exclama Birdie, arrêtant Sophie avant qu'elle puisse finir de sortir de la voiture et exécuter son évasion. « Qui est-ce ? »

« Birdie, voici mon collègue l'Inspecteur Malcolm Volpes. Mac, voici ma voisine et amie Mademoiselle Alberta Gafferty. »

Birdie saisit dramatiquement sa poitrine. « Comment oses-tu ! *Jamais* ne m'appelle par ce nom. Tout le monde m'appelle Birdie. Je pensais pouvoir te faire confiance. Ou devrais-je dire à l'inspecteur ici que ton nom complet est Josephina ? »

« Ce n'est *pas* mon nom. Mac, ignore Birdie. Elle est bien avancée dans sa sénilité et se confond facilement », dit Sophie, souriant largement quand Birdie lui tira la langue.

« C'est un plaisir de vous rencontrer, Mademoiselle Birdie », dit Mac poliment depuis son siège à l'intérieur du véhicule.

« Oh mon dieu. Un inspecteur, dis-tu ? C'est un plaisir de vous rencontrer aussi, Inspecteur Volpes », dit Birdie avec un battement de cils, la trahison apparente de Sophie concernant son nom de naissance déjà oubliée. « J'ai remarqué que tu aurais dû être rentrée il y a plusieurs heures. Sophie, ce gentil jeune homme t'a-t-il donné un tour ? »

Birdie n'aurait pas pu mettre plus de sous-entendus dans ces mots si elle avait essayé.

« Il l'a fait. Le trajet était tranquille. Il n'y avait pas autant de puissance que ce à quoi je m'attendais. » Sophie sourit méchamment quand elle entendit Mac bafouiller par la porte passager ouverte derrière elle.

« Hmmm. Dommage. J'espère que tu as testé ses menottes », ronronna Birdie, faisant éclater de rire Sophie.

Sophie rit encore plus fort quand elle jeta un coup d'œil en arrière et réalisa que Birdie avait fait rougir l'inspecteur endurci.

« Allez, vilaine vieille dame. Laisse-moi t'aider avec tes courses », dit Sophie, fermant la porte passager et saisissant soigneusement le sac en papier des griffes de Birdie.

« C'était un plaisir de vous rencontrer, Inspecteur Volpes », dit Birdie avec un signe de main coquette.

Mac, qui était sorti du véhicule et s'appuyait contre le toit de la voiture, sourit à la vieille dame.

Enlaçant son bras avec celui de Birdie, Sophie les tourna toutes les deux pour se diriger vers Ma Tatin.

« S'il vous plaît, appelez-moi Mac, Mademoiselle Gafferty. J'ai hâte de te voir samedi soir, Sophie. Je compte les minutes. N'oublie pas la tenue que je veux que tu portes, et je m'assurerai d'apporter mes menottes », lança Mac d'une voix à faire mouiller la culotte à Sophie et Birdie.

Sophie savait que la tenue à laquelle Mac faisait référence était des vêtements tout noirs, mais elle ne pouvait pas l'expliquer à Birdie.

Tandis que Birdie hurlait et riait à côté d'elle, Sophie tourna brusquement la tête pour lancer à Mac un regard qui tue. Il lui rendit un sourire pécheur en retour avant de remonter dans sa voiture sensée et de s'engager dans la circulation, loin du regard qui tue de Sophie.

CHAPITRE 13

Sophie examina l'intérieur du minivan gris cuirassé avec un sourire amusé depuis le siège passager. Elle jeta un coup d'œil à Mac derrière le volant, puis par-dessus son épaule vers Amira, Reggie, Ace et Fitz éparpillés derrière elle. L'intérieur du minivan était l'exact opposé de l'habitacle immaculé du dernier véhicule que Mac avait utilisé pour l'emmener au cimetière de Woodlawn. Il y avait des jouets et des livres, une pléthore de miettes et de frites rassis éparpillées dans la voiture. Dans le porte-gobelet de la console se trouvait un gobelet à bec. Il était à moitié rempli de ce qui semblait être du jus de pomme.

« C'est la voiture de ma sœur. J'ai dû l'emprunter. Je ne voulais pas prendre plus d'un véhicule ce soir, et c'est le seul que j'ai pu me procurer qui soit assez grand pour nous contenir tous », grommela Mac.

« Ici, personne ne juge. Je n'ai même pas de voiture, donc je n'ai aucune raison de critiquer celle de quelqu'un d'autre », dit Sophie en levant les mains en signe de reddition.

« Eh, écoutez-ça. » Amira gloussa depuis la banquette arrière. « J'ai trouvé un message oublié dans un biscuit chinois. Il dit : "Vous voyagerez dans de nombreux endroits exotiques au cours de votre vie." Nous avons déjà commencé ! Quelle vie de rêve nous menons. Les gens vont être tellement jaloux quand ils l'apprendront. »

« Saviez-vous que le biscuit chinois a été inventé ici à San Francisco ? » demanda doucement Mac à Sophie.

« Vraiment ? Je pensais que ça venait de Chine », répondit Sophie.

« Non, il y a quelques débats à ce sujet, mais les biscuits ne viennent définitivement pas de Chine. Ce qui est intéressant, c'est que les deux hommes qui prétendaient avoir inventé ces biscuits étaient japonais. Le biscuit était basé sur un biscuit sucré traditionnel japonais servi dans les temples. Ils ont sucré le biscuit pour s'adapter aux papilles gustatives américaines. La plupart des gens croient qu'il a été servi pour la première fois dans le jardin de thé japonais du Golden Gate Park », dit Mac.

« Tu as vraiment plein de faits intéressants, toi. » dit Sophie, un sourire en coin.

« J'aime l'histoire », dit Mac avec un haussement d'épaules un peu gêné.

« Moi aussi, en fait. Tu en as d'autres sur les biscuits chinois ? »

« Tu vas regretter d'avoir demandé », prévint Mac. « Savais-tu qu'on peut encore voir certaines des machines originales de fabrication de biscuits des années 60 en usage aujourd'hui à la Golden Gate Fortune Cookie Factory dans la ville ? Ils font des visites. »

« D'accord alors, explique-moi comment un biscuit japonais est devenu synonyme de cuisine chinoise ? » demanda Sophie.

« La théorie que j'ai entendue, c'est que la plupart de la population japonaise a été forcée dans des camps d'internement pendant la Seconde Guerre mondiale. Les fabricants sino-américains ont vu une opportunité commerciale et ont commencé à produire le biscuit. Ils ont commencé à les servir dans les restaurants chinois, où ils sont devenus extrêmement populaires. »

« Purée, c'est assez sombre », répondit Sophie, pensive.

« Tellement d'histoire l'est », convint Mac.

En tournant dans le parking du magasin de bricolage, Mac éteignit les phares et contourna l'arrière du bâtiment carré. Le conteneur d'expédition masqua le réverbère et plongea l'intérieur de la voiture dans l'ombre.

Se tournant sur son siège pour faire face au reste du véhicule, Mac dit : « D'accord, voici le plan. Quand on sort, Amira, peux-tu te transformer et inspecter rapidement la zone pour tout personnel de sécurité ou autre problème potentiel ? D'après ce que j'ai vu, un garde de sécurité patrouille le cimetière sur une voiturette de golf toutes les deux heures. S'ils respectent leur horaire habituel, ils passeront à minuit, deux heures, quatre heures et six heures. Il faut avoir fini bien avant six heures. J'ai des pelles pour tout le monde à l'arrière, ainsi que des gants et des lampes torches. Ceux d'entre nous qui peuvent se transformer peuvent faire des tours de garde. Le meilleur endroit pour cela, c'est à l'entrée en pierre du Jardin Moon Gate. Si quelqu'un voit quelque chose, faites un cri d'animal. Je répète : quoi qu'il arrive, ne vous faites pas prendre, même si vous devez abandonner le site et fuir. Le plus important, c'est que nous ne devons absolument pas nous faire prendre. Des questions ? » demanda Mac. Sophie ravala un sourire inapproprié quand elle réalisa que Mac était du genre « je répète ».

Après être tous sortis du van, tout le monde se dirigea vers l'arrière pour rassembler les pelles.

« Je vais me transformer là-bas », dit Amira en pointant vers un bosquet épais de conifères à faible croissance. « Je reviens après avoir inspecté la zone. »

« Tu te souviens comment aller au Jardin Moon Gate ? » demanda Mac.

« Je gère », fut tout ce qu'Amira dit avant de s'éloigner en sautillant.

Mac passa un grand sac de sport sur son épaule avant de

distribuer les pelles à tout le monde. Il ne fallut pas longtemps avant que Sophie entende des bruissements venant de derrière un arbre proche, et elle aperçut un éclair de peau bronzée. Une minute plus tard, Amira réapparut entièrement habillée de derrière les arbres et leur fit savoir qu'ils pouvaient commencer.

Jetant le sac de sport et les outils par-dessus la clôture, tout le monde escalada la barrière de grillage. Sans besoin de discussion, tout le monde se mit en file derrière Mac. Sophie était contente que la lune soit aux trois quarts pleine pour qu'ils ne marchent pas dans l'obscurité totale. Plus tôt, Reggie avait expliqué à Sophie que la plupart des métamorphes ont une excellente vision nocturne, donc ils espéraient ne pas avoir à utiliser de lampes torches.

À la tombe de Liu, Amira prit le premier tour de garde. Quelques minutes plus tard, Sophie entendit un cri félin, le signal convenu pour faire savoir à tout le monde qu'Amira était en position. En regardant vers l'arche de pierre, Sophie fut légèrement déçue de ne pas pouvoir repérer Amira sous sa forme féline. Elle imagina qu'Amira était un chat adorable ; pas qu'elle le lui dirait.

Après avoir soigneusement retiré le gazon, Mac étala plusieurs grandes bâches pour que tout le monde puisse empiler la terre enlevée. Avec un soupir, Sophie enfila ses gants épais, prit une pelle et se mit au travail.

Deux heures plus tard, Sophie regretta d'avoir accepté ce plan insensé.

« C'est nul », annonça-t-elle. Elle ajusta sa prise sur sa pelle dans l'espoir d'empêcher l'ampoule qui se formait sur sa paume gauche de s'aggraver.

Un cri animal perçant interrompit leur travail. Mac et Sophie se laissèrent tomber derrière la pierre tombale de Liu tandis que Fitz et Amira se cachèrent derrière une pierre tombale adjacente. Sophie jeta un coup d'œil autour du côté de la grande dalle de granit, fixant l'ouverture de l'arche de pierre. Un moment plus tard, une voiturette de golf roula lentement devant l'entrée du jardin. Se laissant retomber derrière le bouclier de la pierre tombale de Liu, Sophie vit le faisceau d'une lampe torche passer rapidement sur leur cachette. Jetant un coup d'œil à Mac, Sophie réalisa que ses yeux brillaient d'excitation.

« Tu t'amuses, là ? » siffla Sophie tout bas.

« Bien sûr ! C'est amusant. C'est une aventure. On est comme Indiana Jones », dit Mac, adressant à Sophie un sourire espiègle. « Quoi ? Tu n'aimes pas être une chasseuse de trésor hors-la-loi ? »

« Je n'ai jamais vu aucun film d'Indiana Jones », chuchota Sophie, tandis que Mac se serrait la poitrine d'horreur. « En plus, je doute qu'on trouve un trésor ce soir. »

* * *

MALGRÉ LE FAIT de creuser aussi vite que possible, il fallut encore presque quatre heures pour atteindre le cercueil.

« Tu es prête ? Tu veux prendre un moment pour reprendre ton souffle ? » demanda doucement Mac à Sophie.

Sophie regarda ses mains douloureuses, couvertes de gants de jardinage en cuir. Fléchissant ses doigts plusieurs fois, elle répondit : « Non, finissons-en pour qu'on puisse rentrer. »

Essayant d'essuyer la sueur de son front, Sophie ne réussit qu'à étaler de la terre sur son visage. En regardant ses amis, elle réalisa qu'ils ressemblaient tous à des monstres des marais.

« Sophie, tu veux changer tes gants pour des gants nitrile ? » proposa Reggie, tendant une paire de gants bleus fins. Sophie les accepta en le remerciant rapidement.

Mac sauta agilement dans le trou profond et aida à stabiliser Sophie sur ses pieds quand Reggie et Ace la descendirent sur le cercueil. S'agenouillant sur le cercueil, Sophie attendit pendant que Mac passait ses doigts autour du bord du cercueil. Les murs de terre se resserraient de chaque côté d'eux. Quand Sophie bougea sur ses genoux, son bras frôla les murs de terre bosselés et irréguliers. Ils se dressaient haut au-dessus d'elle, donnant à Sophie l'impression d'être au fond d'un puits profond. Fitz se pencha au-dessus de l'ouverture, dirigeant un faisceau de lampe torche sur le cercueil pour qu'ils puissent voir ce qu'ils faisaient.

« Ah, le voilà », murmura Mac en tripotant un fermoir métallique. Retournant l'attache, Mac fit reculer Sophie pour qu'ils soient tous les deux agenouillés, côte à côte, sur le cercueil.

« Je vais juste ouvrir la moitié supérieure du cercueil. Comme ça, on peut continuer à s'agenouiller, d'accord ? Prête ? »

Sophie inspira profondément et expira lentement avant de hocher la tête. Atteignant le côté du cercueil, Mac enfonça ses doigts dans la fissure du couvercle et tira. Mac grogna d'agacement quand la porte ne bougea pas. Réajustant sa prise, il serra la mâchoire, forçant pour ouvrir la porte. Le joint du cercueil céda si soudainement que Mac faillit perdre l'équilibre.

Un nuage d'air fétide et pourri explosa de l'intérieur du cercueil directement dans le visage de Sophie. Sophie et Mac reculèrent précipitamment, toussant et réprimant des haut-le-cœur. Sophie tira rapidement le col de sa chemise sur son nez et sa bouche dans l'espoir de filtrer la puanteur. Le faisceau de lumière disparut quand Fitz, Reggie et Ace reculèrent avec des exclamations de dégoûts. Sophie était contente que ce soit Amira qui fasse le guet cette fois, vu son odorat sensible.

Laissant le cercueil s'aérer quelques minutes, Sophie et Mac rampèrent lentement vers l'ouverture et regardèrent à l'intérieur vers Zhang Liu. La lampe torche de Fitz éclaira les traits affaissés et décolorés de Liu avec des détails saisissants. Sophie concentra rapidement son attention sur un mouchoir de poche en soie rouge glissé élégamment dans la veste du costume.

« Prête ? » demanda Mac. Quand Sophie hocha la tête, il sortit son téléphone pour enregistrer. Gardant soigneusement ses yeux de revenir vers le visage de Liu, Sophie posa doucement sa main gantée sur l'une des mains croisées sur la poitrine de Liu. Repoussant un frisson de répulsion, elle ferma les yeux.

Sophie n'arrivait pas à se concentrer assez pour trouver l'endroit dans son esprit où les histoires émergeaient. La frustration monta en elle au fil des minutes. Retirant sa main de celle, froide, de Liu, Sophie secoua la sienne, agacée.

« Tu vas bien ? » demanda doucement Mac.

« C'est difficile de se concentrer quand je sais que tout le monde regarde. En plus, on s'est donné tout ce mal et je ne veux pas vous décevoir. Vous risquez tous plus que moi si on se fait choper », chuchota Sophie. « Et puis, ça me fout les jetons. »

« Tu dissèques des cadavres pour gagner ta vie », dit Mac, adoucissant la remarque d'un sourire. « Pourquoi ce serait différent ? »

« Je ne sais pas. J'imagine que c'est censé être son dernier repos. Je me sens un peu mal de le déranger. »

« Je ne pense pas que Zhang s'en soucie, Sophie », dit Mac, cognant son épaule contre la sienne. « Si c'était toi, tu voudrais pas qu'on fasse tout pour résoudre ton meurtre, même si on devait déranger ta tombe ? »

« Ouais, je suppose. »

« D'accord alors. Je sais que tu peux le faire. Mais si tu n'obtiens rien, ce n'est pas grave. Mon enquête n'en sera pas plus mal. C'était juste une tentative à l'aveugle », dit Mac, tapotant doucement l'épaule de Sophie.

« Tu as raison. Laisse-moi réessayer. Merci pour le discours, Inspecteur Connard. »

« De rien, diablesse. Maintenant, donne-moi mon histoire. »

Remettant sa main sur celle de Liu, Sophie ferma à nouveau les yeux. Inspirant lentement, elle se concentra sur le relâchement de ses muscles tendus avant de tourner son attention vers l'intérieur, essayant de détendre son esprit.

« Un monstre envoie un message », chuchota Sophie, espérant que le dire relancerait l'histoire dans sa tête. Comme elle le fit, une image commença à se former.

« Zhang court avec sa meute. Ils font la course à travers les

GWEN DEMARCO

collines, essayant d'atteindre la base de la tour Sutro en premier. Il est sauvage et libre, embrassant l'animal en lui. Il veut hurler de triomphe, mais ravale l'impulsion car trop de maisons humaines sont proches. Deux autres loups débouchent des broussailles, se chamaillant et jouant. Les trois loups se transforment en humains. "C'est pas si mal. On peut courir ici", dit Zhang.

« Un des hommes dit : "Lake Merced Park c'était mieux. C'est n'importe quoi qu'on ait été virés. Ils essayent d'attraper ce territoire aussi. Si on ne fait rien, on n'aura plus où courir."

« Zhang rassure les deux hommes : "Marcus, on ne peut pas se permettre de déclarer la guerre à la meute du Sunset District. On perdrait. On n'a pas les effectifs. Je vais gérer. J'ai un plan."

« Ils se retransforme en trois loups à fourrure sombre et redescendent la colline, courant et bondissant. Les deux autres loups se laissent distraire par un lapin et se lancent à sa poursuite », dit Sophie, s'enfonçant dans sa narration. « Zhang secoue la tête devant ses compagnons. S'ils sont crevés demain sur le chantier, tant pis pour eux. Zhang arrive au bord du petit bois où il a laissé ses vêtements. Il reprend forme humaine et s'habille vite. Il trottine vers son appart à West Portal quand six loups lui tendent une embuscade. Ils le poussent derrière une école. Il se bat de toutes ses forces mais sait déjà que c'est perdu. Six contre un, impossible. Chaque fois qu'il touche un de ses agresseurs, un autre l'attaque à flanc. Le combat est brutal mais court. »

Sophie ouvrit les yeux et regarda Mac. « Est-ce que ça aide ? » chuchota-t-elle.

« Oui, vraiment. Merci, Sophie », chuchota Mac. « Avant qu'on parte, tu as bien vu les loups qui ont attaqué Zhang ? Des blessures particulières qu'il leur a infligées ? »

Sophie ferma les yeux, tentant de visualiser les loups. « Hmm. Ils avaient tous une fourrure brun foncé, voire noire. Sauf celui qui semblait le chef : son museau était grisonnant. Comme s'il était vieux. Ils bougeaient beaucoup, difficile de se concentrer sur un seul. Ils se ressemblaient tous. »

« Et les blessures ? » demanda Mac.

« Zhang a essayé de mordre la gorge de l'un. Le loup a tourné l'épaule, donc Zhang lui a mordu la nuque au lieu de la gorge. Je crois qu'il a attrapé une oreille, mais je ne sais pas combien de dégâts. Désolée Mac, tout était flou et Zhang était submergé. Il n'a pas porté beaucoup de coups avant d'être tué. »

« Pas besoin de t'excuser, Sophie. Tu m'as donné plus qu'avant. Toute cette nuit en valait la peine », dit Mac. « D'accord, on a ce qu'on voulait. Il est temps de laisser Zhang retourner à son repos. »

Remettre la terre sur une tombe était bien plus facile et rapide que de la déterrer. Il ne fallut pas plus d'une heure pour remettre la tombe de Zhang dans son état initial. Si quelqu'un inspectait la zone, il ne verrait que des creux dans l'herbe et de la terre meuble.

« Personne ne pensera que des gens sont venus déterrer une tombe. Au pire, ils croiront à des vandales ou des ados venus faire la fête. On y va », rassura Mac en inspectant la zone.

Ils rassemblèrent leur matériel et se faufilèrent entre les pierres tombales jusqu'à la clôture de grillage qui les séparait de la fuite.

Sur le chemin du retour, une ambiance de célébration flottait dans le minivan. Tout le monde riait, plaisantait, se félicitant du travail accompli.

« Alors, Amira, tu voulais savoir ce que c'est d'être hors-la-loi. C'est tout ce que tu espérais ? » taquina Reggie.

« Plus d'efforts physiques que je voudrais. Regardez mes pauvres ongles », se lamenta Amira, montrant à Reggie des ongles qui semblaient normaux à Sophie. « Je suis faite pour la vie de loisir, pas le travail manuel. »

« Quoi ? Tu pensais que déterrer une tombe, c'était plus glamour ? » railla Ace depuis l'arrière.

« Ne commence pas, raton laveur. Au moins, moi j'ai fait ma part hier soir », gronda Amira.

« M'appelle pas raton laveur, la féline », grogna Ace en se penchant vers Amira. Sophie jeta un regard en arrière et réprima un sourire quand Reggie leva les yeux au ciel devant leurs pitreries.

Se retournant, Sophie ignora les chamailleries de ses collègues et regarda par le pare-brise. Elle n'arrivait pas à mettre le doigt sur ce qui la tracassait, une pensée obsédante de manquer un détail important.

« Alors, Mac, tu crois que Sophie a bien eu l'histoire ? » demanda Reggie, calmant la dispute.

« Je crois. Ils ont trouvé Zhang dans le Hawk Hill Park, juste derrière la clôture de l'école Herbert Hoover. Il y a une grande zone pavée, une piste, des terrains de basket. On a trouvé des traces de combat et du sang partout », dit Mac. « J'ai interrogé les alphas locaux. Ils disent tous que Zhang Liu était un métamorphe sans meute. Un loup solitaire. Mais l'histoire de Sophie montre une petite meute poussée hors de ses territoires. Je vais retourner voir l'alpha du Sunset District. Et il faut que je trouve un métamorphe nommé Marcus. »

Mac proposa de raccompagner chacun chez soi plutôt que de les laisser au bureau du médecin légiste, vu leur état. Il se rendit d'abord à Noe Valley pour déposer Reggie. Noe Valley était un des quartiers préférés de Sophie ; elle observa la rue de Reggie avec un peu d'envie. Elle repéra un salon de thé sophistiqué. D'un rapide coup d'œil à l'intérieur, on aurait dit que quelqu'un avait vomi des napperons partout. Birdie adorerait.

Puis ils déposèrent Ace et Amira, qui partageaient un appartement, à la stupeur de Sophie.

« Vous êtes colocataires ? Vous vous disputez tout le temps ! » balbutia Sophie.

« Le loyer est trop cher ici. J'peux pas payer sans colocataire. Au moins je connais déjà Amira », dit Ace. « Et puis elle n'est jamais là. Elle passe son temps comme le chat du voisin. »

« Me regarde pas comme ça », dit Amira devant l'air incrédule de Sophie. « Bob est gentil. Pas trop collant comme certains humains. C'est chiant d'en dresser un, alors changer non merci. Et j'ai la bouffe gratuite. C'est un bon plan. »

« Oh mon dieu ! C'est toi la "reine du château" ! Merde ! J'viens de comprendre ! » s'exclama Sophie.

Amira et Ace sortirent de la voiture en saluant et entrèrent chez eux.

Fitz vivait quelques rues plus loin dans un entrepôt réaménagé. Une fois Fitz parti, le silence dans le véhicule énerva Sophie. Regardant autour, cherchant un sujet, elle remarqua la terre étendue sur la sellerie.

« On a mis de la terre partout dans la voiture de ta sœur », fit remarquer Sophie, grimaçant devant les traces de leur nuit.

« Je vais la faire nettoyer en remerciement. Elle ne verra rien. Je ne travaille pas aujourd'hui, donc facile », répondit Mac d'un haussement d'épaules.

« Je peux te demander un truc ? » demanda Sophie.

« Bien sûr », répondit Mac, jetant un regard évaluateur à Sophie.

« Je sais pas si c'est impoli, mais... tu es vraiment un métamorphe renard ? Je t'ai pas vu te transformer hier soir », demanda vite Sophie.

« Certains métamorphes peuvent se vexer, mais eux savent direct à l'odeur. Moi, ça ne me gêne pas. Oui, je suis un renard. »

« Reggie a parlé de renard, mais j'étais perdue sous l'info, je voulais être sûre. Les renards, c'est royaume apex ou inférieur ? » demanda Sophie.

Mac grogna dans sa barbe.

« J'aime pas le terme royaume inférieur, mais je sais pas comment appeler les non-apex », se justifia vite Sophie.

« Désolé, je déteste ce terme. Les non-prédateurs ne sont pas "inférieurs". C'est juste un préjugé de certains apex et des Faës », grogna Mac. « Pour te répondre, la plupart considèrent les renards comme apex, mais on est à la frontière. Ça dépend à qui tu parles. »

« Huh », répondit Sophie. « C'est fou que même les créatures magiques subissent le racisme. »

Perdue dans ses pensées, Sophie regarda dehors, admirant l'agitation du matin déjà là. Une des nombreuses taquerias du Mission District attira son regard. Un burrito façon Mission la faisait presque gémir de faim. Mais même la faim ne pouvait la distraire du sentiment d'avoir oublié quelque chose.

« Quelque chose ne va pas ? » demanda Mac.

« J'ai l'impression d'oublier un truc. C'est là, à la limite de mon cerveau ». Sophie soupira.

« Tu veux dire à la pointe de ta langue ? » ricana Mac.

« Non, mon cerveau. C'est juste hors de portée. Je n'arrive pas à faire le lien. Qu'est-ce que j'oublie ? Je sais que c'est lié à Zhang, mais je pige pas. » La frustration perçait dans sa voix.

« Tu veux qu'on aille voir la scène de crime ? Peut-être que ça te rafraîchira la mémoire. On peut faire un tour à Forest Knolls et voir la tour Sutro. Je n'ai rien d'autre à faire que nettoyer le van de Miranda », proposa Mac.

« Forest Knolls ! Bordel, c'est ça ! » s'exclama Sophie. « Il y a quelques jours, j'étais au Petit Poucet et j'ai entendu des types parler de se faire virer du territoire de Forest Knolls. Attends... qu'est-ce qu'ils ont dit ? »

Sophie se frotta le front, cherchant le souvenir.

« Ils étaient quatre. Ils avaient l'air de bosser dans le bâtiment, vêtements tachés de peinture, bottes de sécu. Un avait les cheveux bruns en bataille ; un autre blond, tondus. J'ai pas bien vu les deux autres, ils étaient dos à moi, mais tous deux avaient les cheveux foncés. Ils disaient qu'ils devraient courir dans Golden Gate Park et le Presidio car ils se faisaient virer de Forest Knolls. Ils parlaient d'amener ça au Conclave », dit Sophie. « Oh merde ! Le blond les a mis en garde : ils voulaient pas finir comme Zee ! Tu crois qu'ils parlaient de Zhang ? »

« Je sais pas, mais il faut vérifier », répondit Mac, les yeux brillants. « Tu viendrais avec moi voir Burg ? Il sera moins hostile avec toi. La dernière fois, je posais des questions sur toi, je crois que je l'ai agacé. Si t'es là, il verra qu'on est ensemble. J'ai aussi besoin de ta description des métamorphes pour l'aider. On pourrait y aller maintenant ? »

« Bien sûr. Je crois qu'il vit au-dessus du bar, donc il doit être là. Il ouvre vers 11h mais prépare souvent sa journée plus tôt », dit Sophie, vérifiant l'heure. Il était encore tôt, mais la ville s'éveillait. Le soleil s'était levé pendant qu'ils déposaient les amis.

De l'autre côté de Ma Tatin par rapport au bar se trouvait une zone réservée aux résidents. Se garant dans la seule place libre, Mac se tourna vers Sophie.

« Merci, Sophie », dit Mac. « Ton aide a été incroyable. J'aurais pas pu sans toi. Je sais que je t'ai fait chier à propos d'être humaine et dit que tu créerais des problèmes aux métamorphes. J'avais tort, désolé d'avoir été un connard. »

« T'inquiète. Je comprenais pas ton attitude, mais maintenant oui. Merci pour les excuses », dit Sophie. « Et puis, je crois que tu peux pas t'empêcher d'être un connard. C'est dans ta nature. »

Mac rit de l'évaluation de Sophie. « Je dois rentrer me laver. Quand je reviens, on pourra voir Burg ensemble. Je vis dans l'Outer Richmond, je mets 45 minutes. »

« Tu pourrais te laver chez moi, comme ça on n'attend pas », proposa Sophie. « Mais je sais pas si tes fringues seront propres sans machine. Il y a une buanderie au sous-sol, mais j'ai rien à te prêter. Tu portes du noir, on peut peut-être nettoyer avec un gant ? »

« J'ai un change sur moi. Je travaille à la police depuis assez longtemps pour toujours avoir des vêtements de rechange. Si ça te dérange pas de me prêter ta douche, j'apprécierais. »

CHAPITRE 14

Sophie et Mac se glissèrent dans Ma Tatin, silencieux comme des chats. Tandis que Sophie remontait son couloir à pas de loup, Mac la suivait avec un sourire amusé. Elle se tourna vers Mac, portant son doigt devant ses lèvres pour indiquer le silence. Désignant la porte en face de la sienne, Sophie articula silencieusement le mot « Birdie » à l'attention de Mac, qui hocha la tête avec une compréhension soudaine.

Sophie fit entrer Mac dans son appartement tout en regardant autour d'elle dans le couloir pour s'assurer que personne ne remarquait leur passage. Elle le suivit à l'intérieur, referma doucement la porte d'entrée derrière elle. Une fois en sécurité dans son appartement, Sophie regarda Mac poser son sac à dos par terre et examiner son espace éclectique. La plupart de ses meubles étaient des objets gratuits, des héritages ou des trouvailles de friperies. Mac s'approcha de la petite table à côté de son futon bosselé et fixa sa précieuse lampe. Sophie avait trouvé cette lampe gothique victorienne en verre dans un magasin d'occasion de Haight Street à San Francisco. Une armature en laiton voûtée et ornée, digne d'une cathédrale ancienne, encadrait les panneaux de verre vert jade de l'abat-jour. La base de la lampe était un crâne en laiton avec une patine ternie qui lui donnait un aspect ancien. Le crâne grimaçant la faisait toujours sourire. Sophie adorait la juxtaposition de l'abat-jour sophistiqué associé à la base macabre. Se dirigeant vers la cuisine, Mac s'arrêta devant deux affiches de concerts auxquels elle avait assisté au Fillmore.

« Je n'ai jamais entendu parler de ces groupes. Les concerts étaient bien ? » demanda Mac en regardant les œuvres d'art. Le Fillmore créait de magnifiques affiches personnalisées pour chaque groupe qui se produisait dans leur salle. Les quelques fois où Sophie avait pu se permettre un billet, elle avait aimé se promener dans le bâtiment et regarder les affiches de concert, certaines datant des années 60, qui tapissaient presque chaque centimètre carré de mur disponible.

« Bien sûr, je collectionne surtout les affiches des groupes que je déteste... », répondit Sophie en haussant un sourcil.

« Euh, je l'ai mérité. »

Regardant autour du salon avec confusion, Mac se tourna vers Sophie avec une question dans les yeux.

« Quoi ? » demanda Sophie avec irritation.

« Où est ta télé ? »

« Je n'en ai pas », dit Sophie en haussant les épaules.

« Quoi ? Pourquoi pas ? » demanda Mac, l'air sincèrement confus par la perspective de vivre sans télévision.

« Ce n'est pas mon truc. Et puis, je n'avais pas les moyens d'en acheter une jusqu'à très récemment », répondit Sophie, se sentant un peu exposée par la question. Personne ne savait à quel point elle avait été proche de se retrouver sans abri, et elle avait préféré garder cela pour elle.

« Et tu fais quoi pendant ton temps libre, alors ? » dit Mac, pas disposé à laisser tomber le sujet pour l'instant.

Sophie prit un livre bien usé à côté de sa précieuse lampe et l'agita sous le nez de Mac. Mac regarda une pile désordonnée de livres par terre à côté du futon.

« Parfois je regarde la télé-réalité avec Birdie. Elle adore les disputes bien corsées. »

Gloussant, Mac entra dans sa petite cuisine et ouvrit un placard, jetant un coup d'œil à l'assortiment de vaisselle dépareillée.

« Où est-ce que tu caches ton autel vaudou pour invoquer un dieu maléfique ? Les pentagrammes pour invoquer les démons ? Je suis déçu de ne pas voir d'autel sacrificiel quelque part », dit Mac avec un large sourire, regardant autour de son appartement avec une déception feinte.

« Continue à m'énerver, et tu auras droit à une visite privée de mon autel sacrificiel, connard », menaça Sophie, faisant tousser Mac d'un petit rire satisfait. « Si tu as fini de jouer les fouineurs, la salle de bain est par là. »

Sophie montra à Mac sa minuscule chambre puis sa salle de bain encore plus minuscule. Lui indiquant où elle gardait ses serviettes de rechange, Sophie se dirigea rapidement vers la cuisine pour laisser Mac tranquille.

Se lavant les bras jusqu'aux coudes, elle sortit les ingrédients pour faire des toasts et des œufs. Elle finissait juste de beurrer les toasts quand Mac sortit de sa chambre à grands pas. Désignant silencieusement la cafetière, Sophie servit le petit-déjeuner dans deux assiettes.

Assis à la vieille table de cuisine en Formica, Mac dévora son repas avec l'intensité concentrée que Sophie commençait à croire inhérente à tous les métamorphes. Finissant rapidement leur repas simple, Sophie déposa la vaisselle dans l'évier pour la laver plus tard. Avec la promesse d'être rapide, elle se dirigea vers sa chambre pour prendre des vêtements propres et se doucher.

Entrant dans la cabine de douche, elle laissa échapper un gémissement étouffé quand l'eau chaude toucha les muscles endoloris de ses épaules. Elle ne perdit pas de temps à s'attarder, bien consciente de la rapidité avec laquelle l'eau chaude manquait à Ma Tatin. Après s'être habillée, Sophie s'arrêta surprise dans l'embrasure de sa chambre, regardant Mac laver la vaisselle du petit-déjeuner.

Quand elle s'éclaircit la voix, Mac jeta un coup d'œil par-dessus son épaule à Sophie. « Merci, Mac. Tu n'étais pas obligé de faire ça », dit Sophie, hochant la tête vers l'assiette dans sa main.

« Tu as cuisiné, alors je suis content de faire la vaisselle. En plus, j'essaie juste d'éviter d'être sacrifié sur ton autel, diablesse », dit Mac.

« C'est trop tard. J'ai déjà planifié ton sacrifice dans mon agenda. Tu ne veux pas décevoir le culte, hein ? » gronda Sophie.

« Non, tu as raison. Voir tous leurs petits visages déçus serait déchirant. » Mac gloussa. « Tu es prête à sortir d'ici et voir si on peut trouver Burg ? »

Marchant côte à côte dans le couloir miteux, Sophie et Mac se dirigèrent vers les escaliers au bout du couloir. Un raclement de gorge strident derrière eux les figea tous les deux sur place.

Regardant par-dessus son épaule, Sophie vit Birdie debout dans son embrasure de porte, ses bras maigres croisés sur sa poitrine et ses orteils tapant d'irritation.

« Tu n'allais pas passer me dire bonjour ? » demanda Birdie avec hauteur.

« Miss Gafferty, normalement nous adorerions vous rendre visite, mais nous devons aller quelque part », expliqua rapidement Sophie.

« Ne me faites pas votre "Miss Gafferty", jeune fille. Il y a toujours du temps pour une tasse de thé avec votre voisine préférée. Maintenant, entrez », exigea Birdie impérieusement.

« Oui, madame. Avec plaisir pour le thé », dit Mac, entrant dans l'appartement de Birdie avec empressement.

Birdie leur désigna un canapé deux places pour qu'ils s'y assoient tous les deux. Sophie savait que Birdie les plaçait intentionnellement sur le petit canapé pour pouvoir prendre le fauteuil à oreilles en face d'eux, afin de pouvoir les interroger à sa guise. Sophie s'affala dans le canapé deux places avec un soupir dramatique de défaite.

« Jeune homme, que diriez-vous d'un thé ? » demanda Birdie depuis sa cuisine.

« Appelez-moi Mac, s'il vous plaît. Le thé semble délicieux, Miss Birdie. Merci », répondit Mac.

Sophie mima silencieusement « lèche-bottes » à Mac, qui hocha la tête en accord joyeux.

« Oh mon dieu. Eh bien, vous êtes bien élevé ! Mais que faites-vous donc avec Sophie ? »

« Oh, je ne sais pas, Miss Birdie. Sophie a certains talents dont j'ai appris à profiter. » Mac lança un sourire diabolique à Sophie tandis que Birdie caquetait et gloussait de plaisir.

Birdie apporta deux tasses de thé posées précautionneusement sur des soucoupes à Mac et Sophie, puis récupéra la sienne sur le comptoir de la cuisine. Sophie lança un regard à Birdie et lui fit un sourire secret quand elle vit la tasse de thé que Mac tenait.

Ginsberg sauta sur l'accoudoir près de Sophie, réclamant de l'attention.

« Qui est-ce ? » demanda Mac, tendant la main devant Sophie pour offrir ses doigts au chat.

« C'est Ginsberg », dit Sophie. Ginsberg renifla les doigts de Mac d'un air très méfiant, mais permit à contrecœur à Mac de lui gratter sous le menton.

« J'ai remarqué que vous deux n'êtes pas rentrés avant les petites heures du matin. Dois-je m'inquiéter de vos intentions envers notre chère Sophie ? » demanda Birdie, feignant l'inquiétude pour la vertu de Sophie.

« Chère ? » répéta Mac en levant les sourcils d'un air comique.

« Trop ? » demanda Birdie, les yeux pétillants de malice. « Eh bien, allons-nous vous voir plus souvent par ici ? Ou une nuit a-t-elle suffi ? Je sais que Sophie est un peu coincée, alors je pourrais lui apprendre quelques techniques pour vous garder intéressé. »

« Faudra-t-il que je vous sépare tous les deux ? » menaça Sophie.

« Ça ne pourrait pas faire de mal si vous pouviez lui montrer quelques nouvelles techniques. Je veux dire, Sophie avait l'endurance pour durer toute la nuit, mais ses mouvements sont devenus assez répétitifs », dit Mac, ignorant ostensiblement Sophie tandis qu'elle tentait de l'assassiner du regard.

« Eh bien, les attributs de Mac étaient suffisants pour assurer le service, mais je n'avais pas beaucoup de marge pour être créative. Il faut faire avec ce qu'on a, vous comprenez ? » répliqua Sophie.

Gloussant, Mac prit une autre gorgée de son thé. Il s'étrangla en voyant l'inscription au fond de la tasse de thé, ce qui fit trembler les épaules de Sophie tandis qu'elle essayait de cacher son amusement. Birdie et Sophie échangèrent des sourires en coin en le regardant relire « Chatte Chaude » au fond de sa tasse.

« Oh, ai-je fait le thé trop chaud ? » demanda Birdie d'un air faussement innocent.

« Non, Miss Birdie. Le thé est parfait. Tout comme la compagnie », répondit Mac.

« Oh mon dieu ! Tu es un tel lèche-cul ! » s'exclama Sophie. « Ne tombez pas dans ce numéro, Birdie. Il est normalement un connard grincheux. »

« Ce n'est pas ma faute si ma mère m'a appris les bonnes manières. Certaines personnes agissent comme si elles avaient été élevées par des loups », dit Mac, un air faussement sérieux sur le visage.

« Ou par des renards, peut-être », répliqua Sophie d'un ton provocant.

Elle termina son thé et s'adossa dans le canapé deux places pour regarder Birdie flirter sans vergogne avec Mac, qui savourait toute cette attention. Sophie secoua la tête avec une exaspération amusée. Birdie n'arrêtait pas d'appeler Mac un « gentil garçon », donnant à Sophie envie de rire et d'étrangler le visage suffisant de Mac à parts égales.

Mac se prélassait dans son coin du canapé comme un lion se dorant au soleil dans la savane, détendu mais prêt à bondir à tout moment. Sophie se demandait si Birdie pouvait voir le chasseur qui se cachait derrière les yeux bleus perçants de Mac. La sensation d'une agression de prédateur temporairement contenue juste sous son extérieur placide rendait impossible pour Sophie de jamais se détendre complètement en sa présence. Mac avait peut-être dit qu'il chevauchait la frontière entre les deux royaumes, mais Sophie avait du mal à croire que Mac était autre chose qu'un prédateur apex.

« Miss Birdie, nous devons vraiment y aller. Nous avons un rendez-vous à honorer. Ce fut un vrai plaisir de faire votre connaissance. Et merci beaucoup pour le thé », dit Mac, se levant du canapé deux places. Il regarda Sophie, qui faisait semblant de retenir ses vomissements. « Allez, diablesse. Nous devons y aller. »

« C'était si agréable de vous rencontrer aussi, Mac. Vous pouvez passer me rendre visite quand vous voulez », roucoula Birdie à Mac, l'accompagnant à la porte, laissant Sophie derrière. « Même une fois que Sophie en aura fini avec vous, n'hésitez pas à passer quand vous voulez. »

« Je le ferai », promit Mac avant de se diriger dans le couloir.

« Merci pour le thé, Birdie », dit Sophie, s'arrêtant à côté de sa voisine, qui faisait encore les yeux doux à Mac. « Hé, tu as besoin que je t'achète quelque chose en passant ? »

« Je commence à manquer de mon brandy préféré... Serais-tu un ange et m'achèterais une petite bouteille ? » demanda Birdie.

« Bien sûr. Je la déposerai plus tard. Passe une bonne journée, Birdie. »

« J'aime vraiment Birdie. Elle est fantastique », dit Mac après que Birdie eut fermé sa porte.

« Hé ! C'est ma vieille dame coquine. Tu ne peux pas l'avoir.

Trouve-toi la tienne », caqueta Sophie avec indignation, menant le chemin vers les vieux escaliers. « J'ai une question bizarre pour toi. Le chat de Birdie, Ginsberg, est-ce qu'il est un métamorphe comme Amira ? »

« Non, désolé, Ginsberg n'est qu'un chat normal. Il n'est peut-être pas un métamorphe, mais Birdie est définitivement un cougar », taquina Mac, faisant rire Sophie. « Ginsberg, hein ? Il a été nommé d'après le poète ? »

« Ouais. Birdie dit qu'elle traînait occasionnellement avec Allen Ginsberg et quelques autres beatniks dans les années 50 et 60. Elle dit qu'il était très déterminé et passionné. Elle a nommé le chat en son honneur », dit Sophie.

« Savais-tu que Ginsberg a inventé l'expression "flower power" ? » demanda Mac. « Il voulait aider à inspirer les manifestations anti-guerre à devenir des démonstrations pacifiques et à ne pas recourir à la violence. »

« Je ne pense pas avoir jamais entendu l'expression 'flower power' auparavant. Ça devait être populaire avant mon époque. » Sophie sourit narquoisement.

« Blessant », annonça Mac. « Essaies-tu de dire que je suis vieux ? Je ne suis que de quelques années plus âgé que toi. En plus, comment est-il possible que tu n'aies jamais entendu ce terme ? Il est célèbre. Je ne peux pas dire si tu te fous de moi ou pas. » Mac plissa les yeux vers Sophie, qui fit un haussement d'épaules innocent. Puis il demanda : « Es-tu déjà allée chez City Lights Booksellers ? »

« Non, je n'en ai jamais entendu parler », répondit Sophie en haussant les épaules, tandis qu'il cligna des yeux vers Sophie comme un hibou.

« Tu n'as jamais entendu parler de... » dit Mac, secouant la tête et ayant l'air d'être à court de mots. « C'est une librairie sur Columbus, mais c'est tellement plus. À la fin des années 50, ils ont publié Howl d'Allen Ginsberg. Un des fondateurs du magasin et Ginsberg ont tous deux été arrêtés pour accusations d'obscénité. Le recueil de poèmes parlait de drogues et d'homosexualité, entre autres sujets tabous. Quand les accusations ont été annulées, cela a aidé à établir un précédent pour la liberté d'expression (le Premier Amendement aux États-Unis) de la littérature autrefois interdite. »

« C'est cool. Et la librairie est encore là ? »

« Oui, tu devrais y faire un tour un jour », suggéra Mac.

Marchant devant Mac, Sophie essaya la porte de chez Burg, mais elle était verrouillée. Tandis que Mac s'approchait d'elle, elle regarda dans l'intérieur sombre du bar. Apercevant Burg qui remontait un fût depuis le fond, elle frappa à la porte et lui fit signe pour attirer son attention.

Levant les yeux, le sourire initial de Burg s'effaça légèrement quand il aperçut Mac debout à côté de Sophie. Posant le fût, il s'approcha et ouvrit la porte.

« Salut Burg, désolée de te déranger si tôt. As-tu quelques minutes ? Nous devons te parler », demanda Sophie.

« Bien sûr, entrez », dit Burg, tenant la porte ouverte pour eux. « Asseyez-vous ; je vous rejoins dans une minute. Il faut juste que je mette ce fût en place d'abord. »

Sophie mena Mac à la table où les possibles métamorphes loups s'étaient assis quelques jours auparavant. Sophie prit une profonde inspiration, inhalant l'odeur de levure de bière renversée rance mélangée à des notes citronnées de cire à meubles. Un moment plus tard, Burg tira une chaise en face d'eux et s'assit.

« Que puis-je faire pour vous deux ? Je dois dire que c'est inattendu de vous voir ici ensemble », déclara Burg.

« Sophie m'assiste sur une affaire », dit Mac. « Il y avait quatre hommes, que nous croyons être des métamorphes loups, qui buvaient ici mardi dernier. J'espérais que vous pourriez répondre à quelques questions à leur sujet. »

« Je peux essayer. Je ne me souviens d'aucun métamorphe

SOPHIE ET LES SINGULIERS

spécifique de mardi. Pouvez-vous me les décrire ? » demanda Burg.

Mac hocha la tête à Sophie pour qu'elle décrive les hommes à Burg.

« C'est moi qui les ai vus. Ils étaient ici vers 19 ou 20 heures ce soir-là, peut-être ? Je pense qu'ils étaient déjà là quand je suis arrivée. L'un avait des cheveux bruns hirsutes. Un autre avait des cheveux blonds coupés très court. Si je devais deviner, je dirais qu'ils avaient la trentaine. Je pense que les deux autres avaient les cheveux foncés, mais je ne les ai pas très bien vus. L'un pourrait s'appeler Marcus, mais je n'en suis pas sûre. Ils se plaignaient que le Conclave ne les aiderait pas avec leur territoire. Ils étaient assis à cette table, derrière moi au bar quand tu m'as servi une Dame Berceuse. Tu te souviens ? » demanda Sophie.

« Tu bois des Dames Berceuses ? C'est une boisson pour enfants », se moqua Mac.

« Je devais aller travailler après, alors pas d'alcool. Et la boisson est délicieuse, alors va te faire foutre. La Dame Berceuse est exactement comme moi : belle mais mortelle », rétorqua Sophie, faisant voler ses cheveux dramatiquement dans une imitation passable d'Amira, faisant secouer la tête aux deux hommes.

« Je pense me souvenir des hommes que vous cherchez. Ils viennent de temps en temps. Ils sont venus quelques fois cette semaine. Je pense qu'ils travaillent sur un chantier de construction à proximité alors ils s'arrêtent après le travail pour partager une bière ou deux. Je suis presque sûr que ce sont des métamorphes sans meute. J'ai beaucoup de métamorphes sans meute parce que le bar est considéré comme un territoire neutre », dit Burg.

« Je comprends. Personne ne va emmerder le territoire d'un ogre », dit Mac. « Savez-vous sur quel chantier de construction ils travaillent ? »

Après une longue pause réfléchie, Burg dit : « Hmmm... J'ai

l'impression qu'ils ont dit quelque chose sur des étudiants en droit malpolis et gâtés qui rendaient leur travail difficile. »

« Il y a l'école de droit de l'UC Hastings à seulement quelques pâtés de maisons d'ici. Ça pourrait valoir le coup d'aller voir », dit Mac. « Connaissez-vous certains de leurs noms ? »

« Non. Mais laissez-moi voir si je peux retrouver les reçus de mardi. Donnez-moi quelques minutes. »

« Qu'en penses-tu ? » demanda Sophie à Mac quand Burg disparut par une porte au fond du bar.

« Je pense que c'est une piste que je n'avais pas hier. Peut-être un fil que je peux suivre et espérer qu'il m'aide à démêler tout ça », répondit Mac.

« Au fait, qu'est-ce qu'un conclave ? J'ai entendu le terme plusieurs fois maintenant », demanda Sophie.

« Le Conclave est un peu comme le gouvernement local des Mythiques. La plupart des grandes villes, ou toute zone avec de fortes lignes de force, en ont un. La plupart des membres du Conclave viennent de familles fondatrices, donc ils sont Fae. Ils sont supposés superviser les Mythiques dans la ville. Si l'un de nous a un problème avec une autre espèce, nous pouvons l'amener au Conclave. Ils s'occupent de tout problème assez grand qui pourrait attirer l'attention des humains. Ils ont des gens placés au gouvernement, la police, les hôpitaux, même les médias, pour s'assurer que notre existence dans ce monde reste secrète », expliqua Mac.

« Et la morgue ! Alors pourquoi ces métamorphes ont-ils dit que le Conclave ne les aiderait pas ? »

« Le Conclave ne se dérange généralement pas avec les disputes territoriales au sein du même royaume. Malheureusement, le métamorphe que vous avez entendu avait raison. Le Conclave ne se dérangerait pas avec quelques métamorphes non affiliés chassés de Forest Knolls. C'est considéré comme un problème interne à leur espèce », dit Mac avec une grimace qui dit à Sophie qu'il n'était pas fan du Conclave.

« Que fais-tu si tu as un problème dans ton royaume que le Conclave ne peut pas t'aider à résoudre ? »

« Je ne suis pas sûr de comment ça marche pour les Mythiques non-métamorphes. Mais pour mon peuple, la plupart des métamorphes appartiennent à une meute. Si un membre a un problème, il peut soumettre le problème à son alpha. S'il ne peut pas ou ne veut pas le réparer, il n'y a pas grand-chose que l'individu puisse faire. Habituellement, ils trouvent une autre meute à rejoindre, ou ils peuvent partir et devenir non affiliés. Certains métamorphes font ça, mais être sans meute est difficile pour beaucoup de gens. Ils n'auront pas les ressources et la protection qui viennent avec le fait d'être dans une meute. Mais une meute n'est aussi bonne que son alpha, et cette vie n'est pas pour tout le monde. Parfois, un métamorphe se fait expulser de sa meute par l'alpha pour avoir causé des problèmes. Ce sont généralement ceux qui causent le plus de problèmes à mon département. Ils peuvent être très dangereux. Ils n'ont pas d'alpha pour freiner leurs pires comportements. »

Burg revint tenant une petite pile de papiers.

« J'ai rassemblé tous les reçus que j'avais de 18 heures à minuit pour mardi. Je suis certain que les quatre métamorphes étaient partis depuis longtemps à minuit. J'ai mis les trois reçus que je crois être les plus probables sur le dessus », dit Burg, tendant les reçus à Mac.

« Seulement trois ? » demanda Mac.

« Au moins un d'entre eux a payé en liquide, donc il n'y aurait pas de nom attaché. Ça pourrait même être deux d'entre eux, mais je ne peux pas le dire avec certitude », dit Burg. « Je me souviens que tous ont réglé en même temps et sont partis ensemble. Si je devais deviner, c'était vers 21 heures, donc ce sont les coupables les plus probables », Burg désigna le reçu du dessus dans les mains de Mac.

« Marcus Lincham », dit Mac avec un sourire triomphant à

Sophie, lui montrant le reçu du dessus. « Ça correspond à nos informations. »

Mac nota les noms de chacun des reçus avant de rendre la pile de papiers à Burg.

« Je pense que vous avez raison, Burg. Ces deux reçus sont très probablement nos gars. Pensez-vous qu'un de vos autres habitués connaisse ces hommes ? Seraient-ils capables de nous en dire plus sur eux ? » demanda Mac.

« Non, ces gars se tiennent surtout entre eux. Sont-ils dangereux ? » demanda Burg, inquiet.

« Je ne le crois pas. Ils pourraient avoir des informations qui peuvent m'aider avec une affaire. S'il vous vient autre chose à l'esprit ou s'ils reviennent, pourriez-vous m'appeler ? » demanda Mac, ouvrant son portefeuille et glissant une carte de visite à Burg.

« Bien sûr », répondit Burg, glissant la carte dans sa poche arrière.

« Merci pour votre assistance, Burg », dit Mac, se levant de la table et serrant la main de Burg. Sophie se leva aussi, prête à suivre Mac hors du bar.

« Hé, Soph. Tu as une minute ? » demanda Burg, indiquant d'un signe de tête à Sophie de se rasseoir.

« J'attendrai dehors », dit Mac, sortant avec un tintement de la clochette de la porte. Burg suivit Mac des yeux avant de reporter son attention sur Sophie.

« Tout va bien, Sophie ? Ce type te cause des problèmes ? C'était lui dont je t'avais mise en garde. Il est venu ici poser plein de questions sur toi », demanda doucement Burg.

« Oui, tout va bien. Mac et moi sommes arrivés à une entente. Il s'est même excusé. Il était juste inquiet d'avoir un humain qui travaille dans la division Mythique du bureau du médecin légiste. J'étais agacée par lui à l'époque, mais maintenant je comprends mieux son inquiétude », assura Sophie à Burg. « La raison pour laquelle nous sommes ici ensemble c'est que j'ai entendu quelque chose de pertinent pour une des affaires de Mac. Je l'aide juste à suivre une piste. Tu n'as pas besoin de t'inquiéter pour moi. Tout va bien, je te promets. »

« D'accord, si tu en es sûre. Je voulais juste vérifier. Je l'ai déjà prévenu que tu es sous ma protection. S'il te cause des problèmes, tu viens me le dire », gronda Burg.

« C'est noté, Burg. S'il me cause des ennuis, je te laisserai lui botter le cul », dit Sophie avec un large sourire. « Je vais rentrer à la maison. Je suis épuisée. Mon rythme de sommeil est tellement déréglé ; je pense que je vais essayer de faire une sieste. À plus tard, d'accord ? »

Avec un signe de la main, Sophie se dirigea dehors pour trouver Mac appuyé contre l'extérieur du bar, tentant d'avoir l'air nonchalant.

« Tout va bien là-dedans ? » demanda Mac avec un sourcil levé. « Burg s'inquiète que je te maltraite ? »

« Il dit que si tu es méchant avec moi, il va te casser les rotules. Alors, tu ferais mieux d'être plus gentil avec moi à partir de maintenant », prévint Sophie, un sourire carnassier s'étalant sur son visage.

« Ce n'est pas juste. Qui va me protéger de toi ? Je suis une personne très sensible, et tu es méchante comme l'enfer », se plaignit Mac.

« Personne. Il va falloir que tu t'endurcisses, j'imagine. »

« Je pensais marcher jusqu'à l'école de droit pour voir si je peux trouver de la construction en cours autour du campus. Si j'ai de la chance, ils pourraient même être en train de travailler, bien que ce soit douteux puisque c'est le week-end. Aimerais-tu te joindre à moi ? » proposa Mac.

Malgré la tentation, elle secoua la tête. « J'ai promis de prendre une bouteille de brandy pour Birdie, puis je rentre chez Ma Tatin pour dormir un peu. »

« Ma Tatin ? » demanda Mac, la confusion colorant sa voix.

« Tu sais, comme le dessert ? Démodée, classique, uniformément marron et un peu ennuyeuse », Sophie désigna de son pouce par-dessus son épaule la maison qui se dressait à côté d'elle. « Ça peut paraître ennuyeux, mais c'est délicieux. » Mac hocha la tête, émettant un murmure grave de compréhension amusée.

« Très bien, alors. Une fois que j'aurai fini de suivre les informations que tu as découvertes, j'enverrai un message à Reggie avec les mises à jour. Puisque tu n'as pas, pour une putain de raison, de téléphone portable. » Mac secoua la tête d'exaspération quand Sophie lui fit un sourire impénitent.

« J'avais un téléphone, mais il s'est cassé. Je n'avais pas les moyens de le faire réparer. Maintenant que je reçois un salaire régulier, je vais en avoir un bientôt, alors calme-toi », dit Sophie en haussant les épaules.

« Bien. Dis à Reggie d'attendre mon appel. »

CHAPITRE 15

*A*u milieu de la semaine, l'euphorie de leur escapade du week-end avait commencé à retomber pour les collègues de Sophie. Elle avait entendu le récit de leur aventure partagée suffisamment de fois pour que ça lui reste toute sa vie, mais elle n'aurait jamais gâché leur plaisir en le leur faisant remarquer. Ace, en particulier, semblait prendre plaisir à raconter sa rencontre de près avec un agent de sécurité pendant qu'il montait la garde. Il était sous sa forme de raton laveur à ce moment-là, alors Sophie ne pensait pas qu'il avait risqué de se faire prendre autant que de se faire chasser avec un balai.

Pendant leur pause repas partagée le jeudi soir, Amira annonça dramatiquement qu'elle était prête à abandonner le faste et le glamour du crime et à retourner à la vie tranquille d'une citoyenne respectueuse des lois.

« C'est bizarre. Je ne me souviens d'aucun faste ni glamour quand j'étais agenouillée sur un cercueil ouvert couvert de terre de cimetière », taquina Sophie.

« Bon, peut-être pas. Mais j'étais fabuleuse dans ma combinaison noire moulante. Peut-être que je devrais me lancer dans une vie de crime juste pour pouvoir profiter de la mode », dit Amira avec une expression pensive.

« On devrait avoir un nom de gang. Vous savez, si on va devenir une équipe de détectives. Quelque chose à la hauteur de notre génialité. Comme Les Formidables ou Les Incroyables », suggéra Ace.

« Si on va choisir un nom qui nous représente vraiment, on devrait s'appeler Les Singuliers », répliqua Fitz avec un sourire narquois, faisant éclater de rire tout le monde sauf Ace.

« Vous ne prenez jamais rien au sérieux ! » se plaignit Ace.

Après cela, l'équipe tourna son attention vers la nouveauté suivante, qui se trouvait être l'accusation de Fitz selon laquelle quelqu'un de l'équipe de jour avait volé une de ses précieuses eaux pétillantes. Son vœu de trouver le coupable fit échanger des regards amusés à Sophie et Reggie. Il insista même pour que Sophie touche ses canettes d'eau pétillante pour voir si elle pouvait avoir une vision du voleur. Sophie dut lui annoncer la mauvaise nouvelle qu'elle n'avait des visions que lorsqu'elle touchait des cadavres.

Picorant son sandwich à la dinde, Sophie pensait à l'autopsie qu'ils avaient terminée avant leur pause déjeuner. C'était encore une attaque entre métamorphes. Selon sa vision, c'était un combat de dominance pour la hiérarchie au sein d'une meute. Un des métamorphes avait perdu le contrôle de sa moitié animale et avait fini par tuer la victime. Reggie expliqua qu'il y avait une hiérarchie stricte basée sur la force prouvée et les démonstrations de prouesses au combat dans de nombreuses meutes, surtout chez les métamorphes prédateurs dominants. Les métamorphes se battaient souvent pour essayer d'améliorer leur place dans cette hiérarchie.

« Les métamorphes perdent-ils souvent le contrôle de leur moitié animale et tuent des gens ? J'en ai déjà vu plusieurs depuis que j'ai commencé à travailler ici », demanda Sophie dans le calme soudain de la salle de pause.

« C'est quelque chose qui arrive plus souvent avec les métamorphes dominants. Ils sont plus violents que les métamorphes non-dominants. C'est particulièrement plus répandu dans ce royaume », répondit Fitz.

« Pourquoi ? » demanda Sophie.

« Parce que les Fae traitent ce royaume comme un dépotoir », dit Ace, son irritation l'enveloppant comme un manteau. L'irritabilité semblait être l'état de base d'Ace, mais Sophie pouvait sentir qu'il commençait à s'échauffer sur ce sujet.

« Je pense que c'est un peu dur. » Reggie fronça les sourcils.

« Non, ce n'est pas le cas. La plupart des autres royaumes traitent la Terre comme l'Angleterre traitait autrefois l'Australie. Ils envoient tous leurs indésirables, dissidents et criminels ici. La Terre est leur solution 'loin des yeux, loin du cœur' pour ces enfoirés prétentieux », répondit Ace, passant ses mains dans ses cheveux bigarrés d'agitation.

« Attendez... nous sommes une colonie pénitentiaire ? » s'exclama Sophie en riant.

« De nombreux citoyens du royaume des Fae choisissent volontairement d'immigrer sur Terre. Beaucoup de Mythiques ont volontiers choisi d'utiliser les lignes telluriques pour venir ici, y compris mes ancêtres », rétorqua Reggie.

« Bon ouais, beaucoup des métamorphes des royaumes secondaires sont venus ici parce qu'on en avait marre de tous les préjugés contre notre peuple. C'est pourquoi il y a une si grande population de métamorphes non-dominants dans la région. Mais ça ne change pas le fait que la cour des Sídhe envoie ici les Fae et métamorphes problématiques. Plus de la moitié des corps qu'on voit dans cette installation peuvent probablement être attribués aux parias », gronda Ace.

« Vous avez beaucoup mentionné les lignes telluriques. C'est comme ça que les Mythiques arrivent sur Terre, non ? Est-ce que ça veut dire qu'il y a une ligne tellurique ici ? Comme dans la ville elle-même ? » demanda Sophie.

« Oui, celle de San Francisco est très puissante et c'est l'un des portails les plus proches du royaume des Fae, ce qui explique la forte concentration de Mythiques issus du royaume des Fae ici », expliqua Reggie.

« Donc, le portail vers le royaume des Fae est proche de San Francisco, c'est ça ? C'est pourquoi il y a tant de créatures Fae dans la région. Est-ce que ça veut dire que le royaume de Valhalla est quelque part près de la Scandinavie ? » demanda Sophie. « Et est-ce qu'on trouverait plus de Valkyries et autres là-bas au lieu des Fae ? »

« C'est exact. Les êtres des autres royaumes se déversent sur Terre en utilisant les lignes telluriques, affectant la mythologie et la population de chaque région depuis des milliers d'années. »

« S'il y a une ligne tellurique ici, est-ce que je pourrais l'utiliser pour visiter le royaume des Fae ? » demanda Sophie, les yeux s'illuminant à la pensée de voyager dans un lieu dont on ne parlait que dans les contes de fées.

Ace renifla dédaigneusement. « Pas question. Venir sur Terre, c'est un aller simple. On ne peut pas retourner dans le royaume des Fae depuis la Terre. Même quitter le royaume des Fae pour venir ici peut être difficile. La cour des Fae et leurs lèche-bottes ont une emprise totale sur les portails des lignes telluriques. Il faut obtenir une autorisation. Et sans vouloir t'offenser, pour eux, tu n'es qu'une misérable humaine. »

« Quand êtes-vous venus ici ? » demanda Sophie.

« Nous sommes tous à plusieurs générations de distance. Au tournant du siècle, beaucoup des Mythiques non-Fae, comme les métamorphes, trolls, bonnets rouges, et autres, ont immigré à San Francisco. C'était une période facile pour arriver et se fondre dans la masse à cause de l'afflux de gens dû à la ruée vers l'or », expliqua Reggie.

« Et toi, Sophie ? Quand es-tu ou tes ancêtres arrivés ? Je me demande si un de tes grands-parents est venu à peu près à la même époque que les nôtres », demanda Amira.

« Ma famille vient de partout. Je ne pourrais même pas deviner d'où vient mon don. Je ne connais pas la plupart de ma famille puisqu'ils sont éparpillés partout », dit Sophie avec un haussement d'épaules négligent.

« Peut-être que tu n'es pas Fae alors. Peut-être que tu es un autre type de Mythique. Les Fae sont plutôt militants sur le suivi des lignées », dit Fitz d'un air pensif. « Ils sont tous snobs, alors ils se mélangent rarement avec les humains. Quand un bébé demi-Fae naît, c'est généralement le sous-produit d'une aventure secrète. »

« Aventure, hein ? C'est un romance historique ? Je suppose que ça explique pourquoi je n'ai jamais entendu parler de Fae dans mon histoire. Il y a des chances que quelqu'un dans mon arbre généalogique ait été un bébé d'aventure secrète », haussa les épaules Sophie, pas préoccupée par les origines de sa capacité.

« Est-ce que quelqu'un d'autre dans ta famille a des visions ou des pouvoirs étranges ? » demanda Reggie.

« Je n'ai jamais rien entendu ou vu qui me ferait penser ça. »

« Bon, ce genre de chose peut rester caché dans l'ADN pendant des générations avant de surgir au hasard sans prévenir. C'est rare, mais j'ai déjà entendu des histoires à ce sujet. »

« Considère aussi ceci : je n'étais même pas au courant de ma capacité jusqu'à maintenant. Je peux avoir des membres de famille qui ont un pouvoir caché dont ils ne sont même pas conscients. Si je n'avais pas été exposée aux cadavres, j'aurais pu passer le reste de ma vie sans connaître mon « don ». C'est le talent le plus aléatoire et étrange qui soit. »

« Peut-être que tu pourrais contacter des membres de ta famille et voir s'ils ont des dons ou des pouvoirs inexpliqués ? » L'espoir et l'excitation brillèrent dans les yeux de Reggie.

« Ça n'arrivera pas. Je suis enfant unique, et mes parents sont tous les deux partis. Je ne suis proche de personne d'autre dans ma famille, alors je ne vais pas les appeler pour leur demander de venir toucher des corps pour voir s'ils auraient des visions. Je ne suis même pas sûre de pouvoir les retrouver, même si ça m'importait assez de le faire », déclara fermement Sophie.

« D'accord. C'est ton choix, bien sûr. Tu es prête à retourner au travail ? »

« Ouais, tu as besoin de prendre ton chargeur de téléphone ? » rappela Sophie à Reggie.

Regardant son téléphone, Reggie secoua la tête. « J'ai assez de batterie pour tenir au moins une autopsie de plus. »

Chaque jour, Sophie et Reggie enregistraient encore consciencieusement ses histoires et les transmettaient à Mac. Mac n'avait pas encore pris contact pour leur faire savoir s'il avait eu des percées sur l'affaire du meurtre de Zhang Liu. Sophie essayait d'ignorer la petite boule de déception qui grandissait dans son ventre de n'avoir pas encore eu de nouvelles de Mac.

En se dirigeant vers la salle d'autopsie, un mouvement devant attira l'attention de Sophie. Marchant résolument vers eux se trouvait Mac, faisant naître un sourire content sur les lèvres de Sophie. Perturbée par sa réaction instinctive à la présence de Mac, Sophie força son visage à prendre une expression neutre. Jetant un coup d'œil de côté, elle remarqua que Reggie ne cherchait même pas à cacher son sourire à l'arrivée de Mac.

« Est-ce que vous avez quelques minutes pour parler ? » demanda Mac doucement avec un signe de tête vers le bureau de Reggie.

Reggie guida avec empressement Mac dans son bureau avec Sophie qui traînait derrière eux deux. Reggie s'assit à sa place habituelle derrière son bureau, laissant Sophie s'asseoir à côté de Mac. Elle se sentait mal à l'aise et gênée perchée si près de lui. Intérieurement, elle se fit la leçon sur cette réaction ridicule à la proximité de Mac et se força à faire attention. Peu importait s'il était un connard qui la mettait mal à l'aise ; pour le moment, il avait besoin d'elle pour aider à résoudre des meurtres.

« Mac, as-tu encore besoin de notre aide ? Ou as-tu des nouvelles pour nous ? » demanda Reggie avec espoir. Sophie secoua la tête devant à quel point Reggie appréciait leur nouvelle vie secrète de limiers résolveurs de crimes.

« Je voulais juste passer vous tenir au courant de ce que j'ai découvert jusqu'à présent. J'ai posé trop de questions et j'ai fait des remarques sur des affaires qui se sont avérées justes. Quelques personnes dans mon département commencent à me regarder bizarrement. À un moment donné, nous devrons peut-être discuter de mettre le chef de police au courant de ton don, Sophie. C'est un Mythique, alors je crois qu'il serait disposé à te donner une chance de prouver ta capacité et d'aider à résoudre des affaires. Et je lui fais confiance. Mais pour l'instant, je veux continuer à garder ton don secret. Quelque chose cloche dans tout ça. »

« Qu'est-ce que tu veux dire ? » demanda Sophie.

« J'ai réalisé ce matin que les trois affaires que tes visions disent être différentes des rapports de police officiels sont assignées à Lancaster et Hernandez. Je suis probablement juste paranoïaque, mais nous devons être prudents pour le moment, au cas où ils ne seraient pas réglo. Je n'ai aucune preuve qu'ils sont des flics corrompus, et j'essaie de ne pas laisser mon dégoût pour eux colorer mes perceptions. Ils sont probablement juste paresseux et ne font pas leur travail consciencieusement sur leurs affaires, mais mon instinct me dit qu'on doit procéder prudemment. Je ne veux pas qu'ils soient au courant de ton implication dans tout ça. Pour le moment, j'ai juste besoin de quelqu'un à qui parler de ces affaires. J'ai l'impression de rater quelque chose. Alors, j'espérais qu'on pourrait les passer en revue. »

« Bien sûr », répondit Reggie.

« D'accord. Allons-y par ordre chronologique. Joseph Henson a été tué par son frère cadet Floyd. Ta vision n'incluait pas de motif derrière le meurtre, alors il n'y a pas grand-chose sur quoi s'appuyer. Joseph n'avait pas de femme ni d'enfants. À part son frère, aucun autre membre de la famille immédiate n'est vivant. Il n'y a pas grand-chose à discuter. » soupira Mac.

« J'aimerais que ma vision m'ait dit pourquoi Floyd a tué son frère. Je veux dire, était-ce à cause d'une femme ? De l'avidité ? Ou peut-être juste de la rivalité fraternelle ? »

« Hmmm. Le meurtre était méthodique, bien planifié, et exécuté avec précision. Ça ne ressemble pas à un meurtre né de grandes passions. Si je devais spéculer, je dirais que l'avidité était la motivation. Sans aucun autre membre de la famille immédiate, Floyd héritera de toute la richesse de Joseph... Et de sa propriété », dit Mac avec un regard pensif, tapotant ses doigts sur le bureau.

« À quoi tu penses ? » dit Reggie dans une excitation croissante, s'accrochant à l'air d'expectative qui planait au-dessus d'eux.

« Sophie a mentionné plus d'une fois que ces meurtres avaient à voir avec des territoires et l'immobilier. Est-ce que ça pourrait être la connexion ? » se demanda Mac, levant les yeux au plafond comme si les réponses à ses questions étaient là. « J'aimerais bien avoir une carte de la ville. Si c'est à propos d'immobilier, je vais avoir besoin d'une carte. »

« Laisse-moi voir si Mlle Zhao pourrait en localiser une pour nous ! Quand la ville a construit cette installation il y a quelques années, il y a eu beaucoup de débat sur où mettre le bâtiment initialement. Il pourrait y avoir des cartes de cette époque archivées dans notre département des archives », dit Reggie, se précipitant hors de la porte avant que Mac ou Sophie puissent répondre.

Après quelques minutes de silence pesant, Sophie se tourna vers Mac. « Suis-je en danger ? Si les gens découvraient mes visions, est-ce que ça me mettrait en péril ? »

« C'est possible, je suppose. Mais je ne pense pas. Cependant, jusqu'à ce qu'on découvre si ces trois affaires sont le résultat d'un mauvais travail de police ou quelque chose de plus sinistre, je veux qu'on procède avec prudence. Juste au cas où », dit Mac.

Reggie revint en se précipitant dans la pièce avec une pile de cartes. Il tendit les cartes à Mac pendant qu'il déblayait son bureau. Feuilletant les différentes cartes, Mac déplia celle qu'il pensait fonctionnerait le mieux et l'étala sur le bureau de Reggie.

« D'accord. Joseph Henson a été assassiné dans sa maison ici dans le quartier de Haight-Ashbury », dit Mac, pointant une zone sur la carte. « J'ai besoin d'un moyen de mettre un marqueur sur cette carte. »

« Je pense que j'ai quelque chose », s'exclama Reggie, ouvrant un tiroir de son bureau et tendant à Mac une variété de pièces de monnaie.

« Parfait », dit Mac, posant une pièce de monnaie pour représenter où Joseph Henson était mort.

« Qui est le suivant ? » demanda Reggie.

« Cynthia Forsythe était un complot de meurtre sur commande, mis en scène pour ressembler à un cambriolage qui avait mal tourné. Sa maison était à Nob Hill », dit Mac, plaçant une autre pièce de monnaie sur la carte.

« Nob Hill, hein ? Chic », murmura Reggie, se penchant pour regarder l'emplacement sur la carte.

« Qu'était Cynthia ? Si nous conduisions son autopsie, je peux supposer qu'elle n'était pas humaine », dit Sophie.

« Fae. Une assez haut placée. Je n'arrive pas à comprendre un motif pour son meurtre. Personne ne bénéficie de sa mort. Elle n'avait pas de famille immédiate », dit Mac.

« À qui va sa succession ? » demanda Sophie.

« Je ne sais pas encore. J'attends de le découvrir. Ça ira probablement au parent le plus proche, un cousin ou quelque chose. Ou ça pourrait être remis à la ville, ou possiblement même au Conclave », répondit Mac avec un haussement d'épaules.

« Y a-t-il un moyen de le découvrir ? » demanda Reggie.

« J'ai fait une demande, mais je l'ai faite avec quelqu'un en qui j'ai confiance au département informatique. Je ne voulais pas que Lancaster ou Hernandez découvrent que j'ai fouillé dans une de leurs affaires closes. Ils sont déjà assez agacés avec moi. Je ne veux pas empirer les choses en les questionnant directement. En plus, je ne leur fais juste pas confiance à ce stade.

« D'accord, c'est au tour du vampire. Montgomery a été trouvé dans Golden Gate Park. » Mac plaça une pièce de monnaie dans la zone du parc où le corps avait été découvert. « Il a été enlevé à Twin Peaks en allant voir sa petite amie. » Mac plaça une autre pièce de monnaie sur l'appartement de la petite amie.

« Sophie a dit que c'était à cause d'un deal immobilier qui avait mal tourné. Quelqu'un a mis en scène le meurtre pour que ça ressemble à un chasseur qui l'avait tué pendant un mordre-et-filer. Montgomery possédait-il des propriétés ? » demanda Reggie à Mac.

« Je ne pense pas, mais son chef de Domus Sebastian en possède. Leur Domus principal est à Alamo Square. Je vais voir si je peux découvrir si Sebastian possède d'autres biens immobiliers, ou si les Domus ont vendu des propriétés récemment. Je vais retourner voir si nos victimes ou leurs familles immédiates ont vendu ou acheté de l'immobilier dans les derniers mois », dit Mac.

« Voulons-nous inclure Zhang sur la carte ? As-tu retrouvé Marcus Lincham ? » demanda Sophie.

« Ça a pris du temps, mais je l'ai finalement trouvé. Marcus croit que des membres de la meute de loups du Sunset District ont tué Zhang Liu pour le territoire et parce que Zhang essayait de former une meute à partir de métamorphes parias. Beaucoup des meutes plus fortes ne veulent pas de la concurrence de nouvelles meutes entrant dans la ville. Surtout une meute mixte comme Zhang essayait de créer. Il voulait une meute qui accueillait toutes les espèces », dit Mac, étudiant la carte et plaçant une pièce de monnaie sur West Portal. « Zhang Liu a été tué à West Portal par six loups non loin de là où il vivait. Il est possible que le meurtre ait eu lieu pour le territoire à Forest Knolls, cependant, alors je vais marquer cet emplacement aussi. »

« Huh, à part les pièces sur West Portal, Golden Gate Park, et Twin Peaks, le reste forme une ligne quasi parfaitement droite », dit Sophie, traçant son doigt sur la ligne à travers la carte.

« Sophie a raison. Merde ! » s'exclama Mac, son visage intense avec une expression d'orage. « Reggie, vois-tu ce que je vois ? »

« C'est impossible à rater. Je trouve ça difficile à croire, mais ça doit être la motivation derrière tout ça », dit Reggie, passant sa main sur son visage, abasourdi.

« Qu'est-ce qui est impossible à rater ? Qu'est-ce que ça veut dire ? » demanda Sophie dans la confusion.

« C'est la ligne tellurique qui traverse San Francisco », dit Mac, tapotant du doigt un point dans le coin sud-ouest de la ville, traçant une ligne en diagonale sur la carte jusqu'à l'endroit où la terre rencontre la baie.

« Est-ce que ça veut dire que quelqu'un essaie de prendre le contrôle de l'entièreté de la ligne tellurique ? » chuchota Reggie.

« Peut-être. Ça pourrait être une seule personne ou même un groupe. En ce moment, nous n'avons aucun moyen de le savoir. Pourquoi quelqu'un voudrait-il posséder toute la propriété le long de la ligne tellurique ? » demanda Mac avec un froncement de sourcils pensif. « Autant que je sache, les portails du royaume des Fae vers la Terre sont contrôlés du côté Fae. Personne ne sait même comment les Fae opèrent les portails ou comment ils envoient les gens à travers. »

« J'ai entendu dire qu'ils ont un moyen d'exploiter le pouvoir qui émane des lignes telluriques. Peut-être que quelqu'un essaie de puiser dedans ? » suggéra Reggie.

« Donc, tu penses que ces meurtres sont liés ? » demanda doucement Sophie.

« Il n'y a presque aucun doute », déclara sérieusement Mac.

Sophie fixa la carte pendant une minute, retournant son esprit sur les possibilités. « Depuis combien de temps penses-tu que ça se passe ? Si c'est une sorte de conspiration, alors je doute que ces quatre soient les seuls incidents où quelqu'un essaie de s'emparer de l'immobilier. »

« Putain. Tu as raison. Vous ne faites des autopsies que pour les morts commises par ou contre des Mythiques. Je dois vérifier tous les meurtres commis le long de la ligne tellurique », dit Mac.

« Tu devrais aussi regarder les suicides et accidents », suggéra Sophie. « La mort de Joseph Henson a été montée pour ressembler à un suicide. »

« Y a-t-il un moyen de vérifier aussi les propriétés récemment vendues le long de la ligne tellurique ? » demanda Reggie.

« Merde. Ça va me prendre un temps fou », soupira Mac.

« Y a-t-il un moyen qu'on puisse aider ? » offrit Reggie.

« Je ne suis pas sûr encore. Je dois voir quelles informations je peux découvrir d'abord. Je dois procéder très prudemment. Je ne veux pas que quelqu'un réalise ce que je cherche encore. Pas jusqu'à ce qu'on sache qui sont les acteurs clés. Jusqu'à ce que j'aie plus de faits, gardons tout ça entre nous trois. D'accord ? »

Reggie et Sophie hochèrent tous les deux la tête en signe d'accord.

« Oh, et je passerai te prendre à la fin de ton service, et on va t'acheter un téléphone portable. Tout ça est trop important et potentiellement dangereux pour qu'on ne puisse pas te joindre. Ne discute pas avec moi ! » gronda Mac quand Sophie ouvrit la bouche pour protester.

« Il a raison, Soph. Tu as vraiment besoin d'un téléphone », approuva Reggie, faisant jeter les mains en l'air à Sophie dans une défaite agacée.

* * *

« Au revoir, Mlle Zhao », cria Sophie en se dirigeant à travers le hall. « Passez une bonne journée. »

« Au revoir, Sophie. Amusez-vous bien à votre rendez-vous ! » lâcha-t-elle d'une voix enjouée.

Quand Sophie la regarda avec confusion, Mlle Zhao fit un signe de tête en direction des portes d'entrée vitrées. Regardant dehors, Sophie soupira de résignation quand elle aperçut Mac faire les cent pas dehors, le soleil matinal se reflétant sur ses lunettes noires. Mac s'arrêta net quand il vit Sophie à l'intérieur, puis pointa sa montre et lui fit signe de le rejoindre.

« Non, non, non, Mlle Zhao. Ce n'est vraiment pas un rendez-vous. Il m'aide juste à m'acheter un téléphone. C'est tout », nia fermement Sophie, secouant la tête pour insister.

« Bien sûr. Bien sûr que non, chérie », dit Mlle Zhao, l'incrédulité dégoulinant de chaque mot.

« Ce n'est pas le cas ! » nia Sophie.

« Bien sûr », fredonna Mlle Zhao de façon non-engagée, se retournant vers son ordinateur.

Regardant Mac, qui trépignait d'impatience, Sophie fut tentée de s'attarder avec Mlle Zhao quelques minutes de plus juste pour l'agacer.

« Vous devriez aller rejoindre votre homme. Avant qu'il ne vienne ici vous sortir d'ici », murmura Mlle Zhao avec amusement.

« Il n'est pas... Ugh, peu importe », souffla Sophie, se dirigeant à grands pas vers Mac.

* * *

UNE HEURE et demie plus tard, Sophie sortit en trombe du magasin de détail, plus énervée qu'elle ne l'avait jamais été. Claquant la porte du magasin derrière elle, un téléphone tout neuf dans la poche, Sophie se retourna sur le trottoir pour faire face à Mac qui la suivait.

Pointant un doigt accusateur vers lui, elle hurla : « Oh mon dieu ! Tu as fait croire à ces gens que je suis ta petite amie entretenue, espèce de connard ! »

« Quoi ? Non. J'ai juste dit au vendeur que je voulais acheter un téléphone à *ma chérie* pour que, chaque fois que j'aurais besoin d'elle, elle puisse venir s'occuper de mes besoins immédiatement », dit Mac avec un visage innocent.

« Je vais te tuer, et personne ne s'en souciera. Je pourrais même avoir une médaille. Personne ne va te regretter », déclara Sophie factuellement, un feu crépitant dans ses yeux.

« Hé, ça a été une super journée ! Tu veux aller prendre un petit déjeuner ? C'est moi qui paie, chérie », offrit Mac avec un sourire diabolique.

« Une super journée ? » répéta lentement Sophie, l'irritation enrobant chaque mot.

« Oui ! On se rapproche de la résolution de mes affaires. Tu as eu un nouveau téléphone. J'ai aussi réussi à te mettre super mal à l'aise. Et regarde ce temps », dit Mac, indiquant le ciel dégagé au-dessus d'eux, « juste magnifique. »

Debout au milieu du trottoir, bloquant la porte du magasin, Sophie fixa Mac dans un désarroi stupéfait. *Qui est ce cinglé joyeux ? Où est le flic dur et énervé qui grogne sur tout le monde ?* se demanda intérieurement Sophie, regardant prudemment autour d'elle pour une voie d'évasion, juste au cas où.

« Allez, ne sois pas fâchée, chérie », cajola Mac de façon joueuse.

« Ne m'appelle pas « chérie ». Tu es un bizarre. Ramène-moi juste à la maison », dit Sophie, secouant la tête devant le tournant étrange qu'avait pris sa vie.

« Sais-tu que quand tu te fâches, tu as un petit tremblement à la paupière gauche ? » demanda Mac joyeusement avant de s'éloigner, laissant Sophie le regarder partir. »

CHAPITRE 16

Sophie sortit de son appartement et se dirigea vers chez Birdie. Après que Mac l'eut déposée ce matin, Sophie avait réalisé qu'elle n'avait pas rendu visite à Birdie depuis qu'elle lui avait apporté son brandy il y a quelques jours. Alors qu'elle levait la main pour frapper, une voix masculine à l'intérieur de l'appartement fit que Sophie se figea momentanément de surprise. Une fois remise, elle frappa prudemment à la porte de Birdie.

Sophie se détendit quand elle entendit la voix de Birdie crier qu'elle arrivait.

Quand Birdie ouvrit la porte, Sophie aperçut un homme âgé assis sur la causeuse. L'homme portait un pantalon beige bien repassé, une chemise boutonnée et une casquette de tweed. D'épaisses lunettes à monture noire étaient perchées sur son long nez. Il adressa à Sophie un sourire de travers attendrissant quand il la vit le regarder par-dessus l'épaule de Birdie. Elle lui fit un petit signe de la main en guise de salut, remarquant aussi que Birdie portait une jolie robe à fleurs plutôt que sa robe de chambre matelassée habituelle.

« Qui est-ce ? » demanda Sophie, essayant de mieux voir par-dessus la tête de Birdie dans son appartement comme la voisine indiscrète qu'elle était.

« Eh bien... tu sais comment le centre pour seniors organisait ces visites de musées d'art dans la ville ? Je me suis inscrite pour faire une visite de groupe au Legion of Honor. » Sophie hocha la tête, se souvenant que Birdie avait mentionné quelque chose à ce sujet plus tôt dans la semaine. « Eh bien, Milton était dans mon groupe de visite hier matin, et on s'est tout de suite bien entendus. »

« Vraiment ? C'est génial », dit Sophie à voix basse. Sophie sourit quand elle remarqua que Milton tenait en équilibre sur son genou sa tasse à thé préférée. La tasse « Chatte Chaude » ne semblait pas encore avoir fait son apparition. Birdie devait vraiment aimer Milton pour se tenir si bien.

« Milton, voici ma voisine Sophie. Sophie, voici mon nouvel ami Milton », dit Birdie tandis que Milton saluait Sophie avec un sourire timide.

« J'allais t'inviter à me rejoindre pour un verre au bar, mais on dirait que tu es déjà occupée », sourit Sophie d'un air espiègle. « Une autre fois peut-être ? »

« Pas ce soir, mais peut-être qu'on te rejoindra tous les deux un autre soir », répondit Birdie.

« Eh bien, amusez-vous bien ! Ne faites rien que je ne ferais pas », dit Sophie d'une voix faussement sévère.

« Compris. Donc, tout est encore possible », répliqua Birdie avec insolence. « Peut-être qu'on pourrait faire un rendez-vous à quatre avec ton Mac bientôt. »

« Ce n'est pas *mon* Mac. C'est juste un collègue. » Sophie secoua la tête.

« Ne me raconte pas de mensonges. Je pouvais sentir la tension sexuelle entre vous deux. Vous avez failli mettre le feu à mon canapé. En plus, si tu n'as pas d'action bientôt, tu ne sauras plus t'en servir. »

« Premièrement, il n'y a aucune tension sexuelle entre Mac et moi. Il n'y a que de la bonne vieille tension ordinaire. Je pense que Mac était peut-être plus sous ton charme, de toute façon. Et deuxièmement, je ne vais pas oublier comment « m'en servir ». Ce n'est pas comme ça que ça marche, et tu le sais bien », répliqua Sophie, ce qui fit rire Birdie.

« Tu as peut-être raison. Il semblait effectivement très réceptif à mon flirt. Alors, oublie Mac, mais trouvons-toi un homme. Tu as besoin d'une vie amoureuse, ma fille. Tu es trop jeune pour laisser tes atouts se gâcher. Tu es assez jeune pour qu'ils tiennent encore bien en place, et tu regretteras de ne pas en avoir fait profiter plus de monde avant que la nature ne reprenne ses droits », sermonna Birdie.

« Pas de rendez-vous pour moi en ce moment, merci. Je préfère vivre par procuration grâce à toi. Je repasserai demain, et tu pourras me raconter tout sur ta soirée avec Milton. » Sophie fit un clin d'œil.

« Tu devrais vraiment penser à t'envoyer en l'air. Dépoussiérer tout ça. Ça pourrait te rendre moins grincheux. »

« Je ne suis *pas* grincheux, sale gosse. Tu dois arrêter de t'inquiéter de l'état de ma chatte et te concentrer sur la tienne. Maintenant, fais tourner la tête à Milton, vieille folle », chuchota Sophie. Regardant par-dessus l'épaule de Birdie, elle fit un signe de la main. « C'était un plaisir de vous rencontrer, Milton. J'espère que vous passerez tous les deux une belle soirée. »

Birdie recula à l'intérieur, un petit gloussement heureux s'échappant par l'entrebâillement alors qu'elle fermait la porte.

Souriant, un peu vexée, du fait que la petite vieille dame d'en face avait plus d'action qu'elle, Sophie dévala les escaliers et sortit dans le crépuscule froid qui s'installait dehors. Le brouillard était épais dans l'air, rendant la profonde inspiration que prit Sophie humide et lourde dans ses poumons. La lueur des lumières émanant du Petit Poucet semblait chaude et accueillante, chassant la morosité.

« Hé, Sophie ! J'ai une nouvelle IPA en pression. Tu veux l'essayer ? » cria Burg alors que Sophie entrait dans le bar.

Un groupe d'habitués du bar – composé principalement d'hommes âgés et endurcis – hocha la tête ou leva la main en guise de salut tandis que Sophie tirait un tabouret au bar. Une vie rude avait usé ces hommes jusqu'à ce qu'il ne reste plus que du tissu fibreux et maigre, une peau tannée et patinée, et une attitude brusque. Quand Sophie avait emménagé pour la première fois à Ma Tatin et avait commencé à s'arrêter au bar, les hommes la regardaient avec méfiance dans leurs yeux de silex. Mais au fil des longs mois, l'attitude qui ne se laisse pas marcher sur les pieds de Sophie lui avait finalement permis de se glisser dans une place tranquille et ignorée dans le paysage de leur bar. Maintenant, elle n'était qu'un autre habitué avachi au bar.

« Bien sûr, Burg. Une IPA sonne bien », dit Sophie, regardant autour de l'intérieur du pub.

Quand Burg posa la bière devant Sophie, elle lui adressa un sourire reconnaissant.

« Elle vient de la brasserie locale Russian River. Je pense que tu vas l'aimer. »

Sophie prit une petite gorgée, puis claqua des lèvres avec appréciation.

« Pas trop amère, hein ? Elle s'appelle Pliny the Younger », dit Burg.

« Nom bizarre, mais j'aime. Belle foule ce soir », remarqua Sophie. La plupart des tabourets du bar étaient occupés, et toutes les tables sauf une étaient occupées.

« Ouais, Le Petit Poucet a été mentionné sur un blog de voyage. L'auteur disait que c'est l'un des bars les plus anciens encore en activité à San Francisco, alors on a eu plus de trafic dernièrement. Surtout les week-ends », débita Burg avec excitation.

« C'est génial. Assure-toi juste de toujours me garder une place quand tu deviendras un endroit branché. Le bar s'est-il toujours appelé Le Petit Poucet ? Je voulais demander. C'est un nom un peu bizarre. »

« Le Petit Poucet est un conte de fées qui met en scène un ogre », dit Burg, s'appuyant sur le comptoir du bar.

« Je n'en ai jamais entendu parler. »

« Tu as entendu beaucoup de contes de fées d'ogres, toi ? » demanda Burg de manière provocante.

« Euh, je pense en avoir entendu quelques-uns. Je dois être honnête, cependant, aucun où les ogres n'étaient pas les méchants. Comme Jack et le Haricot magique et Le Chat botté. »

« Je ne pense pas qu'il y ait des contes de fées où les ogres ne sont pas maléfiques. Dans la plupart d'entre eux, on mange les gens. On m'a conseillé de dire que les humains ont le goût de poulet », dit Burg, donnant à Sophie un baiser de chef italien comme si les humains étaient tout simplement délicieux. Le rire la prit si inopinément que Sophie faillit s'étouffer avec sa bière.

« D'accord, raconte-moi l'histoire du Petit Poucet », dit Sophie, une fois qu'elle eut fini de s'essuyer le visage, posant ses coudes sur le comptoir en bois du bar.

« Le Petit Poucet était le plus jeune de sept frères dans une famille de bûcherons pauvres. Il n'était pas plus grand qu'un pouce quand il est né. Le Petit Poucet était peut-être le plus petit de la famille, mais il était aussi le plus brillant. Bien qu'il parlât à peine, le Petit Poucet écoutait toujours. La famille vivait dans la misère, et les parents ne pouvaient plus s'occuper de leurs enfants, alors ils décidèrent de les abandonner dans les bois », raconta Burg.

« Alors, les parents préparent un plan pour abandonner leurs enfants. Le Petit Poucet surprend le complot des parents de les laisser dans les bois, alors il rassemble une poche pleine de petits cailloux blancs d'une rivière voisine. Alors que ses parents conduisent les enfants à travers la forêt, le Petit Poucet utilise les cailloux pour laisser une piste qui les ramène à la maison. Les garçons sont capables de suivre la piste de cailloux pour retrouver leur chemin hors des bois. Quand les enfants rentrent à la maison, les parents attendent quelques semaines avant de tromper à nouveau les garçons pour les emmener dans les bois. »

« Parents modèle ! », taquina Sophie.

« Hé, n'interromps pas. Tu vas gâcher le flux de ma narration. »

« Veuillez me pardonner, ô grand barde ! »

« Cette fois, le Petit Poucet fait une erreur et utilise des miettes de pain comme marqueurs de piste au lieu de cailloux. Mais les oiseaux mangent toutes les miettes de pain, et les enfants se perdent dans les bois en essayant de rentrer à la maison. »

« Comme Hansel et Gretel ! » s'exclama Sophie. Quand Burg se contenta de la regarder fixement, Sophie mima qu'elle se fermait la bouche avec une fermeture éclair.

« Où en étais-je ? Oh oui, alors le Petit Poucet grimpe à un arbre pour essayer de trouver un chemin à travers les bois. Quand il le fait, il aperçoit une cabane nichée dans la forêt. Les enfants se dirigent vers la maison avant de réaliser qu'elle appartient à un ogre. Les garçons décident qu'il est plus sûr de rester dans la maison d'un ogre que de passer la nuit dehors dans les bois. La forêt grouillait de loups dangereux mangeurs d'hommes. » Burg fit une pause pour servir une bière à un client.

Revenant vers Sophie, il continua : « Alors, ils décident de passer la nuit dans la maison de l'ogre. L'ogre laisse les enfants dormir dans la chambre des filles de l'ogre. L'ogre a sept filles, et chacune porte une petite couronne dorée. Le Petit Poucet comprend que l'ogre prévoit de le tuer, lui et ses frères, dans leur sommeil. Alors le Petit Poucet fait échanger à ses frères leurs bonnets de nuit avec les couronnes des filles de l'ogre. En conséquence, l'ogre, après trop de vin, tue ses filles à la place. Ne réalisant pas son erreur, il retourne se coucher. Avant qu'il ne puisse se réveiller, les garçons se faufilent hors de sa maison et commencent à chercher le chemin du retour. Quand l'ogre se réveille et réalise ce qui s'est passé, il met ses bottes de sept lieues et poursuit les enfants. Le Petit Poucet aperçoit l'ogre et fait cacher ses frères dans une grotte voisine. L'ogre se fatigue de courir une vaste distance en peu de temps et décide de faire une sieste non loin de la grotte. Une fois qu'il s'endort, le Petit Poucet dit à ses frères de continuer vers la maison pendant qu'il vole les bottes de l'ogre. Quand le Petit Poucet met les bottes, elles se redimensionnent magiquement pour s'adapter à ses pieds. Elles lui permettent de voyager rapidement, et il rentre chez lui. Le Petit Poucet utilise les bottes magiques pour offrir ses services comme messager au roi. Puisque les bottes de sept lieues permettent au Petit Poucet de voyager de grandes distances très rapidement, il devient un messager prisé dans toutes les terres. Grâce à l'argent que le Petit Poucet gagne, lui et sa famille peuvent vivre confortablement pour le reste de leur vie », finit Burg l'histoire avec une flourish.

« Qu'est-ce que. Le. Putain. Tu – *un ogre* – as nommé ton bar d'après le gamin qui a fait qu'un ogre assassine ses propres filles et lui vole ensuite ses bottes magiques. J'ai bien compris ? » demanda Sophie, complètement déconcertée par le processus de nommage du pub.

« Je n'ai pas nommé le bar. Mon grand-père a choisi le nom. Mais voici la chose qui n'était pas dans le conte de fées : le Petit Poucet était un ogre aussi. Il est devenu assez célèbre en son temps », dit Burg d'un air confidentiel. « Mon grand-père jure que notre famille lui est apparentée de loin. »

« J'ai l'impression que tu te fous de moi. Est-ce que c'est *vraiment* le conte de fées ? Ou est-ce que tu viens d'inventer cette histoire pour te moquer d'une humaine crédule ? » demanda Sophie, les yeux plissés de suspicion.

« Je te jure que c'est la vraie histoire. Tu peux vérifier toi-même », rit Burg, indiquant le verre presque vide de Sophie. « Tu veux une autre bière ? Qu'est-ce que tu penses de la nouvelle IPA ? »

« Elle était bonne. Pas trop amère. J'en prendrai une autre », dit Sophie, finissant les dernières gouttes de la bière dans son verre.

Quelques minutes plus tard, Burg plaça une pinte fraîche devant Sophie.

« Pourquoi tu as autant de bazar sur les murs ? Tu ne te lasses pas de dépoussiérer tous ces vieux bibelots ? » Sophie agita sa main vers la myriade d'étagères qui recouvrent les murs, lourdes de photos, figurines, statues, et toutes sortes de décorations.

« Ces objets ne sont pas de la merde ! » dit Burg avec indignation. « Ce sont des trésors que ma famille a collectionnés au cours des cent dernières années. Certains de ces objets sont si rares qu'ils t'épateraient. Presque chaque objet ici est unique en son genre. »

« Oh ouais ? Comme quoi ? » demanda Sophie, regardant autour d'elle avec un intérêt renouvelé pour le bric-à-brac garnissant les murs.

« Tu vois ce trophée ? » Burg pointa vers un trophée doré sur le mur opposé à celui où Sophie était assise. Plissant les yeux, Sophie regarda le « trésor » que Burg indiquait. Il semblait être en or. Au sommet d'un piédestal de marbre, une figure de femme tenait une grande coupe au-dessus de sa tête. Des ailes dorées s'étendaient de son dos, le plumage s'arquant vers le haut derrière elle pour toucher les côtés de la coupe. Il paraissait un peu vieux et quelque peu terni aux yeux de Sophie.

« Ouais, je le vois. Il ressemble juste à un trophée de sport ordinaire pour moi. » Sophie haussa les épaules.

« C'est le trophée de la Coupe du monde Jules Rimet. Il représente Nike, la déesse de la victoire. Ils ont retiré le trophée quand le Brésil l'a gagné en 1970. Mon père l'a volé en 1984. Il n'y en a pas d'autre au monde », dit Burg, faisant claquer sa serviette de bar par-dessus son épaule avec un mouvement dramatique.

« Est-ce que quelqu'un sait que tu l'as ? »

« Non, c'est un secret. Il n'y a plus que toi et moi qui le

sachions. Enfin, et mon père, mais il a pris sa retraite en Floride il y a dix ans. Il ne va le dire à personne. »

« Eh bien, il est superbe », dit Sophie avec ce qu'elle espérait être la bonne quantité d'admiration pour satisfaire la fierté de Burg pour le trophée. « Il semble encore que tu aies beaucoup de merde à dépoussiérer. Même les objets inestimables collectent la poussière. »

« Pas les miens », dit Burg avec un sourire.

« Comment est-ce possible ? » Sophie plissa les yeux vers Burg, s'attendant à être la cible d'une blague.

« Ma grand-mère a rendu un service à un brownie, un lutin du folklore britannique, quelques années après l'ouverture du bar. En retour, le brownie a lancé un sort sur le bar, alors on n'a jamais à dépoussiérer », dit Burg.

« Quoi ? Tu as tellement de chance. Comment pourrais-je faire pour qu'un brownie jette un sort sur mon appartement ? » se plaignit Sophie. « Ta grand-mère aurait dû demander à ce brownie de faire en sorte qu'on n'ait jamais à balayer non plus. »

« Peut-être, mais comment est-ce que je t'aurais fait mériter ta place ici autrement ? » taquina Burg. La sonnerie du téléphone du bar empêcha Sophie de répondre sur le ton de la plaisanterie.

Sophie se leva et se dirigea vers le trophée volé pour mieux le regarder tandis que Burg allait répondre à son téléphone. Il était perché sur l'une des étagères les plus hautes du mur, alors Sophie ne put pas l'examiner d'aussi près qu'elle l'aurait voulu. Elle haussa les épaules avec incertitude en le regardant. Il ressemblait à un vieux trophée ordinaire pour elle. Se promenant, elle essaya de regarder les objets encombrés de Burg avec de nouveaux yeux. Elle s'approcha et fixa une affiche de cirque jaunis. Elle montrait un homme en équilibre sur la tête sur un grand poteau avec un homme fort qui regardait. En haut, elle proclamait « Pablo Fanque's Circus Royal ».

Sophie prit une gorgée de sa bière, admirant un violon brillant, faillit renverser sa boisson quand un homme à l'allure de petit monstre lui tapota l'épaule. L'homme dit à Sophie que Burg la demandait.

« Tout va bien ? » demanda Sophie, se rasseyant sur son tabouret de bar. Burg avait un regard étrange sur le visage et pressait un téléphone contre sa poitrine.

« Tu as un appel téléphonique », dit Burg, tendant à Sophie le combiné sans fil.

« Allô ? » dit Sophie avec incertitude dans le téléphone.

« Pourquoi tu ne réponds pas à ton putain de téléphone ? » La voix de Mac gronda à son oreille.

« Oh merde ! Je l'ai laissé sur ma commode », s'exclama Sophie.

« Tu as oublié ton téléphone », répéta Mac avec incrédulité. « Le téléphone que je t'ai spécifiquement acheté en cas d'urgence ? »

Le calme râpeux dans la voix de Mac fit réaliser à Sophie à quel point il était proche de vraiment perdre son sang-froid.

« Je suis désolée. Je n'y suis pas encore habituée. Je ne l'oublierai plus », dit Sophie précipitamment. « Pourquoi tu appelles ? Il y a une urgence ? »

« Oui. Il y a eu un meurtre ce soir d'un Fae qui vit le long de la ligne de force. J'ai besoin que tu me retrouves à la morgue. Je veux faire une lecture sur la victime dès que possible. J'ai déjà parlé à Reginald, et il est en route là-bas maintenant. Tu peux quitter le bar assez longtemps pour aller à la morgue ? » dit Mac d'un ton sarcastique.

« Hé, il n'y a pas besoin d'être un connard. J'ai le droit d'avoir une putain de soirée tranquille et de savourer une bière dans mon bar local. La seule chose que j'ai mal faite était d'oublier mon téléphone, et je me suis déjà excusée pour ça. Alors arrête ces conneries », siffla Sophie, d'une voix basse et furieuse, dans le téléphone.

Une pause. Puis : « Tu as raison. Je suis un salaud. Je serai plus gentil à partir de maintenant », dit Mac, expirant un long soupir comme s'il essayait d'évacuer le stress.

« N'essaie pas d'être trop gentil. Tu pourrais te froisser un muscle. » Sophie sourit avec malice, faisant glousser Mac.

« Tu peux nous retrouver à la morgue ce soir ? Tu n'as pas trop bu, si ? » demanda Mac, sonnant enfin plus comme lui-même.

« Seulement une bière. Et oui, je peux me rendre à la morgue maintenant. Il me faudra au moins une demi-heure pour y arriver. »

« C'est bien. Ils sont encore en train de traiter la scène, alors tu m'y devanceras probablement. »

« Je te verrai bientôt, alors. »

« Merci, Soph. À bientôt », répondit Mac doucement juste avant que Sophie entende le petit clic de lui qui raccrochait.

Sophie fit signe à Burg. Elle posa le téléphone et quelques billets sur le bar. Elle regarda sa bière pleine à regret pendant un moment, mais se leva et se dirigea vers la porte.

Se dirigeant vers son appartement pour prendre son téléphone et changer de chaussures, elle sourit en entendant un gloussement féminin parvenir de sous la porte de l'appartement de Birdie.

CHAPITRE 17

*U*n peu plus d'une demi-heure plus tard, Sophie se précipita dans le bâtiment du médecin légiste.

Sophie salua : « Bonsoir, mademoiselle Zhao », surprise de voir cette femme distinguée derrière le comptoir un soir de week-end.

« Bonsoir, Sophie. Le docteur Didel est déjà là et vous attend », dit mademoiselle Zhao en actionnant la sonnette pour faire entrer Sophie à l'arrière.

Se dirigeant à grands pas vers le bureau de Reggie, Sophie frappa à sa porte. Reggie l'ouvrit brusquement dans un élan d'excitation essoufflée.

« Sophie ! Mac est-il déjà là ? » demanda Reggie, les yeux brillants et luisant d'impatience.

« Je ne pense pas, mais je viens juste d'arriver », dit Sophie avec prudence.

« J'ai déjà expliqué au médecin légiste de garde que nous allions procéder à cette autopsie à la demande de l'inspecteur Volpes. Il est humain, donc il a l'habitude que certaines autopsies soient réservées à mon service parce qu'il croit que je suis un spécialiste. Il n'est pas au courant de l'existence des êtres mythiques, alors nous devons être très prudents sur ce que nous disons devant lui, d'accord ? Il y a de fortes chances que tu ne le voies même pas. Le docteur Langston préfère travailler dans une autre salle d'autopsie. »

« Aucun problème. Je ne dirai pas un mot si je le croise », promit Sophie. « Est-ce qu'il trouvera bizarre qu'on vienne pendant notre jour de congé ? »

« Pas vraiment. C'est rare, mais on m'a déjà appelé quand une autopsie devait être effectuée immédiatement. Ça ne devrait pas faire sourciller », rassura Reggie.

« Mademoiselle Zhao a été appelée aussi ? » demanda soudain Sophie.

« Quoi ? Non, elle était déjà là. »

« Elle a travaillé toute la semaine avec nous. Elle n'a pas droit à une soirée de repos ? » demanda Sophie avec inquiétude.

« Elle ne prend pas de jours de congé », expliqua Reggie. « Elle considère son travail et ce bâtiment comme sa propriété. Les dragons sont des créatures très territoriales. Nous avons appris qu'il vaut mieux les laisser faire une fois qu'ils ont revendiqué un endroit. »

« Tu sais, les Mythiques, vous êtes vraiment bizarres », taquina Sophie, ce qui fit sourire Reggie.

« Comme si les humains valaient mieux », plaisanta Reggie en retour. Sophie hocha la tête en signe d'accord en repensant au cercle de percussions improvisé de défoncés qui s'était formé dans le bus plus tôt dans la semaine. C'était un groupe parfumé – un amalgame d'encens, de marijuana et de cheveux sales. Sophie avait eu de la chance de ne pas arriver au travail en étant défoncée malgré elle ce soir-là.

Ils changèrent tous les deux leurs tenues pour leurs blouses de travail et se retrouvèrent dans la salle d'autopsie principale pour attendre Mac et sa victime Fae à venir.

Quand un homme inconnu roula un chariot dans la salle,

Sophie était prête à lancer quelque chose sur Reggie pour qu'il arrête ses allées et venues nerveuses et son bavardage anxieux.

« Bonsoir, docteur Didel », lança l'homme. « J'ai ici votre dossier prioritaire. » L'homme roula le chariot vers la station de radiographie et de pesée, remarquant Sophie debout derrière Reggie. « Hé, je suis George. Comment tu t'appelles ? » demanda George à Sophie avec ce qu'elle ne pouvait supposer qu'il voulait être un sourire charmant mais qui ressemblait surtout à un rictus visqueux. Cela s'accordait parfaitement avec le regard gluant dans ses yeux.

« Appelle-moi Pas Intéressée », répondit Sophie sèchement.

« D'accord, Pas Intéressée. Fais comme tu veux », dit l'homme avant de tourner les talons et de sortir de la salle, murmurant « salope » juste assez fort pour que Sophie l'entende.

« Je vais appeler Mac pour savoir à quelle distance il est. Je pense qu'on devrait l'attendre avant de commencer », dit Reggie en portant son téléphone portable à son oreille.

Un moment plus tard, Reggie laissa un message sur la messagerie vocale de Mac, lui faisant savoir qu'ils l'attendraient avant de commencer. Alors que cinq minutes devenaient dix puis vingt, Reggie recommença à faire les cent pas, jetant un coup d'œil à son téléphone presque continuellement.

« Pourquoi ne le rappelles-tu pas ? » suggéra Sophie, à peu près excédée par tous ces va-et-vient de la soirée.

Reggie recomposa le numéro de Mac. Un moment plus tard, il regarda Sophie avec frustration et inquiétude grandissant dans ses yeux.

« Il ne répond pas. Ça a encore basculé sur la messagerie vocale », dit Reggie en raccrochant l'appel sans laisser un second message.

« C'est bizarre, non ? » demanda Sophie, l'inquiétude de Reggie avait commencé à déteindre sur elle.

« Commençons simplement. Je ne pense pas qu'on devrait

attendre plus longtemps. Qui sait ce qui retient Mac ? Nous enregistrerons la séance pour qu'il puisse l'écouter plus tard. »

« Ça ne me dérange pas de faire une seconde lecture une fois qu'il sera là », suggéra Sophie.

Elle ouvrit la fermeture éclair du sac mortuaire noir et inspira brusquement.

« Oh, mon dieu », haleta-t-elle. « Quelqu'un l'a vraiment tabassé à mort. »

Reggie s'approcha de Sophie pour regarder le visage marbré et enflé de leur corps. L'homme avait des cheveux noirs courts et un long nez équin. C'était difficile à dire sous toutes ces ecchymoses, mais Sophie pensait qu'il avait probablement été un homme mûr séduisant, du genre à faire tourner les têtes. Probablement de l'autre côté de la cinquantaine, il avait un visage qui laissait entrevoir qu'il avait dû être très distingué de son vivant. Mais quoi qu'il lui soit arrivé ce soir l'avait réduit à une coquille meurtrie et brisée, le privant de vitalité et de vie.

Après l'avoir rapidement pesé et radiographié, Sophie et Reggie déplacèrent le Fae sur la table d'autopsie.

« Tu es prête ? » demanda Reggie en prenant son téléphone pour enregistrer la lecture.

« Oui, allons-y », répondit Sophie en posant délicatement sa main sur le bras du défunt.

« Monsieur Agosti, j'ai terminé pour aujourd'hui. À moins que vous n'ayez besoin d'autre chose avant que je parte ? » demanda Mary.

« Merci, Mary, mais non. Je suis paré pour la nuit. Je vous verrai demain. Passez une bonne soirée », répondit monsieur Agosti à sa femme de ménage à la voix douce. Retournant au rapport financier qu'il était en train d'examiner, Atticus nota distraitement la femme de ménage partir par la porte d'entrée sur la caméra de sécurité quelques instants plus tard.

Un mouvement sur l'écran surveillant la porte d'entrée attira son attention quelques minutes après le départ de Mary. L'inquiétude s'installa dans son ventre quand il réalisa que pour que les hommes mainte-

nant debout à sa porte d'entrée arrivent si rapidement et commodément après le départ de Mary, ils avaient dû attendre dehors qu'elle parte.

Regardant de plus près le moniteur, Atticus grimaça quand il réalisa qui était à sa porte. Le Fae debout au milieu de deux autres hommes était une vision reconnaissable et importune. Les deux hommes qui l'encadraient lui étaient inconnus. Basé sur leurs postures et la façon dont ils se tenaient – détendus et prêts à se mettre en mouvement en un instant – il supposerait qu'ils étaient des métamorphes. Cela fit hausser les sourcils à Atticus de surprise. Depuis quand les Faes s'étaient-ils alliés avec des métamorphes ?

Atticus pensa qu'il devait être vraiment désespéré pour se montrer ici en personne. Jetant un regard autour de la pièce, il se leva et se dirigea vers le coffre-fort caché derrière le portrait de sa défunte épouse. Ouvrant le cadre sur des charnières silencieuses, il tourna le cadran du coffre. La sonnette de la porte d'entrée retentit alors qu'il sortait un pistolet du coffre-fort. Alors que la sonnette commençait à sonner encore et encore dans une impatience grandissante, il chargea des balles dans le barillet, même en sachant que cela ne lui servirait probablement à rien.

Il fixa longuement la boîte en bois finement sculptée posée au milieu de l'étagère du coffre-fort. Attrapant la boîte, il ouvrit le dessus et fixa la grande pierre vert pâle posée sur un lit de velours noir, son esprit tourbillonnant. Sortant le joyau d'un vert pâle par sa courte chaîne en laiton, il attrapa l'un des pendentifs favoris de sa défunte épouse dans son étui. La grande topaze couleur miel s'ajustait parfaitement dans la boîte mais ne semblait pas déplacée. Puis il ferma le coffret en bois et le remit dans le coffre-fort, tournant le cadran pour le reverrouiller.

Il souhaitait, pas pour la première fois, avoir une meilleure magie offensive. Être capable de guérir les blessures d'autres personnes d'un simple toucher ne l'avait jamais bien servi dans sa vie. Cela ne l'avait certainement pas aidé à sauver sa femme. Sans une magie offensive puissante à sa disposition, on ne lui avait jamais permis de prendre sa place légitime au Conclave. Il avait passé sa vie à tenter de prouver sa valeur en servant le Conclave à leur convenance. Le peu de bien que cela lui avait fait.

Remettant le tableau contre le mur, il fixa les yeux peints de sa bien-aimée Lizbeth. Passant doucement un doigt sur sa joue, il était heureux d'avoir eu une vie avec la seule femme dont il n'avait jamais eu à douter. C'était une vie bien vécue et bien aimée.

Avec l'appel insistant de la sonnette battant sur ses nerfs, il jeta un regard autour de la pièce. Repérant la bouche d'aération du chauffage au sol à côté de sa bibliothèque, il se rappela qu'il avait récemment donné un coup de pied dans la bouche d'aération et avait accidentellement desserré son ancrage du sol. Soulevant la bouche d'aération, il laissa tomber la pierre dans les profondeurs sombres du système de conduits. Remettant soigneusement le couvercle de la bouche d'aération en place, il fourra le pistolet dans le dos de son pantalon. Puis avec une profonde inspiration de résolution, Atticus se dirigea pour répondre à la porte d'entrée.

Regardant à travers le verre complexe de sa porte d'entrée, Atticus composa son visage en un masque soigné d'indifférence. Ouvrant la porte en grand, il salua les hommes debout au seuil.

« Edwyn, il est très tard pour que tu me rendes visite. Je me reposais. Si tu veux bien, toi et tes compagnons pouvez revenir demain à un moment plus convenable », dit-il.

« Atticus, mon ami, désolé d'être un dérangement, mais cela ne peut vraiment pas attendre. Pouvons-nous entrer ? » dit Edwyn avec un sourire chaleureux et amical.

« Non, je ne pense pas. Je sais pourquoi tu es là, et ma réponse n'a pas changé », dit Atticus en sortant le pistolet sur les hommes. « Tu dois partir et ne pas revenir. Ne me force pas à faire quelque chose que nous regretterons tous les deux. Si tu me déranges encore, je dirai au Conclave ce que tu essaies de faire. »

Edwyn soupira tristement : « J'aimerais que tu reconsidères. Quand l'histoire regardera en arrière sur cette époque, tu voudras être du côté des vainqueurs. Du côté des justes. »

Avec un geste impérial de la main d'Edwyn, une ombre se détacha du salon obscurci à la gauche d'Atticus et attrapa son bras qui tenait le pistolet. Trop tard, il réalisa qu'une quatrième personne avait dû se faufiler à l'arrière de sa maison pendant qu'il était distrait par Edwyn à la porte d'entrée. Atticus essaya désespérément de ramener son bras vers le bas pour viser Edwyn. Luttant pour se dégager de l'assaillant, le pistolet se déclencha, faisant tomber une petite quantité de plâtre et de poussière du plafond sur leurs têtes.

L'assaillant réussit à arracher le pistolet de la prise d'Atticus, jetant négligemment l'arme de côté. Hissant Atticus sur la pointe des pieds, l'homme tordit son bras douloureusement derrière son dos.

« Assurez-vous qu'on ne soit pas dérangés », dit Edwyn à l'un des hommes qui se glissa de nouveau dehors par l'entrée principale, fermant la porte derrière lui et scellant Atticus dans le piège que sa maison était maintenant devenue.

« Déplaçons cette discussion dans ton bureau », dit Edwyn cordialement.

Les deux métamorphes restants attrapèrent Atticus et le malme-nèrent de retour dans son bureau, le jetant dans son fauteuil de bureau en peluche, qui grinça sous la force de son atterrissage brutal.

« Nous n'avons pas besoin de rendre cela difficile. Donne-nous simplement accès à cette propriété et donne-moi la clavis », dit Edwyn en s'asseyant sur le coin du bureau d'Atticus.

« Ce que tu projettes est de la folie. La reine des Faes et le Conclave ne le permettront pas. Peu importe si tu as la possession de ce bâtiment ou de la clavis ou même de tout San Francisco. Tu as encore le temps de reculer avant qu'il ne soit trop tard », plaida Atticus.

« Tu as tort. C'est... comment disent les humains ? Le destin. C'est notre destin. Mon plan est déjà en marche, et rien ne peut arrêter le progrès. C'est dommage que tu ne sois pas là pour voir ce que nous créons », prêcha Edwyn. « Maintenant, dis-moi où est la clavis. »

« Elle n'est pas ici. Je l'ai mise quelque part en sécurité ; un endroit où tu ne la trouveras jamais. Tu ne pourras jamais y avoir accès main-tenant », rétorqua Atticus avec véhémence, le mensonge tombant facile-ment de ses lèvres.

Edwyn renifla délicatement : « Peu probable. Je suis sûr qu'elle est ici quelque part. Messieurs, voyons si nous pouvons convaincre mon cher vieil ami Atticus de nous dire ce que nous voulons savoir. Assurez-vous de ne laisser aucune preuve physique derrière, s'il vous plaît. »

Le premier coup de poing prit Atticus par surprise, le coup faisant tourner sa tête sur le côté. Après le coup initial, les coups de poing pleuvaient si rapidement que tout ne devint qu'un flou de douleur. Atticus était incapable de se préparer ou de récupérer des chocs continus d'agonie à son corps et à son visage. Le masque de politesse et de raffinement d'Edwyn ne se fissura jamais, même quand Atticus se mit à crier.

Atticus regarda Edwyn marcher soigneusement autour de son bureau à travers un œil enflé, alors qu'il vérifiait les bibliothèques et ouvrait divers tiroirs. Quand il essaya d'arracher le tableau de sa chère Lizbeth du mur et réalisa qu'il était sur des charnières, il adressa à Atticus un sourire triomphant.

Ouvrant le tableau en grand, Edwyn se tourna vers Atticus. « Quelle est la combinaison ? »

« Crève », balbutia Atticus à travers des lèvres enflées.

Edwyn fit « tss tss » en secouant la tête. « Convaincez-le », ordonna Edwyn aux métamorphes tenant Atticus.

« Dis-nous la combinaison », ordonna l'un des métamorphes en ramassant un coupe-papier sur son bureau d'une main gantée. Le second métamorphe attrapa l'une des mains d'Atticus et la plaqua sur la surface en bois luisant de son bureau. Il essaya de recourber ses doigts, mais le métamorphe força sa main à plat.

« Dis-nous », exigea de nouveau le métamorphe. Atticus secoua la tête et serra les dents. Faisant planer l'extrémité pointue de l'ouvre-lettres au-dessus de sa main, le métamorphe fixa Atticus avec expectative.

Edwyn soupira dans une déception feinte de l'autre côté de la pièce.

Quand le métamorphe enfonça le coupe-papier sur la main d'Atticus, dans la zone charnue entre son pouce et son index, pendant un moment, il ne sentit rien d'autre que de l'incrédulité face à l'action. Avant qu'il ne puisse même prendre une respiration pour récupérer, une douleur brûlante et aiguë irradiait de sa main le long des nerfs de son corps, aveuglant sa vision. Malgré sa meilleure tentative de main-

tenir un silence stoïque, Atticus cria dans une agonie choquée et suffocante.

*« Dis-nous la combinaison ou ton autre main rejoint la première »,
dit le métamorphe, sa voix dégoulinant de menace joyeuse. Il ramassa
une paire de ciseaux pointus sur le bureau d'Atticus, les faisant tour-
noyer autour d'un de ses doigts alors que l'autre métamorphe forçait son
autre main à côté de la première.*

« 25, 6, 14 », haleta Atticus.

*Alors qu'Edwyn se retournait vers le coffre-fort, le métamorphe
poignarda les ciseaux à travers l'autre main d'Atticus dans une joie
sadique. Son cri choqué résonna à travers la pièce. Atticus s'affaissa
dans son siège, la défaite et la douleur l'engloutissant. Atticus souhaitait,
pas pour la première fois, pouvoir se guérir lui-même et pas seulement
les autres.*

*« Sournois », dit Edwyn avec approbation au métamorphe, qui
ricana avec un air sinistre.*

*« Tu n'accompliras rien d'autre que de hâter ta mort inévitable »,
lâcha Atticus entre ses dents serrées. « Tu ne mettras jamais la main sur
cette maison. »*

*« Une fois que tu seras parti, tout ce que tu possèdes sera transféré à
ton cousin. Leandro est un imbécile sans épine dorsale. J'ai peu de doutes
que nous aurons du mal à le convaincre de nous vendre la maison. C'est
une préoccupation pour un autre jour, cependant. La clavis est la seule
chose que j'avais besoin de me procurer cette nuit », dit Edwyn en tournant
le cadran du coffre-fort. Ouvrant la porte en grand, il tendit la main et
sortit la petite boîte en bois avec un sourire avide. « Et maintenant je l'ai. »*

*Edwyn ouvrit le dessus de la boîte et admira le joyau niché à l'inté-
rieur. Il caressa la surface d'un doigt avant de fermer le couvercle et de
glisser la boîte dans une poche à l'intérieur de sa veste.*

*« Même si tu l'amènes à la tour, tu ne possèdes pas la connaissance
pour manier la clavis. Tu es un imbécile », avertit Atticus.*

*« Comme d'habitude, tu me sous-estimes, mon ami », dit Edwyn
avec un sourire satisfait, un éclat de folie brillant dans ses yeux.*

La seule chose que j'ai sous-estimée, c'est à quel point tu pouvais tomber si bas, crétin. Tu ne sais même pas que tu ne tiens pas la vraie clavis, pensa Atticus avec une once de satisfaction.

« Marcella et le Conclave t'arrêteront. Elle arrachera avec plaisir la *clavis* de tes mains froides et mortes », avertit Atticus.

« Cette garce n'est rien ! » hurla Edwyn, la salive volant de ses lèvres. « Marcella ne peut même pas voir la rébellion qui couve sous ses pieds. Le Conclave n'est que des reliques anciennes et impuissantes d'une époque mourante. Ils n'ont aucune vision ! Ennuyés et sédentaires sur leurs trônes gras. Ils n'offrent aucune menace contre le grand avenir que je projette pour notre peuple. »

Edwyn tourna le dos à Atticus, prenant quelques respirations pour se calmer.

« Messieurs, vous pouvez prendre tout ce que vous voulez dans le coffre-fort et le reste de la maison. Faites que ça ressemble à un cambriolage. Assurez-vous simplement de ne laisser aucune trace de vous. Je bougerais rapidement avant que des humains curieux n'appellent la police. Aussi, je veux que l'un de vous reste et garde un œil sur la propriété. Appelez-moi et faites-moi savoir qui va et vient », dit Edwyn en se tournant pour quitter le bureau.

« Au revoir, Atticus », lança Edwyn par-dessus son épaule en sortant de la pièce avec un bruissement de son long manteau de laine.

L'un des métamorphes arracha le coupe-papier de là où il était épinglé dans la main d'Atticus et le planta dans sa gorge si rapidement qu'il n'eut même pas la chance de faire plus qu'un croassement de déni. Avec une main encore épinglée à son bureau, Atticus essaya d'arrêter le sang coulant de son cou avec sa main libre. Avec son sang chaud se déversant sur ses doigts tâtonnants, Atticus sentit rapidement sa force s'affaiblir à chaque battement de son cœur.

Sa dernière pensée fut qu'une fois qu'Edwyn réaliserait que la fausse *clavis* ne fonctionnait pas, il reviendrait chercher la vraie. Atticus espérait qu'Edwyn serait incapable de trouver la *clavis* cachée et que sa mort ne soit pas vaine.

Il avait hâte de revoir sa belle Lizbeth. Oh, comme elle lui avait manqué...

Sophie fut choquée de se retrouver debout dans la salle d'autopsie. Des larmes mouillaient ses joues alors qu'elle se serrait dans ses bras sous le choc et l'horreur. Jamais une vision n'avait été si intense, vibrante et remplie de douleur. C'était comme si elle avait été immergée dans l'esprit d'Atticus plutôt que de regarder la vision depuis les coulisses.

« Ça va ? » demanda Reggie en attrapant son téléphone et en arrêtant l'enregistrement. Sophie ne pouvait pas encore parler, alors elle secoua simplement la tête avec impuissance. « Viens t'asseoir. » Reggie conduisit doucement Sophie vers une chaise de l'autre côté de la pièce comme un enfant perdu. « Je vais rappeler Mac. Il faut qu'il soit là. »

Les mains de Sophie ne voulaient pas arrêter de trembler, et elle les secoua plusieurs fois, essayant de dissiper les douleurs fantômes qui persistaient de l'horreur de la mort d'Atticus. Elle pressa ses mains contre son cou, s'attendant presque à sentir du sang chaud et collant se déverser sur ses doigts.

Il lui demanda de rester assise et de se reposer pendant qu'il se dirigeait vers le corps d'Atticus pour commencer l'autopsie. Le son du téléphone de Reggie sonnant éclata de façon stridente à travers la pièce carrelée, faisant sursauter Reggie et Sophie.

« C'est Mac », dit Reggie à Sophie, le soulagement évident dans sa voix alors qu'il vérifiait l'écran avant de porter le téléphone à son oreille. « Où es-tu ? » demanda-t-il au téléphone.

Les yeux de Reggie s'élargirent et il fixa Sophie avec choc alors qu'il écoutait ce que Mac disait.

« Tu peux compter sur nous, Mac. Je vais rassembler tout le monde, et on te retrouvera là-bas. Après ça, Sophie doit te dire ce qu'on a appris de l'autopsie. Tu vas avoir besoin de l'entendre », dit Reggie. « Oui, d'accord. On y sera dès qu'on pourra. »

Reggie raccrocha le téléphone et se tourna vers Sophie. « Allez, Sophie. On a une urgence. On doit aller rejoindre Mac. Je suis content d'avoir pris ma voiture au lieu de prendre le métro ce soir. Il faut que j'appelle l'équipe. »

« Je vais bien », dit Sophie pour le rassurer. « Honnêtement. C'était juste une vision intense. »

« Que dirais-tu de t'asseoir une minute et de te reposer pendant que je commence l'autopsie ? » suggéra doucement Reggie. « C'était étrange de te regarder avec cette vision. Normalement, quand tu as une vision, tu es consciente et présente tout le temps, tu ne fais que raconter une histoire. Cette fois quand tu as touché le corps, tu t'es juste figée sur place comme si tu étais en transe. Tu as aussi commencé à parler comme si tu parlais du point de vue d'Atticus. Sais-tu pourquoi cette vision était différente ? »

« Je n'en ai aucune idée. C'était une sensation très bizarre. J'avais l'impression d'être dans son esprit. Peut-être parce que son meurtre s'est produit si récemment, c'était encore frais. Je ne suis pas sûre de ce qui vient de se passer », dit Sophie avec un demi-haussement d'épaules.

« Peut-être que ta magie a juste réagi différemment avec sa magie Fae intrinsèque pour une raison quelconque », suggéra Reggie, tandis que Sophie haussait les épaules, impuissante.

Sophie et Reggie refermèrent rapidement la fermeture éclair du sac mortuaire d'Atticus et le roulèrent dans le frigo. Elle suivit Reggie, se sentant encore engourdie, alors qu'ils sortaient du bâtiment et se dirigeaient vers sa voiture. Prenant place derrière le volant, Reggie démarra la voiture puis attendit que son téléphone se connecte au système sans fil du véhicule. Choisissant le numéro de téléphone d'Ace, il sortit du parking du bureau du médecin légiste.

« Salut, Reggie, qu'est-ce qui se passe ? » demanda Ace, sa voix râpeuse remplissant la voiture.

« On a une urgence », dit Reggie. « Mac a appelé Sophie et moi pour faire une lecture sur une victime de meurtre. Il se dirigeait pour nous retrouver au bureau quand un métamorphe a commencé à le poursuivre. Ils se sont jetés dans la circulation et l'autre métamorphe s'est fait renverser par une voiture sur Geary. La voiture l'a tué. »

« Merde. Mac va bien ? » s'exclama Ace.

« Oui, Mac va bien. Heureusement, ils étaient tous les deux sous leur forme animale, alors le conducteur a cru avoir percuté un gros chien. Il faut que tu prennes Amira et Fitz et qu'on se retrouve derrière la cathédrale Sainte-Marie-de-l'Assomption, rue Gough. Tu peux faire ça ? »

« D'accord, tu peux compter sur nous. Amira est là, et je vais appeler Fitz tout de suite. Je t'appellerai quand on arrivera à proximité. »

« À bientôt », dit Reggie en laissant échapper un long souffle de soulagement en raccrochant.

CHAPITRE 18

*L*orsqu'ils arrivèrent devant l'église, Sophie et Reggie étaient tous les deux irrités. Leur patience avait été mise à rude épreuve par les embouteillages du samedi soir.

« Nous y voilà », dit Reggie en s'engageant sur le parking à l'arrière. « Notre-Dame-de-Miele, tu sais, comme la marque de machines à laver. »

« Quoi ? » Sophie s'étrangla de rire.

« Regarde le bâtiment », dit Reggie en hochant la tête vers l'église.

Sophie observa la cathédrale moderne avec sa façade blanche et épurée. L'église géométrique s'élevait à des centaines de mètres dans les airs avec des courbes gracieuses qui se rejoignaient en quatre coins plats. On aurait dit que les quatre coins formeraient une croix si on pouvait la voir d'en haut.

« C'est très... moderne et austère », répondit Sophie.

« Ça ressemble aussi exactement à l'intérieur d'une machine à laver géante. » Reggie ricana. « Du coup, on l'a surnommée Notre-Dame-de-Miele. »

« C'est sûrement du blasphème. » Sophie rit, tout en admettant que l'église ressemblait vraiment à l'intérieur d'une machine à laver. Cela lui rappelait l'ancienne machine installée dans la minuscule buanderie de Ma Tatin au premier étage.

Garant la voiture dans un coin sombre, hors de portée des lampadaires, Reggie envoya un texto à Mac pour lui faire savoir qu'ils étaient arrivés. Un moment plus tard, Mac émergea de derrière un coin et leur fit signe de le rejoindre.

En sortant de la voiture, Sophie frissonna, le froid la frappant au visage comme une gifle. Tardivement, elle réalisa qu'elle avait oublié son manteau à la morgue dans sa hâte de rejoindre Mac. Serrant étroitement ses bras autour de sa taille, elle suivit Reggie sur le côté de l'imposante cathédrale.

« Je viens de recevoir un texto d'Ace, et ils devraient tous être là dans quelques minutes », informa Reggie à Sophie et Mac.

« Ça va ? » demanda Sophie.

« Ouais, ça va. J'aurais probablement dû appeler des renforts quand j'ai réalisé que quelqu'un me suivait, mais j'espérais surprendre celui qui c'était et lui soutirer quelques réponses », dit Mac, la frustration dans la voix.

« De quoi as-tu besoin de nous ? » demanda Reggie.

« Attendons les autres et ensuite nous pourrons décider comment gérer la situation », dit Mac.

« Y a-t-il un cadavre ? Tu veux que je tente une lecture ? » demanda Sophie.

« Ouais, il est mort. Faire une lecture est une bonne idée. Ça pourrait nous donner quelques réponses. De toute façon, attendons le reste de l'équipe », suggéra Mac.

Sophie essaya de ne pas frissonner et de ne pas laisser ses dents claquer de froid, mais Mac lui jeta un coup d'œil et laissa tomber sa veste sur ses épaules sans un mot.

« Ça va. Il ne fait pas si froid », essaya de protester Sophie.

« La ferme, Sophie, prends cette foutue veste », grogna doucement Mac. « Les métamorphes ont une température corporelle assez élevée, donc je n'ai pas froid. En plus, je n'ai pas envie d'entendre tes dents claquer toute la nuit. »

« Waouh, et moi qui pensais que tu étais si altruiste »,
rétorqua Sophie, savourant secrètement la chaleur corporelle qui
s'accrochait encore à l'intérieur de la veste.

« Tu devrais le savoir », dit Mac d'un air de défi.

« C'est le cas, en fait. Tu n'es le chevalier blanc de personne »,
dit Sophie en le toisant d'un air taquin.

Le raclement de gorge gêné de Reggie fit sursauter Sophie et
Mac, qui s'écartèrent l'un de l'autre. Sophie n'avait même pas
réalisé qu'ils s'étaient rapprochés au point de se retrouver face à
face. Elle ne pouvait pas laisser Mac la déstabiliser aussi facilement. Cela ressemblait de plus en plus à de la drague, et Sophie
n'était pas sûre de vouloir s'aventurer dans cette direction avec
lui. Avec tout ce qui se passait dans sa vie, c'était vraiment le pire
moment pour envisager un bouleversement sentimental. *Je vais
garder mon sang-froid à partir de maintenant*, se promit-elle silencieusement.

« Ils sont là », annonça Reggie, brisant sans le savoir le silence
gênant qui était tombé entre Mac et Sophie.

Ils partirent retrouver le reste du groupe. Une fois qu'ils
eurent localisé Fitz, Ace et Amira, Mac les conduisit tous vers
une benne à ordures et la roula loin du mur, révélant un
homme nu.

« Pourquoi est-il nu ? » lâcha Sophie, surprise.

« Quand nous nous transformons en nos formes animales,
nous ne pouvons pas le faire avec nos vêtements. On s'emmêle-
rait dedans », dit Amira avec un ton de « c'est évident » dans la
voix.

« Oh. Ouais, ça a du sens. Désolée, je ne m'attendais pas à ce
qu'il soit nu », dit Sophie avec un haussement d'épaules penaud.
Elle s'approcha du corps et se pencha pour mieux voir le visage
de l'homme.

« Quel genre de métamorphe est-ce ? Je ne reconnais pas cette
odeur », demanda Fitz, prenant plusieurs inspirations profondes,
son nez se plissant si adorablement que Sophie dut cacher son

amusement. Sophie doutait que Fitz apprécierait le fait qu'elle le trouve adorable.

« C'est un chacal », dit Mac.

« Sans déconner ! Ils sont super rares dans cette partie du monde », s'exclama Ace. « Tu sais qui c'est ? Il te dit quelque chose ? »

« Non, je n'ai jamais vu ce type avant. Après qu'on ait décidé quoi faire du corps, je vais voir si je peux retracer ses pas. Avec un peu de chance, je pourrai localiser ses vêtements et sa pièce d'identité », dit Mac. « Je n'arrive pas à décider si on devrait juste le laisser ici ou essayer de faire disparaître le corps. Il m'a suivi après que j'ai quitté la scène de crime plus tôt, donc ce serait peut-être mieux s'il disparaissait simplement, plutôt qu'il soit trouvé mort. Ce serait peut-être plus sûr si je ne suis pas lié à ça. Qu'est-ce que tu en penses, Reggie ? »

Le halètement de Sophie attira l'attention de tout le monde avant que Reggie ait eu la chance de répondre. « Il était l'un des métamorphes lors du meurtre d'Atticus. Après qu'ils eurent tué Atticus, Edwyn a dit à celui-ci de rester et de surveiller la maison », expliqua Sophie.

Elle posa doucement sa main sur l'épaule d'Andrew. La dernière nuit de l'homme commença à se former dans l'esprit de Sophie. Elle repoussa avec force ce que lui et ses compagnons avaient fait à Atticus. Elle n'avait pas besoin de revivre les derniers moments d'Atticus encore une fois.

« Il s'appelait Andrew. Après qu'ils ont tué Atticus, lui et l'autre métamorphe, Dimitri, ont pris des bijoux et de l'argent du coffre-fort. Ils se sont assurés de saccager le bureau. Ils ont aussi pris des objets de valeur de la chambre principale. Après qu'Andrew eut planqué sa part des objets volés dans sa voiture, il est retourné surveiller la maison d'Atticus. Il attendit dans les buissons sur le côté d'une maison quelques bâtiments plus loin. Il faisait sombre là où il se cachait, mais il semblait que c'était une maison blanche aux bordures bleues. Andrew n'a pas eu à attendre longtemps pour que la police arrive. Environ trente minutes après l'arrivée initiale de la police, il t'a vu arriver, Mac. Quand Andrew t'a vu entrer dans la maison, il a appelé Edwyn », dit Sophie, essayant de se concentrer et d'absorber autant de détails de la vision que possible. « Il t'a décrit toi et ta voiture à Edwyn, et Edwyn a pensé que c'était toi. Il connaissait ton nom. Il a dit que tu devenais un problème. Tu poses trop de questions et tu sèmes le trouble et attires l'attention sur leur combine. Edwyn a dit à Andrew : 'Suis-le. Vois s'il rencontre quelqu'un ou parle à quelqu'un d'autre. Si tu en as l'occasion, descends-le. Quoi que tu fasses, ne le laisse pas te voir. Appelle-moi quand tu pourras.' Puis Edwyn a raccroché. »

Sophie prit une petite inspiration et secoua sa main.

« Je pense savoir ce qui se passe ensuite. Tu n'as pas besoin de continuer », suggéra Mac doucement, les yeux bleus sombres et sérieux.

« Non, ça va », dit Sophie, remettant sa main sur le bras d'Andrew. Prenant une petite inspiration pour centrer son esprit, elle continua : « Bon, alors quand tu es ressorti de la maison, il t'a vu passer des coups de fil. Je suppose que c'est à ce moment-là que tu as appelé Reggie et moi. Oh là là, tu avais l'air énervé, Mac. Je t'agace vraiment, hein ? » plaisanta Sophie. « Andrew a réalisé que tu étais sur le point de monter dans ta voiture et de partir, alors il s'est rapidement déshabillé et a pris sa forme de chacal. Il a grogné dans sa gorge, essayant d'attirer ton attention et de t'éloigner de ton véhicule. Il a commencé à reculer en se faufilant entre les maisons, faisant assez de bruit pour t'éloigner de la zone où quelques flics traînaient encore. Tu as commencé à le suivre, mais il ne s'attendait pas à ce que tu prennes ta forme de renard. Il pensait que puisque son chacal est beaucoup plus gros que ta taille de renard, il pourrait probablement t'éliminer. Une fois que tu as commencé à courir, Andrew a paniqué parce qu'il a réalisé qu'il devait maintenant te tuer. Après tout, tu es maintenant conscient qu'on te suit. Si tu t'échappais et qu'Edwyn découvrait que tu avais repéré Andrew, Edwyn le tuerait. Je pense que ce type était peut-être un peu crétin. Dans sa panique, il a essayé de te poursuivre à travers Geary Street, mais il n'a pas vu le camion jusqu'à ce qu'il soit trop tard. »

Sophie retira sa main du corps d'Andrew et se leva, bloquant ses genoux, essayant de s'assurer qu'elle avait l'air calme et maîtresse d'elle-même. Il n'y avait pas besoin que tout le monde soit témoin de son trouble.

« Il était sous forme de chacal quand il est mort. Mais maintenant, il est revenu à sa forme humaine. Reggie m'a dit que c'est ce qui arrive normalement quand les métamorphes meurent, c'est bien ça ? » demanda Sophie, cherchant quelque chose d'autre sur quoi se concentrer que ses nerfs à vif.

« Oui, nous revenons à notre forme humaine », répondit Mac. « Qui est Edwyn ? »

« C'était l'homme qui a orchestré le meurtre d'Atticus ce soir. Ce serait peut-être plus facile si on écoutait simplement l'enregistrement de la vision de Sophie au lieu d'essayer de tout expliquer », suggéra Reggie.

Remettant la benne en place pour cacher temporairement le corps d'Andrew, ils se rassemblèrent tous plus près pendant que Reggie sortait son téléphone et appuyait sur lecture de l'enregistrement. Un malaise remonta dans la gorge de Sophie tandis que sa voix s'échappait des haut-parleurs du téléphone, sonnant creuse et peu familière. Le ton de sa voix sonnait étrange et vaguement robotique comme si elle avait été dans une sorte de transe. Quand la fin de son histoire se termina, tout le monde tressaillit un peu aux halètements déchirés que Sophie faisait en reprenant conscience. Reggie arrêta rapidement l'enregistrement, coupant le reste de l'halètement étouffé de Sophie.

« Merde ! Je dois retourner immédiatement à la maison d'Atticus. Je ne sais pas ce qu'est un clavis, mais nous devons mettre la main dessus avant quelqu'un d'autre. Mais nous devons aussi nous occuper du corps d'Andrew », dit Mac, ayant l'air de vouloir s'arracher les cheveux.

« Je peux m'occuper du corps », dit Fitz, rompant le silence.

« Tu peux ? Comment ? » demanda Mac.

« Mon cousin est entrepreneur de pompes funèbres à San Mateo. Il y a un crématorium dans sa maison funéraire. Il nous laissera l'utiliser, sans poser de questions », dit Fitz avec confiance.

« Tu es sûr ? » demanda Mac.

« Absolument. Ma famille a dû traiter avec des personnages 'peu recommandables' dans le passé, donc ce ne sera pas la première fois que la maison funéraire de mon cousin est utilisée pour faire disparaître un corps », répondit Fitz.

Mac fixa Fitz pendant un long moment lourd de sens avant de secouer la tête dans la défaite. « Putain. Ce n'est pas comme si j'avais le choix. Je reviendrai peut-être vers toi avec quelques questions sur la maison funéraire quand tout ça sera fini. »

« Tu sais, notre département à la morgue a beaucoup de liberté pour traiter les corps comme nous le jugeons approprié. Notre mandat principal est de protéger la découverte des Mythiques par l'humanité », rappela Reggie à Mac. « Nous avons dû utiliser la maison funéraire de son cousin à plus d'une occasion. »

« Ne t'inquiète pas, Mac. Le crématorium de ma famille n'a été utilisé que pour s'occuper de gens dont le monde se portait mieux sans eux », le rassura Fitz. Sans surprise, Mac n'eut pas l'air réconforté.

« Je suppose que je vais devoir te croire sur parole, pour l'instant. Je vous fais confiance. Vous trois », dit Mac, pointant Fitz, Ace et Amira, « vous pouvez vous occuper du corps pendant que moi, Sophie et Reggie retournons à la maison d'Atticus ? »

« Bien sûr », dit Fitz. « Mettons le corps dans le coffre d'Ace. »

« Sophie et moi ferons le guet pendant que vous emballez le cadavre », annonça Amira, fixant intensément Sophie. « Il ne faut pas six personnes pour mettre un type dans le coffre d'une voiture. »

Amira saisit Sophie par l'épaule et l'entraîna vers l'entrée du parking de l'église.

« Ça va ? Tu as l'air complètement paniquée », demanda doucement Amira. « Tu avais l'air de commencer à craquer à la fin de l'enregistrement. »

« C'était affreux, Amira », chuchota Sophie, sa voix tremblant. « J'ai senti la mort de cet homme. J'ai senti ses derniers moments. J'ai senti sa peur et sa douleur. Je ne sais pas si je peux gérer ça. » Les os de Sophie avaient l'impression de vouloir vibrer pour sortir de sa peau. Elle serra les dents pour les empêcher de claquer.

« Tu as le droit de paniquer à propos de ça. On t'a donné une main de merde ce soir, et franchement, ton pouvoir vient avec un prix mental assez lourd. Ça craint, mais en ce moment, tu dois prendre ton courage à deux mains. Si tu paniques maintenant, les gars vont te couver et te protéger de tout ça. Mais ce n'est pas ce dont tu as besoin. Il se passe quelque chose d'important, et on a besoin que tu tiennes le coup », dit Amira. « Après qu'on se soit débarrassés du corps, je vais demander aux gars de me déposer chez toi. Toi et moi on boira une bouteille de vin – ou deux – et on pleurera un bon coup, d'accord ? Mais jusque-là, tu vas devoir te ressaisir. Tu penses pouvoir faire ça ? »

Prenant une profonde inspiration et regardant la nuit froide et brumeuse au-dessus d'elle, Sophie soupira. « Ouais, je peux faire ça. Tu as raison. Je ne peux pas craquer maintenant. Je ne sais juste pas comment être forte comme toi. »

« Si, tu sais. Il suffit de réveiller ta chieuse intérieure », dit Amira, arrachant un gloussement tremblant à Sophie.

« Ma chieuse intérieure ? » répéta Sophie.

« Oui ! Être une chieuse, c'est la vraie force des femmes. C'est savoir se moquer de ce que pensent les autres et foncer malgré les doutes. Une chieuse fait ce qu'il faut. Alors mets ta tête de chieuse, et allons-y ! » dit Amira, cognant la hanche de Sophie avec la sienne.

« Ma tête de chieuse ? » dit Sophie avec un sourire.

« Oui ! Active ta tête de chieuse. On a du boulot à faire », lança Amira, levant un sourcil délicat en défi.

Sophie fit un grand sourire à Amira, soulagée qu'Amira ait pu l'aider à surmonter sa mini-crise. « Merci. J'avais besoin d'un discours d'encouragement. Tu as raison. Je peux paniquer plus tard, mais maintenant, on a du boulot à faire. »

Sophie remarqua que Mac leur faisait signe de revenir, alors Sophie et Amira rejoignirent les gars.

Quelques minutes plus tard, Sophie, Mac et Reggie furent laissés derrière dans le parking vide de l'église tandis qu'ils regardaient les feux arrière de la voiture d'Ace tourner au coin et disparaître dans la nuit.

« J'ai une question », dit Sophie en se dirigeant vers la voiture de Reggie, ayant besoin d'effacer l'inquiétude qui assombrissait les yeux de Mac quand il la regardait avec interrogation. « Pourquoi n'es-tu pas nu, Mac ? Je t'ai vu te transformer en renard dans la vision d'Andrew, alors comment es-tu habillé maintenant ? » Elle s'abstint sagement de mentionner à quel point elle trouvait sa forme de renard adorable.

« Une fois que j'ai traîné le corps d'Andrew derrière la benne, je me suis retransformé et j'ai couru récupérer mes vêtements. Après m'être rhabillé, j'ai appelé Reggie et je vous ai rejoints ici », expliqua Mac.

« Ah, c'est pourquoi tu ne répondais pas au téléphone quand Reggie a appelé. Tu avais laissé tes vêtements et ton téléphone derrière toi quand tu t'es transformé. Attends... Ça veut dire que tu étais nu quand tu as dû traîner Andrew derrière la benne ? » demanda Sophie, ricanant derrière sa main. Quand Mac hocha la tête, Sophie gloussa bruyamment d'amusement.

« Ce n'est pas drôle », grogna Mac.

« Hmm. Si, un peu. Et si quelqu'un t'avait attrapé, toi, le flic tout-américain, le cul nu en train de traîner un homme mort nu dans un parking d'église ? Tu as dû être tout un spectacle à voir », taquina Sophie.

« Désolé de te décevoir, tu n'auras jamais l'occasion de voir par toi-même. Je suppose que tu vas devoir utiliser ton imagination. Tu as besoin de quelques minutes pour te ressaisir ? Reggie et moi pouvons attendre dans la voiture », rétorqua Mac.

« Tu rêves », se moqua Sophie. « Tu es vraiment un connard. »

« C'est Inspecteur Connard, souviens-toi ? Tu oublies tout le temps », lui rappela Mac.

En montant sur le siège passager avant, Sophie jeta un coup d'œil en arrière et aperçut Reggie qui avait l'air de préférer être n'importe où ailleurs dans le monde plutôt que coincé dans une voiture avec Mac et Sophie. Elle se rappela mentalement de ne pas laisser Mac l'énerver avec ses remarques. Écouter leurs disputes devait être inconfortable pour les spectateurs innocents.

Il ne fallut que quelques minutes pour arriver à la maison d'Atticus. En passant lentement devant la maison sombre, Mac annonça qu'il semblait que l'équipe de police scientifique était partie. Se garant au coin de la rue, il demanda à Reggie de surveiller la rue.

Alors qu'ils marchaient sur le trottoir menant à la porte d'entrée de la maison, Mac tendit à Sophie une paire de gants en latex de sa poche. Il sortit une deuxième paire et les enfila.

S'approchant de la porte d'entrée à pas feutrés, Sophie resta nerveusement derrière lui pendant que Mac bricolait la serrure de la porte d'entrée. Il maudit doucement la porte, mais après une minute, la porte s'ouvrit en grinçant lentement. Il se baissa sous le ruban de police jaune qui barrait le seuil, disparaissant dans l'intérieur noir du vestibule.

Sophie entra sur la pointe des pieds après lui, se dépêchant de s'assurer qu'elle ne perdait pas Mac de vue.

« Hé », chuchota Sophie. « Tu viens de crocheter cette serrure ? »

« Ouais », lança Mac par-dessus son épaule en se dirigeant vers le bureau d'Atticus.

« Tu peux m'apprendre à crocheter les serrures ? » chuchota Sophie avec excitation.

« Je ne sais pas si ce serait une bonne idée. Tu es déjà un vrai danger public. »

« S'il te plaît ? »

« Je ne pense pas. »

« S'il te plaît, avec un petit nœud ? » supplia Sophie.

« Je sais déjà que je vais le regretter, mais tu gagnes. » Mac soupira dans la défaite. « Je te montrerai bientôt. Autant le faire. J'ai le sentiment que tu ne vas pas arrêter de me harceler jusqu'à ce que je le fasse de toute façon. »

Sophie s'abstint sagement de lui assurer qu'elle le harcèlerait effectivement jusqu'à ce qu'elle obtienne ce qu'elle voulait. Torturer Mac ne serait qu'un bonus.

Mac alluma une petite lampe de poche quand il arriva à la porte du bureau. Il balaya rapidement la lumière sur l'intérieur de la pièce. Sophie s'assura de détourner les yeux de l'imposant bureau en bois qui leur faisait face, ne voulant pas revisiter ce qui s'y était passé.

« Où est la bouche d'aération où Atticus a caché le clavis ? » demanda Mac.

Entrant dans la pièce, Mac l'avertissant de faire attention où elle marchait et de ne laisser aucune preuve derrière elle, Sophie pointa vers la base d'une bibliothèque à sa droite. Pendant qu'il l'éclairait, ils se dirigèrent vers la cachette du clavis. Marchant sur la pointe des pieds à travers les livres éparpillés, les papiers et les éclaboussures de sang, Sophie conduisit Mac vers la bouche d'aération au sol.

Travaillant soigneusement ses doigts sous le bord métallique du boîtier de ventilation, s'assurant de ne pas déchirer ses gants,

Sophie souleva lentement le couvercle. Glissant sa main dans le trou sombre, elle se concentra sur le fait de tâtonner dans l'espace et de ne pas penser aux monstres qui attendaient dans le trou sombre pour attraper sa main. Finalement, son doigt accrocha une longueur de chaîne, et elle sortit la pierre mystérieuse du système de conduits. Pendant que Sophie berçait le bijou dans ses mains, Mac dirigea sa lampe de poche sur la pierre. Elle était de forme ovale et à peu près de la même taille qu'une balle de golf. La lampe de poche fit scintiller les facettes de la gemme verte, la lumière se réfractant en un éventail étincelant.

« Tu sais ce que c'est ? » demanda Sophie à Mac. « Dans la vision, Atticus l'appelait un clavis. Il pensait aussi à ça comme de la vermarine. Je n'ai jamais entendu parler de clavis ou de vermarine, et toi ? »

« Non, mais nous pouvons aller en ligne plus tard et voir si nous pouvons trouver des informations. »

« Devons-nous prendre autre chose ? » demanda Sophie, jetant un dernier regard au clavis avant de le glisser dans sa poche.

« Non, foutons le camp d'ici. »

Ils se faufilèrent rapidement hors de la maison et rejoignirent Reggie sur le trottoir.

« Tu l'as ? » chuchota Reggie.

« Ouais, Sophie et moi devons récupérer les vêtements d'Andrew. On se retrouve à la voiture », dit Mac. « Sophie, tu peux me montrer où il a laissé ses affaires ? »

Sophie le conduisit à l'endroit où les affaires d'Andrew étaient cachées. Mac écarta des buissons à la base d'une maison de style Marina blanche et bleue. Rassemblant la pile de vêtements dans ses bras, il se tourna et courut vers l'endroit où Reggie attendait avec la voiture qui tournait au ralenti. Sophie ravala son grognement d'agacement d'avoir à courir après Mac pour ne pas se faire distancer.

« Où devrions-nous aller ? » demanda nerveusement Reggie une fois que Sophie et Mac furent montés dans la voiture.

« J'ai dû laisser ma voiture juste au coin quand Andrew m'a poursuivi. Tu peux me déposer là ? »

« Après, nous devrions tous nous retrouver chez moi », suggéra Sophie. « Ces types sont au courant pour Mac, donc nous devons l'empêcher d'être localisé pour le moment. Aucun de ces Mythiques ne semble faire attention aux humains comme moi, donc ce serait peut-être le meilleur endroit où aller. »

Mac ne répondit pas car il était trop occupé à fouiller dans les affaires d'Andrew.

« D'accord », dit Reggie après un moment. « Faisons ça. »

Mac sortit le portefeuille d'Andrew et le feuilleta rapidement. Ensuite, il brandit un téléphone portable.

« Merde, j'ai besoin d'une empreinte digitale pour le déver- rouiller », grogna-t-il d'agacement. Mac prit son téléphone et composa rapidement un numéro. « Salut. Vous avez déjà incinéré le corps ? » Il fit une pause un moment, puis dit : « Bien. J'ai besoin que tu gardes ses pouces d'abord puis que tu brûles le reste. J'en ai besoin pour pouvoir accéder à son téléphone. Quand tu auras fini là-bas, tu peux les apporter à l'appartement de Sophie ? Bien. Envoie-moi un texto quand tu seras en route, et je t'enverrai son adresse. »

Reggie s'arrêta, et Mac courut vers sa voiture. « À tout à l'heure chez Sophie ! »

Ce fut un trajet silencieux de retour au Tenderloin, à part les instructions occasionnelles de Sophie sur quel virage prendre. Bientôt, ils se garaient dans une place vide à côté de Ma Tatin.

Reggie éteignit le véhicule. Assis dans le calme, écoutant les petits pings d'un moteur qui refroidissait, Reggie et Sophie levèrent tous les deux les yeux vers le visage placide de Ma Tatin. Sophie nota que la fenêtre de l'appartement de Birdie était sombre. Elle espérait que Birdie et Milton avaient passé une belle soirée.

« Ça va ? » demanda doucement Reggie dans le silence, ses yeux pleins d'inquiétude.

« Je pense que oui. Je suis contente que tu sois là avec moi : toi et le reste de notre bande. Merci d'être mon ami, Reggie », dit Sophie, fixant intensément ses jointures, un vague malaise à montrer à Reggie son côté vulnérable.

« Je suis content que tu sois mon amie aussi », répondit Reggie, posant sa main sur la sienne et la serrant doucement.

Sortant de la voiture, ils attendirent que Mac arrive. Une fois que Mac eut garé son véhicule, Sophie les conduisit dans Ma Tatin. Ils montèrent les escaliers sur la pointe des pieds, Sophie pointant la marche qui grinçait pour qu'ils puissent l'éviter. Elle ne voulait pas que Birdie soit témoin qu'elle amenait deux hommes dans son appartement au milieu de la nuit. Elle n'en entendrait jamais la fin.

Faisant entrer Reggie et Mac dans son appartement, Sophie actionna l'interrupteur pour allumer la lampe crâne à côté de son canapé, voulant garder l'éclairage au minimum. Elle se dirigea immédiatement vers la cafetière. Elle était habituée aux heures tardives maintenant, grâce au travail à la morgue, mais la fatigue commençait à peser sur ses épaules.

« Je viens d'envoyer un texto à Ace. Ils ont commencé la crémation. Ace a dit que le cousin de Fitz pense qu'il faudra environ quatre heures pour finir », annonça Mac. Sophie regarda par-dessus son épaule, regardant la lueur de son téléphone portable éclairer le visage de Mac de façon sinistre dans l'obscurité de son appartement. Reggie était assis sur le futon, regardant autour de l'appartement de Sophie, son visage brillant de curiosité.

Je n'avais aucune idée qu'une crémation prenait autant de temps, pensa Sophie, surprise.

« Vous voulez du café ? » cria Sophie. Quand Mac et Reggie confirmèrent qu'ils en voulaient, Sophie commença à préparer les boissons. Elle savait déjà comment Reggie aimait son café, mais pas Mac, alors elle cria : « Tu veux du lait ou du sucre, Mac ? »

« Noir, s'il te plaît », dit Mac, faisant frissonner Sophie de dégoût.

Elle versa les boissons puis les apporta là où les gars attendaient. Elle tendit à Reggie son café de couleur beige avec trois cuillères à café de sucre.

« Noir comme ton âme », lui lança Sophie avec un sourire en coin, tendant sa tasse à Mac.

Se dirigeant vers la cuisine, elle prit son propre café et retourna au salon pour prendre le seul siège qui restait : un ancien fauteuil à bascule qu'elle avait trouvé sur le trottoir quelques mois plus tôt. Elle avait peint la chaise en noir et remplacé le coussin détruit par un nouveau dans un tissu damassé bleu marine et argent.

« Et maintenant ? » demanda Sophie après avoir pris sa première gorgée.

« Il faut qu'on trouve un plan », dit Mac, se penchant en avant dans sa chaise.

« D'accord, quel genre de plan ? » demanda Sophie.

« Passons en revue les faits. » Mac fouilla dans la poche intérieure de sa veste et sortit son carnet à spirale toujours prêt. « D'abord, nous devons découvrir qui est Edwyn. Une fois qu'Ace m'apportera les pouces d'Andrew, je devrais pouvoir extraire le numéro de téléphone d'Edwyn du journal d'appels. J'espère pouvoir faire une recherche sur le numéro. Ensuite, nous devons décider quoi faire du clavis. »

« N'oublie pas Conclave et Marcella », intervint Reggie. « Je pense savoir qui c'est. Marcella Venturi : c'est une Fae très puissante qui dirige pratiquement tout le Conclave. Quand nous avons eu l'inauguration du nouveau bureau de l'Examinateur médical il y a quelques années, elle était là à titre officiel. Notre équipe l'a rencontrée brièvement, mais je n'ai aucune idée si elle se souviendrait de l'un de nous. »

« Je pense que tu as raison. La Marcella qu'Atticus a mentionnée dans la vision doit être la même femme. Je l'ai rencontrée une ou deux fois moi-même », dit Mac.

« Atticus a dit que Marcella et le Conclave arrêteraient Edwyn. Tu penses qu'on devrait essayer de les avertir qu'Edwyn prépare un coup ? » demanda Sophie.

« J'aimerais qu'on sache qui est Edwyn. Des idées, Reggie ? » demanda Mac. Quand Reggie secoua la tête, Mac se tourna vers Sophie. « Tu peux décrire à quoi il ressemblait ? »

« Euh, il avait l'air d'avoir peut-être la fin quarantaine. Il avait des cheveux blond cendré ; je pense qu'ils se dégarnissaient un peu sur le dessus. Il était mince et grand. Je ne suis pas sûre de sa taille, mais peut-être autour d'un mètre quatre-vingts. Il n'avait pas de grains de beauté ou de tatouages ou de marques distinctives dont je puisse me souvenir. Des yeux bleu clair, un front large ; quand il souriait, il avait une fossette dans la joue droite. Il semblait très correct, presque érudit », dit lentement Sophie, fermant les yeux, essayant de se rappeler autant de l'homme que possible. Elle pouvait entendre le grattement du crayon de Mac tandis qu'il notait tout dans son carnet.

« Autre chose ? » demanda Mac.

« Il avait une sorte de bague à l'un de ses pouces. Je pense qu'elle avait une pierre rouge. C'était une grosse bague, épaisse et lourde. Je ne me souviens d'aucun autre bijou », soupira Sophie. « Merde. Je n'arrive pas à penser à autre chose. »

« C'est bon. Ce que tu m'as donné aide », l'assura Mac.

« Je pense qu'on devrait apporter ce qu'on a à Marcella », suggéra Reggie.

« On n'a pas grand-chose. On n'a aucune preuve », dit Mac. « Mais elle saurait probablement qui est Edwyn. »

« Je ne pense pas qu'on devrait lui dire qu'on a le clavis », intervint Sophie. Quand les deux hommes levèrent les sourcils vers Sophie, elle continua : « Bon. On sait que tous ces meurtres ont quelque chose à voir avec les lignes de force, non ? On sait aussi qu'Edwyn, qui je pense est derrière tout ça, a tué Atticus spécifiquement pour mettre la main sur le clavis. Quoi que ce soit, c'est important. Edwyn pense qu'il a le clavis, alors je pense qu'on devrait cacher le vrai jusqu'à ce qu'on sache au moins ce que c'est. Ça pourrait être dangereux, et je ne sais pas si on devrait le remettre à n'importe qui sans savoir ce que ça peut faire. »

« Je suis d'accord avec Sophie. On devrait le cacher », acquiesça Reggie.

« Ces types te connaissent, Mac, alors je pense que je devrais être celle qui le cache. Je ne suis 'qu'une humaine', donc personne ne va me chercher. Attends. Je sais exactement l'endroit ! » s'exclama Sophie, pensant au trophée de football volé en haut d'une étagère au Petit Poucet. Pour regarder dans la coupe dorée du trophée, même une personne très grande aurait besoin d'une échelle. Personne ne jetait même un second regard aux bibelots du Petit Poucet ; en plus, il n'avait jamais besoin d'être dépoussiéré, donc il n'avait pas été dérangé depuis des décennies.

« Tu es sûre que ce sera en sécurité ? » demanda Mac avec scepticisme.

« Oui. J'ai l'endroit parfait », l'assura Sophie. « Une fois qu'on saura ce qu'est le clavis, on pourra décider quoi en faire. »

« D'accord, c'est convenu. Sophie, tu caches le clavis. Pour l'instant, ne nous dis même pas où il est, juste au cas où. Je devrais pouvoir me connecter à la base de données de la police et trouver le numéro de téléphone de Marcella. Je l'appellerai et lui parlerai de la mort d'Atticus. Je peux voir si elle sait qui est Edwyn et si elle a des informations qui peuvent nous aider à trouver un moyen de contrecarrer son plan. Peut-être qu'avec son aide, je peux obtenir plus de preuves de ce qui se passe le long de la ligne de force. Il faudra plus que juste tes visions si je veux passer par les voies appropriées pour traduire Edwyn en justice », dit Mac, sortant un ordinateur portable de son sac messager. « J'ai besoin de preuves. »

Installant l'ordinateur sur ses genoux, Mac grogna quand il réalisa que Sophie n'avait pas de connexion internet ou de wifi dans son appartement. Il bricolait avec son téléphone portable, disant quelque chose à propos d'un « point d'accès ». Tout ce qui avait trait à la technologie dépassait généralement Sophie, alors elle haussa juste les épaules dans une acceptation amusée quand Mac lui jeta un regard noir à cause de son manque de savoir-faire technologique. Avec quelques clics sur son clavier et un murmure agacé à propos de connexions lentes, Mac annonça qu'il avait trouvé le numéro de domicile de Marcella.

« Je vais l'appeler maintenant. Autant le faire tout de suite. Je vais mettre le haut-parleur pour que vous puissiez entendre ce qu'elle a à dire. Mais je préfère que vous ne disiez rien », dit Mac.

« Tu penses que c'est sage de l'appeler si tard ? » demanda Reggie avec inquiétude.

« Je m'en fous. Tout ça me semble trop sérieux. Je ne veux pas attendre jusqu'au matin. »

« Qu'est-ce que tu vas dire à propos de mes visions ? » demanda Sophie.

« Je vais lui dire que j'ai une personne qui a des visions de mort mais que la personne veut rester anonyme pour protéger son identité. Je ne vais même pas laisser Marcella connaître ton sexe. Moins quelqu'un en sait sur nous, mieux c'est », dit Mac.

« Ça me va », dit Sophie, tandis que Reggie hocha la tête en accord.

« Bon. Je vais l'appeler maintenant. Il n'y a aucune raison d'attendre », dit Mac, posant son téléphone portable sur la table basse entre eux. Il composa rapidement le numéro et appuya sur le bouton haut-parleur sur l'écran de son téléphone.

Le téléphone sonna plusieurs fois avant que le clic de quelqu'un qui décrochait résonne depuis le téléphone. « Allô ? » dit une voix féminine pâteuse dans le silence retenu de l'appartement de Sophie.

« Bonjour. Ici l'Inspecteur Malcolm Volpes. Est-ce Marcella Venturi ? » demanda Mac d'une voix sévère et professionnelle.

« Oui, c'est Marcella. Il y a un problème ? » demanda Marcella, la somnolence dans sa voix s'évaporant.

« Je suis désolé de devoir vous appeler si tard. Cependant, je tenais à vous informer qu'Atticus Agosti a été assassiné chez lui plus tôt dans la soirée », dit Mac.

Un doux halètement brisa le calme silencieux de la pièce. « Atticus est mort ? Que s'est-il passé ? » demanda Marcella d'une voix tremblante.

« C'est quelque chose que je ne veux pas discuter au téléphone. J'aimerais vous rencontrer en personne dès que possible. J'ai des informations sur son meurtre qui sont extrêmement sensibles par nature. Je soupçonne que vous seule pouvez m'aider avec ça », déclara Mac.

« Vous ne pouvez rien me dire au téléphone ? » demanda Marcella, la suspicion colorant sa voix.

« Non, madame. La seule chose que je suis disposé à divulguer au téléphone est que je crois que le meurtre avait quelque chose à voir avec la ligne de force », dit Mac, se mordant la lèvre et regardant Reggie et Sophie avec inquiétude. Sophie comprit que Mac devait prendre un risque calculé pour s'assurer que Marcella écouterait ce qu'il avait à dire.

Quand le moment de silence s'étira, Sophie commença à s'inquiéter que Marcella allait raccrocher l'appel.

« Atticus a été assassiné à cause de la ligne de force ? » demanda finalement Marcella, sa voix pleine d'inquiétude.

« J'ai des raisons de le croire », répondit Mac.

« Ce n'est pas bon. Pouvez-vous me rencontrer dès demain matin ? »

« Oui, ce serait bien. Je veux régler cette affaire dès que possible. »

« Pouvez-vous me rencontrer chez Buck's à Woodside à 8 heures ? »

« Oui. Je vous verrai là-bas. Merci d'avoir accepté de me rencontrer. » Mac raccrocha après qu'ils se soient tous les deux souhaité bonne nuit. Soufflant, il dit : « Eh bien, maintenant on va voir ce qui se passe. »

« On devrait venir avec toi par précaution. On n'a aucune raison de faire confiance à cette femme à part qu'Atticus pensait qu'elle serait disposée à arrêter Edwyn », dit Sophie.

« Je ne veux pas qu'elle sache que vous êtes impliqués. Surtout toi, Sophie », argumenta Mac.

« Elle n'a pas besoin de savoir qu'on est là. Allons-y tôt et surveillons l'endroit. Je peux traîner à l'intérieur à une table différente – juste une humaine ordinaire et ennuyeuse qui prend son petit-déjeuner. Facilement négligée et ignorée. Et Reggie peut surveiller la rue dehors du restaurant puisqu'elle pourrait le reconnaître. Peut-être qu'on peut même faire venir le reste des Singuliers aussi, s'ils en ont fini avec Andrew avant 8 heures », contra Sophie.

« Les Singuliers ? » répéta Mac.

« C'est le nom de notre groupe ! » dit Sophie, ce qui fit secouer la tête à Mac, amusé mais exaspéré.

« Je suis d'accord avec Sophie. Tu ne devrais pas y aller seul », dit Reggie, faisant souffler Mac dans une vexation résignée. « Bien que je ne sois pas sûr qu'on ait besoin d'inclure le reste de l'équipe. Ils seront probablement épuisés à ce moment-là. »

Mac se pencha en arrière sur le futon, berçant sa tasse de café qui refroidissait. Mac secoua la tête et renifla d'amusement.

« Qu'est-ce qui est si drôle ? » demanda Reggie.

« Il fallait qu'elle veuille se rencontrer chez Buck's », dit Mac.

« Qu'est-ce qu'il y a de spécial à Buck's ? » demanda Sophie.

« Tous les riches investisseurs en capital-risque de la Silicon

Valley et les milliardaires de la tech mangent là-bas. C'est l'endroit où les faiseurs d'affaires et les magnats mangent des pancakes », répondit Mac. Sophie n'avait jamais entendu parler de Buck's, mais elle savait que Woodside était la ville où les citoyens les plus riches de San Francisco érigeaient leurs résidences secondaires.

Après avoir débattu pendant plusieurs minutes, ils finirent par s'entendre sur un plan. Mac taperait et donnerait à Marcella une transcription de la vision de Sophie, en omettant la partie où Atticus échangeait le vrai clavis contre un faux. Jusqu'à ce qu'ils sachent à qui faire confiance, personne n'avait besoin de savoir qu'ils avaient en leur possession le vrai. Reggie et Sophie se rendraient tôt chez Buck's. Sophie prendrait une table, et Reggie établirait une surveillance dehors.

Le gros désaccord était que Mac voulait rentrer chez lui dormir. Reggie et Sophie argumentèrent tous les deux que ce ne serait peut-être pas sûr pour lui après l'attaque déjouée plus tôt dans la soirée. Après que Reggie et Sophie ont menacé de l'attacher et de le jeter dans la chambre d'amis de Reggie, Mac céda finalement.

Sophie raccompagna les deux hommes, promettant à Reggie qu'elle serait prête à partir et qu'elle l'attendrait dehors aux premières heures du matin à venir. Elle prit son téléphone pour savoir quand Amira arrivait.

Sophie : *Comment ça se passe ? Tu vas arriver bientôt ?*

Amira : *Ça prend une ÉTERNITÉ. Je n'avais aucune idée que ça prenait si longtemps de brûler un corps. Je ne pense pas pouvoir venir ce soir :(*

Sophie : *Ne t'inquiète pas. On pourra se bourrer la gueule une autre fois.*

Amira : *Je te prends au mot !*

Une fois qu'elle réalisa qu'Amira ne venait pas, Sophie se dirigea vers Le Petit Poucet. Avec le clavis bien caché dans sa poche, elle traîna au bar, buvant des «Dames Berceuses» jusqu'à ce que le dernier client, sur des jambes chancelantes, sorte du bar. Sophie offrit de balayer le sol « pour le bon vieux temps ». Quand Burg se dirigea vers l'arrière pour finir de faire sa caisse, elle attrapa rapidement un tabouret de bar et l'utilisa pour se hisser assez haut afin de déposer le clavis dans les bras de la déesse Niké, sur le trophée Jules Rimet.

CHAPITRE 19

*L*es yeux irrités, Sophie fixait sans voir le paysage qui défilait par la vitre de la voiture sur le trajet en voiture vers Buck's. Elle était contente que Reggie ne soit pas d'humeur bavarde non plus. Après à peine trois heures de sommeil, Sophie ne savait pas si son cerveau était capable de former des mots et de les assembler dans un ordre qui ressemblerait, avec un peu de chance, à une phrase.

En entrant sur le parking du restaurant, Sophie remarqua un énorme poisson en bois patiné gisant dans la terre près de l'entrée. La sculpture était plus longue que la voiture de Reggie et, d'après sa surface grise et érodée, montait la garde à l'entrée du parking de Buck's depuis des décennies. Le restaurant sans prétention n'était pas ce à quoi Sophie s'était attendue. Niché dans une rue bordée de grands chênes tortueux, le bâtiment bas couleur chocolat était difficile à repérer au premier coup d'œil.

La première impression de Sophie était que la ville de Woodside ressemblait à n'importe quelle autre petite ville rustique assoupie parsemée le long de la côte californienne. Mais elle remarqua alors une Ferrari qui s'engageait sur le parking du restaurant, suivie d'un autre véhicule élégant et glamour qui ressemblait à quelque chose venu du futur. Il respirait le luxe et la richesse.

En marchant vers l'entrée, Sophie fit un signe discret de la main à Reggie. Il restait dans la voiture pendant que Sophie attendait à l'intérieur l'arrivée de Mac et Marcella. Elle ouvrit la porte vitrée de Buck's et entra dans le restaurant, s'arrêtant juste après l'entrée et bloquant accidentellement le passage. Elle s'était attendue à un restaurant qui s'adressait aux riches et aux puissants soit sophistiqué, raffiné et opulent, quelque chose avec des tissus luxueux, un éclairage tamisé et des nappes blanches, peut-être même quelques bougies effilées pour l'ambiance. Au lieu de cela, l'intérieur de Buck's ressemblait à un croisement désordonné entre un magasin de jouets et un musée excentrique.

Alors que l'hôtesse conduisait Sophie vers une table vide, elle passa devant une réplique de six pieds de la Statue de la Liberté tenant un cornet de glace au lieu d'une torche et portant un sombrero. Ensuite, elle passa sous un zeppelin argenté suspendu au plafond, puis une combinaison spatiale grandeur nature, suivie d'une petite voiture de course orange suspendue de façon décalée. L'hôtesse la conduisit à une table près d'un assortiment d'épées d'apparence ancienne accrochées au mur. Quand Sophie prit place, la femme lui tendit un menu, la laissant examiner les décorations.

Sophie ignora le menu dans sa main pour regarder autour d'elle le décor du restaurant. Elle se demanda brièvement si le propriétaire pouvait être apparenté à Burg puisque leur esthétique décorative suivait une veine similaire. Des « trésors » couvraient presque chaque centimètre des murs : jouets, photographies en noir et blanc, maquettes d'avions, même un alligator empaillé chevauchant une planche de surf. Sophie rit quand elle repéra un trophée doré terni presque perdu dans un assortiment de figurines dans une vitrine. Ses yeux s'écarquillèrent quand elle vit l'énorme tête d'un bison montée sur le mur miroir derrière un petit bar de l'autre côté du restaurant.

Quelques minutes plus tard, la serveuse s'arrêta et Sophie commanda une tasse de café.

Sophie fut distraite de son examen du menu – présentant une variété de nourriture de style diner standard – par le bip de son téléphone. *Merde, tout ça pour des œufs brouillés et des toasts ? Ça a intérêt d'être les meilleurs œufs du monde.* Sophie soupira en regardant son téléphone. Elle vit que Mac leur avait envoyé à elle et à Reggie un message disant qu'il était sur le parking et qu'il était sur le point d'entrer. Quand la serveuse apporta son café, Sophie commanda des huevos rancheros.

Juste au moment où la serveuse commençait à se tourner et à s'éloigner avec sa commande, Sophie aperçut Mac entrant dans le restaurant. Du coin de l'œil, elle le regarda pointer vers la table vide à côté de celle de Sophie. Sophie fit semblant d'examiner studieusement le menu devant elle pendant que Mac s'approchait. Elle ne pouvait s'empêcher de remarquer qu'il était superbe dans son jean foncé et sa chemise henley anthracite alors qu'elle se sentait vaguement comme de la charogne réchauffée par le soleil. *Ce n'est pas juste*, pensa Sophie amèrement, *il devrait avoir une sale tête lui aussi.*

La serveuse s'approcha pour remplir sa tasse de café vide et lui faire savoir que sa nourriture arriverait bientôt. Quand la serveuse partit, Sophie mit de petites oreillettes dans ses oreilles. Bien qu'il n'y ait aucun son, Sophie bougea doucement la tête au rythme d'une musique imaginaire.

« Elle est là », dit Mac pour les oreilles de Sophie seulement. L'approche de la serveuse avec un plateau contenant le petit-déjeuner de Sophie lui donna une excuse pour regarder brièvement vers la femme qui rejoignait Mac à sa table. La femme Fae était entièrement faite d'angles vifs, même ses cheveux raides gris acier. Elle rappelait à Sophie un rapace. Elle pouvait imaginer cette femme aux yeux perçants et aux griffes acérées recroquevillée sur un nid, prête à se battre avec ses ennemis.

Mac se leva pour saluer la femme qui s'approchait.

« Magistrat Venturi, merci de m'avoir rencontré », dit Mac formellement, tendant sa main pour que la femme la serre.

« S'il vous plaît, appelez-moi Marcella. D'après ce que vous m'avez dit jusqu'à présent, je pense que nous pouvons nous contenter d'un prénom », dit Marcella, prenant la chaise offerte en face de Mac.

Après que la serveuse eut pris leurs commandes de boissons, Mac dit : « Permettez-moi d'aller droit au but, Marcella. J'ai avec moi une transcription du meurtre d'Atticus Agosti la nuit dernière. D'après ce qui s'est passé, je crois qu'il est de la plus haute importance que vous soyez au courant de ce qui s'est déroulé. »

Faisant semblant de lire l'article de voyage écrit au dos du menu plastifié, Sophie regarda Mac tendre à Marcella une petite liasse de papiers.

« Comment avez-vous obtenu une transcription de son meurtre ? A-t-il été enregistré ? » demanda Marcella.

« Je travaille avec un médium depuis quelque temps maintenant. Cette personne a des visions de morts et aide mon département à résoudre des meurtres. »

« Comment se fait-il que je n'aie pas entendu parler de cette personne ? J'aimerais la rencontrer. »

« Ce n'est pas possible en ce moment. Cette personne ne travaille avec moi que sous la promesse d'un anonymat complet. Si quelqu'un devait découvrir l'identité du médium, cela pourrait le mettre en danger face aux éléments criminels de la ville », dit Mac en secouant la tête. « La coopération de mon contact repose entièrement sur le fait de rester anonyme. »

« Hmmm. Comment pouvez-vous faire confiance aux « visions » de cette personne alors ? Comment pouvez-vous garantir que ce supposé médium n'est pas juste un escroc talentueux ? »

« Il n'a tiré aucun profit de ses visions. Dans plus de quarante affaires, ses visions ont été complètement correctes. Je suis difficile à tromper, comme mon dossier au département le montrera.

Il n'y a absolument aucun doute dans mon esprit que cette personne est digne de confiance, et ses visions montrent la vérité. Tenez, lisez la transcription. Vous verrez ce que je veux dire. »

Pendant que Marcella lisait les papiers, elle faisait occasionnellement un petit bruit de détresse ou de colère. Le bourdonnement des conversations et des rires des autres tables parvenait jusqu'à Sophie. Malgré l'apparence quelque peu criarde de Buck's, la nourriture était excellente. Malgré l'heure matinale, le bâtiment était déjà presque rempli à pleine capacité, et pas seulement par les riches et puissants de la région. Les familles constituaient une grande partie de la clientèle. Les enfants couraient entre les tables, riant devant les décorations étranges et merveilleuses. Les anciens débattaient de politique autour de plats de diner et de tasses de café fumantes. Pourtant, de nombreux boxes étaient remplis d'hommes sérieux en chemises habillées impeccablement repassées, chacun avec un ordinateur portable ouvert à son coude et des expressions intenses, parlant avec animation par-dessus leurs œufs et leurs toasts. C'était un endroit pour des conversations intenses où les titans du monde faisaient des plans pour la domination économique.

« Edwyn », gronda soudain Marcella. « Ce salaud. »

« Savez-vous qui est Edwyn ? » demanda Mac avec une chaleur silencieuse dans la voix. Sophie pouvait détecter que son esprit de chasseur était arrivé en force. Elle soupçonnait que c'était sa nature prédatrice qui faisait de Mac un si bon détective. L'odeur de la proie était dans son nez, et ses dents ne lâcheraient plus Edwyn maintenant qu'il était dans la ligne de mire de Mac.

« Je suis certaine que ce doit être Edwyn Nothus. Je n'arrive pas à le croire. Je savais qu'il avait des ambitions, mais je n'ai jamais pensé qu'il s'abaisserait si bas. Comment a-t-il pu commettre un acte si odieux ? »

« Savez-vous ce qu'est la clavis ? Il a tué Atticus pour mettre la main dessus. J'ai aussi trouvé des preuves d'au moins trois morts commises dans les dernières semaines dans une tentative d'acquérir des propriétés le long de la ligne de force à travers la ville. Ma recherche n'est pas encore complète, donc il est impossible de déterminer le nombre total de propriétés qui ont été vendues ou transférées à de nouveaux propriétaires. Une fois que j'aurai fini mon enquête, je soupçonne que j'en trouverai beaucoup. »

« Edwyn et ses partisans suggèrent que nous devrions faire sécession du royaume Fae depuis quelque temps maintenant. Il prône la sécession depuis plusieurs années. S'il avait besoin de la clavis, je dois supposer qu'il essaie de fermer le portail du royaume Fae de façon permanente. La clavis est l'ancre qui permet au royaume Fae d'ouvrir un portail vers la Terre. Il n'est pas largement connu comment le portail fonctionne. Les deux côtés ont besoin d'une clavis pour maintenir le passage ouvert, même si on ne peut voyager que des Fae vers ici. S'il ferme définitivement le portail, ce serait comme fermer et verrouiller un côté d'une porte. »

« Le portail peut être fermé définitivement », répéta Mac, la surprise colorant sa voix. « Serait-ce si mal ? Les Fae refilent leurs citoyens les plus dangereux et indésirables ici depuis plus d'un siècle. Je dois traiter avec ces éléments criminels presque tous les jours. »

« Je ne nie pas que les Fae nous refilent leurs problèmes, et c'est une source continuelle d'ennuis pour notre peuple. Mais Edwyn ne veut pas s'arrêter à nous couper du royaume Fae. Lui et ses partisans veulent revendiquer la ville comme leur propre pays, chasser tous les humains et la gouverner. Ce qu'ils proposent signerait l'arrêt de mort de notre espèce », expliqua Marcella. « Je crois que le royaume Fae et les humains se lèveront pour nous écraser tous s'il tente cela. »

Mac fit un petit bruit de surprise. « C'est de la folie. Il nous tuerait tous. Comment Edwyn pourrait-il croire qu'il pourrait chasser trois quarts de million d'humains de la ville ? Il y a à peine quatre-vingt mille Mythiques ici. »

« Je ne peux pas commencer à imaginer ce qui se passe dans la tête d'Edwyn. » Marcella soupira.

« Comment Edwyn peut-il utiliser la clavis pour fermer le portail définitivement ? »

« Demain c'est l'équinoxe de printemps. À l'équinoxe de printemps et d'automne, la ligne de force est à sa puissance maximale. Il pourra amplifier le pouvoir de la clavis pour fermer le portail. Très peu de gens connaissent le processus, mais je dois supposer qu'il a quelqu'un qui peut le faire, ou a d'une manière ou d'une autre acquis la connaissance pour compléter le rituel lui-même. La transcription parlait de l'emmener à la tour », dit Marcella. Sophie pouvait entendre le froissement des papiers pendant que Marcella feuilletait la transcription pour vérifier.

« Oui, une tour a été mentionnée. Les deux seules tours auxquelles je pouvais penser sont Sutro et Coit. Les deux tombent sur la ligne de force, donc j'ai supposé que c'était l'une de ces deux », dit Mac.

« Nous pouvons supposer que c'est la tour Coit. Une seconde ligne de force plus faible croise cet endroit, augmentant le pouvoir des lignes et en faisant l'endroit parfait pour ouvrir un portail. La tour Coit est où la plupart de l'activité de portail des Fae se produit. C'est pourquoi cet emplacement a été choisi pour la tour en premier lieu », dit Marcella, tapotant pensivement son ongle sur la table.

« Donc, nous savons quand et où. Le Conclave peut-il arrêter Edwyn ? » demanda Mac.

Marcella souffla lentement. « Je ne sais pas si je peux faire confiance à tous les membres. Certains d'entre eux doivent être au courant des machinations d'Edwyn, surtout si beaucoup d'immobilier a changé de mains. J'ai quelques personnes en qui je sais que je peux avoir confiance. Si je peux contrecarrer Edwyn avant qu'il active la clavis demain, je crois que je peux découper la discorde de l'intérieur du Conclave. J'aimerais savoir combien de personnes Edwyn a rallié à son côté. Si cette transcription est correcte, il a recruté quelques métamorphes. »

« J'ai quelques personnes en qui j'ai une confiance implicite que je peux amener dans cet effort. Je pense que la meilleure façon d'arrêter Edwyn est de l'intercepter à la tour Coit. Nous pouvons surveiller la tour et l'attraper là-bas demain. Je n'ai pas de preuve, mais je crois qu'il travaille possiblement avec la meute du district de Sunset. »

« La meute de Sunset ? Je ne peux pas décider si je suis surprise ou non. L'alpha, Alphonse, est un séparatiste et xéno-phobe, donc je peux le voir vouloir chasser les humains. Mais j'ai du mal à l'imaginer travaillant avec Edwyn ou tout autre Mythique qui ne sont pas des métamorphes apex. »

Marcella et Mac formulèrent un plan pour arrêter Edwyn pendant que Sophie écoutait aux portes. Marcella informa Mac qu'Edwyn essaierait d'activer la clavis au sommet de la tour. L'air libre de la plate-forme d'observation donnait le meilleur accès à l'énergie des lignes de force. Ils étaient tous les deux d'accord qu'Edwyn ne risquerait pas d'attirer l'attention sur lui pendant les heures d'ouverture régulières, donc il se faufilerait dans l'installa-tion après qu'elle ait fermé pour la journée. Mac suggéra que la plupart de leurs alliés pourraient attendre dans les alcôves autour de l'observatoire, prêts à attraper Edwyn au moment où il émer-gerait de l'ascenseur. Marcella assura Mac que sa position au Conclave leur permettrait d'accéder à tout le bâtiment pour qu'ils puissent se mettre en place bien avant qu'Edwyn n'arrive.

Quand la serveuse déposa l'addition pour son repas, Sophie perdit le fil de la conversation. Ne voulant pas attirer l'attention sur elle, Sophie paya sa facture. Se levant, elle se promena dans le hall du restaurant, faisant semblant d'admirer les décorations avec quelques autres touristes. Elle voulait désespérément savoir ce que Mac et Marcella disaient mais craignait de compromettre sa couverture si elle retournait vers eux. Après quelques minutes, Mac et Marcella se serrèrent la main. Lentement, Sophie dériva vers la zone du bar du restaurant. Dans le miroir du bar, elle regarda Marcella se diriger vers la sortie. Sophie envoya un message rapide à Reggie lui faisant savoir que Marcella sortait, lui disant de la surveiller.

Sophie attendit quelques minutes et sortit du restaurant seule. Se glissant sur le siège passager de la voiture de Reggie, Sophie soupira de soulagement une fois qu'elle eut fermé la porte derrière elle. Elle n'était pas faite pour cette merde clandestine de cape et d'épée. Elle aurait beaucoup préféré employer l'approche directe de traquer Edwyn, lui donner un coup de poing dans la gorge et arracher la clavis de ses doigts encore tremblants.

« Comment ça s'est passé ? » demanda Reggie avec une excitation réprimée. Reggie avait l'air de vouloir se tortiller sur son siège d'enthousiasme. Apparemment, il était plus fan de ce truc d'espion qu'elle.

« Je pense que ça s'est bien passé. Marcella est dans le coup », Sophie allait en dire plus à Reggie quand leurs deux téléphones bipèrent simultanément avec un message entrant.

« C'est de Mac », annonça Reggie inutilement. « Il veut qu'on se retrouve chez lui. Il dit qu'on doit récupérer quelques objets pour demain. Qu'est-ce qui se passe demain ? »

« Je vais te mettre au courant », dit Sophie. « Assurons-nous que Mac arrive à sa voiture et prend la route en sécurité. Ensuite nous pourrons partir aussi. »

Sur le trajet vers chez Mac, Sophie récapitula la rencontre entre Marcella et Mac.

« Si Edwyn n'a besoin que d'aller à la tour Coit pour fermer le portail, pourquoi avait-il besoin de s'emparer de toutes ces propriétés le long de la ligne de force ? » demanda Sophie après avoir fini son récapitulatif.

« Je ne suis pas sûr. Ça pourrait être pour plusieurs raisons. Les Mythiques, surtout les Fae, possèdent beaucoup de propriétés le long de la ligne de force. Ils siphonnent le pouvoir de la ligne de force pour des sorts et autres. Il essaie peut-être simplement d'écarter les autres Mythiques de la source de leur magie pour être le Fae le plus puissant de la ville. Mais ce que je pense vraiment qui se passe c'est qu'il a besoin d'accès à la ligne de force pour alimenter le sort qu'il prévoit d'utiliser pour fermer le portail. Mais je ne fais que deviner puisque je ne connais pas grand-chose à la magie Fae », expliqua Reggie.

Suivant les directions de la voix métallique du programme de carte, Reggie tourna une rue trop tôt. Mac leur avait envoyé un message plus tôt pour leur faire savoir qu'ils devraient pouvoir se faufiler par la cour du voisin derrière sa maison. Il était ami avec les propriétaires, et ils avaient un petit portail dans la clôture entre leurs cours. Mac croyait que si quelqu'un surveillait sa maison, ils ne s'attendraient pas à ce que lui ou quelqu'un d'autre se faufile par l'arrière.

La curiosité de Sophie avait bouillonné d'excitation. Elle avait hâte de voir à quoi ressemblait la maison de Mac. Elle avait imaginé un désordre encombré, avec des murs couverts de photos d'identité de criminels avec de longs fils rouges les reliant. L'esthétique décorative d'un théoricien du complot mélangée au cauchemar d'un employé de bureau.

Reggie se gara dans une rue remplie de maisons unifamiliales serrées. En sortant de la voiture, Mac leur fit signe de venir vers un portail latéral d'une maison à deux étages couleur beurre doux.

« George et Anne ne sont probablement pas à la maison, donc nous n'avons pas à nous soucier de les déranger », les assura Mac quand ils regardèrent la maison avec inquiétude. Reggie et Sophie suivirent Mac le long d'un chemin pavé étroit à côté de la maison. Le chemin s'ouvrait sur une cour arrière de la taille d'un carnet d'allumettes. Ils traversèrent rapidement la cour, et Mac ouvrit le loquet d'un grand portail en bois. S'arrêtant à l'entrée, Mac tourna son nez vers le ciel et prit de longues respirations lentes. Du coin de l'œil, Sophie vit Reggie faire la même chose.

« Rien. Tu captes quelque chose, Reg ? » demanda Mac doucement. Reggie secoua la tête. Mac ouvrit légèrement le portail et jeta un coup d'œil par la fente pendant un moment avant de se glisser par l'ouverture. Reggie et Sophie le suivirent rapidement dans une autre petite cour. La cour arrière était fermée de tous côtés par une haute clôture d'intimité. Sophie passa devant une zone de gravier circulaire avec un foyer, entouré de chaises de style Adirondack. Elle regarda le foyer avec un peu d'envie. Ce serait l'endroit parfait pour savourer une bière fraîche et se réchauffer les pieds lors d'une nuit froide et brumeuse de San Francisco.

La maison était couverte de stuc crème et surmontée de tuiles de mission espagnoles couleur rouille. Reggie et Sophie se dépêchèrent de rattraper Mac, qui était à la porte arrière de la maison. Quand il déverrouilla la porte, il leva la main pour indiquer qu'ils devaient rester en arrière. Se pressant près de la porte entrouverte, il fit encore une fois son test d'odorat. Satisfait de ce que son nez détectait, il ouvrit la porte et ils le suivirent alors qu'il se glissait silencieusement à l'intérieur.

La porte arrière les mena dans une cuisine de style galère. La cuisine était petite mais nette comme un sou neuf. Sophie jeta un coup d'œil dans l'évier de ferme vintage s'attendant à le voir empilé de vaisselle sale, mais le bassin de porcelaine usé était vide. À part un grille-pain, une cafetière et un rouleau d'essuie-tout, les comptoirs étaient dépourvus de désordre.

Le sol était couvert de carrés de terre cuite entrecoupés de carreaux peints à la main brillants. Sophie admira la cuisine ; elle était vieille et usée, mais aussi remplie d'une chaleur et d'un charme d'antan. Elle pouvait imaginer une grand-mère douce et potelée passer des heures dans cette pièce, créant des délices délectables pour ses proches. Ça battait certainement les comptoirs en Formica ébréchés et les sols en linoléum fissurés de Sophie.

Alors que Sophie et Reggie suivaient Mac hors de la cuisine, le carrelage céda la place à des planchers de bois franc foncé. Le salon de Mac était net mais spartiate, les meubles lourds et fonctionnels. Se souvenant de la propreté impeccable que Mac maintenait dans sa voiture, Sophie réalisa qu'elle aurait dû savoir que sa maison serait pareille.

Ça m'apprendra à croire aux stéréotypes. Bien sûr, Mac ne vit pas dans un appartement de célibataire typique, pensa Sophie.

Plusieurs grandes affiches encadrées – la seule vraie décoration en vue – attirèrent les pieds de Sophie à travers le salon. Elle s'arrêta devant l'une des affiches avec « La Proie » en grandes lettres jaunes éclaboussées en haut d'une scène sombre de front de mer. Le visage angoissé d'un homme fixait à travers le titre du film. L'affiche suivante montrait un homme moustachu séduisant serrant une femme blonde tandis qu'un individu à l'air suspect dans un trench-coat brun regardait à distance. Sur un bloc de rouge, le titre du film disait « La Soif du mal ». Avant que Sophie puisse jeter un coup d'œil à la troisième affiche, Mac l'appela.

« Tu aimes les vieux films policiers en noir et blanc ? » demanda Sophie avec curiosité.

« J'adore le film noir. Des détectives endurcis tombant pour des femmes duplices, le tout enveloppé dans la fumée de cigarette et les ombres. Qu'est-ce qu'il n'y a pas à aimer ? » sourit Mac.

« Je peux voir pourquoi ça t'attirerait... » taquina Sophie. « C'est sur ça que tu as basé ton personnage de flic ? Je pourrais t'avoir un trench-coat pour compléter ton image de limier blasé et fataliste. Peut-être que j'achèterai un costume zoot pour pouvoir être ton ennemi gangster. Je ne pense pas que je pourrais jouer la femme fatale. On peut avoir des rencontres clandestines aux coins de rue sombres, planifier des braquages de bijoux, suivis de poursuites en voiture et de fusillades ! »

« Costume zoot ? Tu n'as jamais regardé aucun de ces films, n'est-ce pas ? Non, je te trouverai quelque chose de moulant à porter. Tu ferais une excellente femme fatale. » Mac rit.

« Tu m'as eue. J'ai vu de brefs extraits de quelques-uns d'entre eux, je suppose, mais je n'ai jamais vu aucun de ces vieux films en noir et blanc », avoua Sophie.

« Eh bien, il faudra qu'on remédie à ça. »

Sophie n'eut qu'un bref aperçu de quelques meubles en bois foncé et d'une couette bleu marine couvrant le lit de Mac alors qu'elle le suivait dans le dressing de la chambre. L'espace sentait faiblement le cologne de Mac, une sorte de parfum masculin boisé, qui donnait envie à Sophie de frotter son visage dans ses chemises habillées suspendues.

« Tiens ça, s'il te plaît », demanda Mac. Il posa un sac de sport vide dans les bras de Sophie avant de faire face au grand coffre-fort assis dans le coin arrière de son dressing. D'un mouvement rapide du poignet, Mac tourna le cadran et ouvrit la grande porte à l'air lourd. Il fit signe à Sophie de s'approcher et commença à laisser tomber des armes et divers appareils électroniques dans le sac de sport.

« C'est là que tu stockes les cadavres ? » demanda Sophie, jetant un coup d'œil théâtral dans le coffre-fort avec ses étagères et supports soigneusement organisés.

« Oh non, j'utilise le vide sanitaire pour ça », dit Mac, faisant rire Sophie. « Je ne suis pas un monstre. »

Elle adorait comme Mac était si vif d'esprit et ne se laissait jamais faire par ses conneries. C'était agréable de pouvoir tenir tête à quelqu'un et ne pas avoir à s'inquiéter des sentiments blessés ou des blagues prises trop au sérieux. De plus, Mac pouvait donner aussi bien qu'il pouvait recevoir.

Il ne lui fallut que quelques minutes pour remplir le sac de sport à sa satisfaction. Soulevant le sac des mains de Sophie, il le ferma et le passa sur son épaule. Il attrapa un second sac plus petit et le remplit de quelques vêtements de rechange. Sophie et Mac retournèrent au salon pour retrouver Reggie en train d'admirer les affiches de films.

« J'aime ta maison », dit Sophie à Mac, levant les yeux pour admirer les poutres apparentes foncées s'étendant au-dessus de son salon.

« Elle appartenait à mes grands-parents. Je ne pourrais pas me permettre une maison dans la ville si je ne l'avais pas héritée », ajouta-t-il modestement.

« Je vois que tu as une télévision », dit Sophie avec un sourire narquois, hochant la tête vers le grand écran plat, repensant à l'horreur de Mac que Sophie n'en possède pas.

« As-tu déjà vu *Le Faucon maltais* ? » demanda Mac. Quand Sophie secoua la tête, Mac claqua sa langue en signe de désapprobation. « Humphrey Bogart en Sam Spade, c'est Bogart à son meilleur. Faisons une soirée cinéma bientôt. »

« Ça a l'air amusant, Inspecteur Connard », dit Sophie avec une fausse assurance, ne voulant pas que Mac remarque le petit noyau de désir nerveux qui fleurissait en elle lorsqu'il lui adressait un large sourire. La sensation que Mac avait tiré sur un fil lâche à l'intérieur de sa cage thoracique laissait un étrange inconfort sous son sternum. Sophie ravala la sensation, la gardant pour plus tard afin de l'examiner quand elle serait seule.

« Voulez-vous vous retrouver chez moi ou chez Sophie ? » demanda Reggie, ne réalisant pas qu'il interrompait un moment chargé. « Je pense qu'on devrait aller chez Sophie. Personne ne penserait à te lier avec elle. »

« Je suis d'accord. Je dois appeler Ace et faire venir l'équipe là-bas avec les pouces d'Andrew », dit Mac, détournant le regard des yeux sombres de Sophie vers Reggie.

Sophie sourit quand elle vit Reggie frissonner à la mention des pouces. Avait-il oublié ce qu'il faisait dans la vie ?

CHAPITRE 20

*I*ls décidèrent de laisser la berline de Mac derrière et de prendre la voiture de Reggie pour aller chez Ma Tatin parce que Reggie était inquiet que quelqu'un puisse chercher le véhicule de Mac. Mac avait tenté de protester que tout ce subterfuge était exagéré, mais Sophie lui avait dit de se taire et de faire avec.

« Imagine comme Birdie sera contrariée si je laisse quelque chose t'arriver. Je n'en entendrai jamais la fin si tu te fais tuer ton cul stupide. C'est ce qui arrive quand tu laisses les gens se soucier de toi. Contente-toi du petit inconvénient de prendre ta sécurité au sérieux », sermonna Sophie à un Mac boudeur.

« Si Edwyn cherchait Sophie, que lui ferais-tu faire ? » demanda Reggie, ce qui sembla calmer Mac mieux que l'argument de Sophie.

Le reste du trajet vers chez Sophie fut complété dans une atmosphère de chamailleries bon enfant. Sophie et Mac tempérèrent tous deux leur niveau habituel de sarcasme en déférence à la nature plus douce de Reggie.

Alors que Sophie déverrouillait la porte de son appartement, elle se tourna vers eux et dit : « Hé, je veux prendre des nouvelles de Birdie. Je reviens tout de suite. »

« J'aimerais dire bonjour moi-même. Tu devrais venir rencontrer Birdie, Reggie. Elle est quelque chose d'autre », dit Mac.

Avec un soupir résigné, elle les conduisit à la porte de Birdie. Birdie poussa pratiquement Sophie de côté pour tirer Mac dans une étreinte serrée.

« Mac, mon doux garçon, comment vas-tu ? » dit Birdie, reculant pour tapoter l'épaule de Mac.

« Je vais bien, Miss Birdie. Comment allez-vous ? » demanda Mac gentiment, faisant rouler Sophie des yeux à Reggie.

« J'ai eu ma dose, donc je vais très bien. » Birdie gloussa. Le choc étouffé de Reggie attira l'attention de Birdie loin du large sourire de Mac.

« Miss Birdie, j'aimerais vous présenter notre ami Dr Reginald Didel », dit Mac, s'écartant pour que Birdie puisse s'approcher de Reggie.

« Birdie, c'est mon patron, alors s'il vous plaît ne faites rien pour me faire virer », avertit Sophie, seulement à moitié en plaisantant.

« Je ne le ferais jamais ! N'êtes-vous pas adorable ? Et docteur en plus, oh là là », dit Birdie, pinçant une des joues rondes de Reggie. « Et vous devez supporter Sophie tous les jours, vous pauvre chéri. Vous devez être un homme très patient. »

« Je ne vais plus vous présenter à aucun de mes amis si vous continuez à être méchante avec moi », avertit Sophie en plaisantant.

« Travailler avec Sophie est formidable. Rien que sa présence à la morgue égaie la journée de tout le monde », dit Reggie à Birdie sincèrement. Birdie roucoula sur la douce déclaration de Reggie tandis que Sophie se retrouvait à cligner rapidement des yeux, essayant de contenir la soudaine explosion d'émotion qui bouillonnait en elle.

« En parlant de présenter Birdie à plus de tes amis, Ace, Fitz et Amira sont là. Je vais les faire entrer », annonça Mac, regardant son téléphone.

Bientôt tout le monde était entassé dans le foyer inexistant de Birdie, se présentant à elle. Le groupe semblait être sur son meilleur comportement. Ace était même charmant, quelque chose dont Sophie n'était pas consciente qu'il était capable. Fitz était son habituel réservé, mais Sophie nota comme il traitait Birdie avec douceur. Et Amira prit immédiatement Birdie en affection. Quand ces deux-là commencèrent à chuchoter et glousser derrière leurs mains l'une à l'autre, Sophie se mit à transpirer nerveusement. Rien de bon ne pouvait sortir de leur entente.

« Aimeriez-vous tous un peu de thé ? » offrit Birdie.

« Peut-on avoir un report ? Nous avons des choses liées au travail que nous devons finir. Tu sais que j'adorerais normalement rester et partager une tasse de thé avec toi », dit Mac.

« Je te tiens à ça », avertit Birdie Mac.

« Hé les gars, je veux parler à Birdie une seconde, et puis je vous rejoins à l'appartement, d'accord ? » dit Sophie.

Tout le monde serra soigneusement la main de Birdie en lui faisant savoir combien ils avaient aimé la rencontrer. Quand Mac serra Birdie dans ses bras pour dire au revoir, elle le taquina pour avoir raté sa chance d'être son « toy boy », maintenant qu'elle avait Milton.

« Alors vraiment, comment s'est passée ta nuit avec Milton ? » demanda Sophie avec excitation une fois que la porte de son appartement se ferma derrière l'équipe.

« Une dame ne dit jamais », se déroba Birdie.

« Parfait, ça veut dire que tu peux tout me dire. » Sophie sourit narquoisement.

« Seulement si tu me dis ce qui se passe entre toi et ton inspecteur sexy », contra Birdie.

« Il ne se passe rien entre Mac et moi. »

« Mais tu veux qu'il se passe quelque chose. »

« Non. Je ne sais pas. C'est– »

« Si tu dis compliqué, je vais botter ton petit derrière », avertit Birdie avec un doigt levé.

Sophie souffla doucement, frustrée. « Je ne sais pas si c'est une bonne idée. Mais... il y a quelque chose là, tu sais ? Il a mentionné peut-être avoir une soirée cinéma ensemble bientôt. »

« Ma fille, je n'aurais jamais pensé que tu serais une poule mouillée. Tu vas le regretter si tu n'essaies pas au moins de voir s'il y a plus entre vous que des réparties. »

« Tu as raison. Je dois prendre ma tête de chieuse », dit Sophie.

« Ta tête de chieuse ? Qu'est-ce que c'est que ça ? » caqueta Birdie.

« C'est quelque chose qu'Amira dit. C'est mieux que « prendre ses couilles », tu ne penses pas ? » demanda Sophie, ses lèvres se courbant en un sourire espiègle.

« Bon point », renifla Birdie. « Très bien, ma chérie. Va prendre tête de chieuse. »

« Je vais essayer, Birdie. »

« Au fait, je suis ravie que tu te fasses de nouveaux amis. Je commençais à m'inquiéter pour toi. Une jeune femme ne devrait pas avoir une vieille dame et un barman bourru comme seuls amis », sermonna Birdie doucement.

« Hé, ne te sous-estime pas. N'importe qui aurait de la chance de t'avoir comme amie. Je suis contente de m'être liée d'amitié avec mes collègues, mais tu seras toujours ma meilleure amie. »

« Très bien, Sophie, charmeuse. Va traîner avec tes amis », dit Birdie, poussant doucement Sophie vers la porte. « Tu veux venir plus tard et profiter d'une télé de mauvais goût avec moi ? »

« Bien sûr ! Plus c'est de mauvais goût, mieux c'est. » Sophie sourit, avant d'entrer dans son appartement pour voir que tout le monde s'était mis à l'aise. Elle réalisa qu'elle avait besoin d'avoir plus de meubles si elle continuait à traîner avec ses collègues.

Mac était assis à sa table de cuisine, jouant avec un téléphone.

« Ça a marché. Je suis dedans », annonça Mac, ses mots attirant Sophie à ses côtés.

S'asseyant à côté de lui, elle se plaignit : « Tu as laissé les pouces d'un mort sur la table où je mange. »

« Tu découpes des morts cinq jours par semaine. Arrête de pleurnicher », grogna Mac, ne levant pas les yeux de l'écran devant lui.

« Oui, mais je ne le fais pas sur la même surface où je mange, connard », protesta Sophie. Entrant dans sa cuisine, elle attrapa un contenant de lingettes désinfectantes et le posa devant Mac avec attente.

« D'accord », grogna Mac, mettant les pouces dans un sac, maintenant qu'il avait accès au téléphone, et donnant à la table un coup de chiffon superficiel.

« Quelque chose d'utile sur le téléphone ? » appela Reggie du salon.

« Pas vraiment. Rien que nous ne savions pas déjà », dit Mac. « Il semble qu'Andrew n'était que de la main-d'œuvre louée. J'espérais qu'on pourrait le lier à une meute de métamorphes spécifique, mais pas de chance. »

Pendant que Mac continuait à faire défiler le téléphone d'Andrew, il mit tout le monde au courant du plan pour le lendemain.

« Nous sommes là en renfort. Les gens de Marcella seront au sommet de la tour en attendant qu'Edwyn se montre. Ace et Amira, je vous veux positionnés près de la base, cachés près de l'entrée des escaliers Filbert Street. Fitz et Reggie, vous deux serez de l'autre côté de la tour. Nous resterons en contact constant via nos téléphones », déclara Mac.

« Où serai-je ? » demanda Sophie.

« Euh... à la maison, probablement », dit Mac lentement, évitant pointedly de regarder dans la direction de Sophie.

« Et puis merde. Tu ne me laisses pas derrière », dit Sophie, en se penchant en avant sur sa chaise, forçant Mac à la regarder en face.

« Ces gens sont dangereux, Sophie », aboya Mac.

« J'en suis consciente, tête de nœud ! J'ai vu ce qu'ils peuvent faire. Je sais mieux que toi de quoi ils sont capables. C'est pourquoi j'y vais. Je sais à quoi ressemble Edwyn. Je sais à quoi ressemble Dimitri. Tu ne me laisses pas derrière. »

« Ils ne sont pas humains. Tu l'es. Ils vont être plus rapides que toi, plus forts, avoir des pouvoirs magiques. Peu importe à quel point tu es coriace en tant qu'humaine, tu n'es *qu'humaine*. » Mac se leva, se penchant par-dessus la table, rapprochant son visage de celui de Sophie.

Penche-toi un peu plus près pour que je puisse te frapper ton gros visage stupide, pensa Sophie avec colère, blessée et un peu trahie par le manque de foi de Mac en elle.

« Je ne prévois pas d'essayer de me battre avec qui que ce soit, espèce d'idiot. Je peux surveiller et rester à l'écart comme tout le monde. Je ne vais pas putain de rester à la maison et juste espérer que vous allez tous bien. Tu peux sortir cette pensée de ta jolie petite tête. J'y vais, et il n'y a rien que tu puisses faire pour m'arrêter. Nous sommes une équipe, nous tous, et nous restons putain ensemble », gronda Sophie en retour, se levant et se rapprochant encore plus du visage de Mac.

Mac leva les mains en frustration, ayant l'air de vouloir s'arracher les cheveux. « Imagine ce que Birdie ressentira si tu es blessée. C'est ce qui arrive quand tu laisses les gens se soucier de toi. On s'en fout de ta sécurité. Alors, tu n'as qu'à faire avec le petit inconvénient de te garder en sécurité. Ça te dit quelque chose ? »

« Peut-être qu'on pourrait la mettre dans un véhicule sur le parking ? Ils penseront juste que c'est un humain normal, et si les choses tournent mal, elle peut s'échapper dans la voiture. Ils ne vont pas faire attention à un seul humain », suggéra Fitz de son perchoir sur le canapé-lit de Sophie.

Mac se tourna vers Fitz, ayant l'air de vouloir lui arracher la tête.

« Bonne idée, Fitz. C'est exactement ce qu'on va faire », annonça Sophie, ramenant l'attention de Mac sur elle. « Je vais m'asseoir sur le parking, avec une arme ou deux de ton sac de sport à portée de main. Je vais rester dans la voiture comme une gentille fille et juste surveiller les méchants. »

Mac grogna, ses yeux bleus brillant de colère. Sophie pouvait presque voir le côté animal de Mac transparaître. Regarder dans ses yeux bleu acier donnait l'impression de regarder dans un glacier.

« Tu parles d'une gentille fille ! », grogna-t-il.

« Essaies-tu de m'intimider ? » renifla Sophie, faisant semblant que ça ne marchait pas juste un petit peu. Le prédateur en Mac avait l'air prêt à bondir et à déchirer la chair avec ses griffes et ses dents.

« Je n'essaie pas de t'intimider ! » s'exclama Mac avec irritation. Prenant une respiration lente, Mac refrena visiblement sa colère, un masque calme glissant sur son visage. « Puis-je te parler seul à seule une minute ? »

Sophie conduisit Mac à sa chambre dans un mouvement d'humeur. Quand elle ferma la porte, Mac s'appuya contre elle, bloquant son seul moyen d'évasion à moins que Sophie ne soit prête à se jeter par la seule fenêtre de chambre à côté de son placard.

« Bon », dit Sophie. « Qu'avais-tu besoin de me dire que tu ne pouvais pas dire devant les autres ? »

« Sophie, comment puis-je te faire rester ici, loin du danger ? Je ne veux pas que tu te mettes en danger. »

« Je ne veux pas non plus que vous vous mettiez en danger, mais nous n'avons pas beaucoup le choix. Pourquoi c'est bon pour tout le monde sauf moi ? Et n'ose pas putain de dire que c'est parce que je suis humaine. »

« Bon sang, diablesse. » Mac soupira. « C'est parce que je tiens à toi. Je ne veux pas risquer de te perdre. Tu es importante pour moi. »

« Tu es important pour moi aussi. C'est pourquoi je dois être là. Tu ne peux pas me demander de rester à la maison », dit Sophie, mettant ses mains sur ses hanches dans une posture défiant.

Mac commença à faire les cent pas dans sa petite chambre. Il n'y avait que quelques pieds d'espace de marche autour du périmètre du lit de Sophie, et Mac semblait remplir tout l'espace disponible. Il arpenta autour du pied de son lit, s'arrêta devant sa table de nuit, puis pivota sur un pied pour faire son chemin agité de retour à la porte de sa chambre. Sophie grimpa sur son lit, hors du chemin de son parcours, pour le laisser travailler à travers son agitation. Elle regarda alors qu'il rôdait autour de sa chambre comme un lion captif testant les limites de sa cage.

« Hé, je t'ai acheté quelque chose », interrompit Sophie.

« Tu m'as acheté quelque chose ? » répéta Mac avec perplexité alors que Sophie ramassait un paquet emballé de brun sur sa table de nuit.

« Ouais, j'attendais le bon moment pour te le donner. Tiens, ouvre-le », dit Sophie, offrant l'objet. Le prenant, Mac s'assit près de ses pieds sur la courtepointe patchwork, fixant sans voir le paquet dans ses mains pendant un moment. « Ouvre-le », incita Sophie.

Déchirant le papier brun, Mac fixa le livre intitulé *The Wild and Weird History of the City by the Bay*. Il traça lentement son doigt sur le titre, puis retourna le livre pour lire la quatrième de couverture.

« Je sais que tu aimes l'histoire. Alors, j'ai emmené Birdie à cette librairie dont tu m'as parlé, City Lights », expliqua Sophie.

« Soph... Merci. C'est... ça signifie beaucoup pour moi », dit Mac doucement, levant les yeux du livre pour la regarder.

« Tu ne l'as pas lu avant, n'est-ce pas ? » demanda Sophie, essayant de comprendre le regard dans ses yeux.

« Non, je ne l'ai pas lu. Qu'as-tu pensé de City Lights ? »

« Je l'ai adoré. Au début, ça semblait une librairie ordinaire. Mais en nous promenant, ce sens de l'histoire imprégnait tout l'endroit, suintant de chaque coin. C'était comme j'imagine qu'un café à Paris pendant la Résistance française devait se sentir. Je ne sais pas comment l'expliquer, comme si les idées étaient prêtes à prendre leur envol, une révolution de la pensée. Chaque livre là-bas une porte vers le changement. C'était juste un peu magique. » Sophie fixa le livre dans les mains de Mac, essayant de capturer comment la librairie s'était sentie avec des mots inadéquats.

Levant les yeux des mains de Mac, le souffle de Sophie se coinça dans sa gorge en voyant la chaleur dans ses yeux. Son esprit errait encore dans une librairie lointaine, et il lui fallut un moment figé et sans souffle pour réaliser ce qui se passait. La dernière chose que Sophie vit avant de fermer les yeux fut les yeux bleu océan de Mac crépitant d'électricité silencieuse. Ses lèvres effleurèrent les siennes douces comme un papillon. Une fois. Deux fois. Le contact pinça les cordes de guitare dans son cœur, tirant un chœur de son remontant dans la gorge de Sophie, se terminant par un gémissement bas glissant doucement hors de sa bouche.

Quand Mac sépara ses lèvres avec les siennes, le désir lâcha sa laisse et vint rugir à travers son corps. Sans pensée consciente, les mains de Sophie trouvèrent leur chemin vers la mâchoire de Mac, les doigts caressant doucement ses poils. Les brins piquants de poils faciaux bourdonnaient de sensation dans ses doigts. Suivant le contour de sa mâchoire angulaire, Sophie enfonça ses doigts dans les cheveux ébouriffés de Mac.

La bouche de Mac se retira légèrement de la sienne, s'accrochant un moment en chuchotant son nom. Sophie l'attira de nouveau avec l'invitation pulpeuse de ses lèvres. Se tournant sur le matelas, elle commençait à grimper sur ses genoux quand les voix élevées d'Amira et Ace pénétrèrent dans la conscience de Sophie.

Se retirant avec un halètement, Sophie fut momentanément suspendue entre les désirs conflictuels de vouloir se retirer et avoir besoin de s'accrocher à Mac et ne pas le lâcher. Elle n'avait pas réalisé que sa peau était si affamée de contact jusqu'à ce que Mac retire ses mains de sa taille.

« Sophie, je– » Mac commença à dire, mais les voix querelleuses d'Ace et Amira interrompirent de nouveau, lui faisant jeter un regard sale à la porte. Il appuya son front contre celui de Sophie, roulant sa tête doucement contre la sienne, ses yeux brillants fixant les siens.

« Ce n'est pas le moment. Mais... nous avons des choses dont nous devons parler. À propos de nous. Une fois qu'on aura passé demain, je veux du temps seul. Je les aime bien », dit Mac, hochant la tête vers le salon, « mais nous avons besoin de temps pour comprendre ce que nous voulons être l'un pour l'autre sans public. »

Submergée d'émotions conflictuelles, Sophie ne put que hocher la tête en accord. Se levant, Mac se tourna vers la fenêtre de sa chambre et laissa échapper une longue respiration comme s'il essayait de souffler sa luxure contrariée et son agacement à l'interruption.

Sophie ne pouvait pas croire qu'elle avait oublié ses amis, qui n'étaient qu'à quelques pas. Seule une fine porte en aggloméré les séparait de la découverte. L'aidant à se mettre debout, Mac conduisit Sophie à travers sa chambre. Avant d'ouvrir la porte, il se pencha et déposa un autre baiser papillon sur ses lèvres.

« Bientôt », promit-il, serrant le livre contre sa poitrine.

Vingt minutes plus tard, Mac râlait encore sur la participation de Sophie au plan du lendemain mais semblait résigné quand lui, Reggie, Ace et Fitz se préparèrent à partir.

« Tu viens ? » demanda Reggie quand il réalisa qu'Amira était encore affalée sur le canapé-lit de Sophie.

« Non, nous avons prévu du temps entre filles », annonça

Amira, sortant une bouteille de vin de son sac de créateur et la brandissant triomphalement.

Reggie leur rappela qu'elles devaient encore travailler plus tard cette nuit-là, alors elles promirent toutes les deux de ne pas abuser.

« Il y a largement le temps d'avoir un peu de vin et de dormir avant le travail », assura Amira Reggie.

Alors que Sophie et Amira escortaient les garçons dehors, Moe sortit la tête de son appartement du premier étage.

« Qui sont ces gens ? » ricana Moe.

« Juste quelques amis. Ce ne sont pas tes affaires, Moe », répondit Sophie avec un froncement de sourcils.

« Tu as des amis ? Je n'y crois pas. Qu'est-ce que tous ces gens font vraiment ici ? »

« Tu as raison, Moe. On tournait un porno dans mon appartement », taquina Sophie avec un large sourire.

« Elle, je peux le croire », dit Moe pointant un doigt vers Amira, « mais personne ne veut *te* voir en action. »

« Ce n'est pas ce que ton père a dit la nuit dernière », répliqua Sophie.

Elle tourna le dos à un Moe bafouillant pour finir d'accompagner ses amis au perron.

« Qui c'est ce putain de type ? » gronda Mac dans l'oreille de Sophie, jetant un coup d'œil en arrière au visage rouge de Moe. Le regard sur le visage de Mac disait qu'il imaginait le meurtre de Moe.

« Mon propriétaire, Moe. Il est inoffensif. Ignore-le juste », l'assura Sophie. « Il aime se chamailler avec moi. Il ne se rend pas compte que je le remballe à chaque fois. »

« Je ne peux pas décider si je suis flattée ou offensée », murmura Amira.

« Tu peux ressentir les deux à la fois », suggéra Sophie.

Après que les gars furent partis, Sophie suggéra qu'elles incluent Birdie dans leur temps de liaison féminine. Se dirigeant vers la porte de Birdie, elle fut heureuse d'avoir de la compagnie. Pendant qu'elles regardaient de la télévision ringarde et faisaient des commentaires riants, Sophie sentait que son âme flottait légèrement au-dessus de son corps, retenue par le plus faible fil de soie. Tant de pensées tourbillonnaient dans son esprit ; elles se sentaient comme des particules de poussière prises dans un ventilateur, ne lui permettant guère de se concentrer sur la bagarre à l'écran. Ses pensées et son esprit continuaient à la pousser à chercher Mac.

Des fissures étaient apparues dans la digue que Sophie avait construite autour de son cœur – le mortier créé à partir de fierté et d'auto-préservation – prête à voler en éclats au moindre contact de Mac.

CHAPITRE 21

« *C*ertaines bandes de super-héros ont des jets, des quartiers généraux sur des vaisseaux spatiaux, peut-être un yacht, mais non... Pas nous. On a le minivan de ta sœur comme notre moyen de transport officiel. » Amira rit de son siège à l'arrière du van.

« Je pensais que tu allais nettoyer le minivan pour ta sœur en remerciement ? » dit Sophie de son siège passager.

« Je l'ai fait », dit Mac avec un sourire. « Avec trois enfants de moins de huit ans, j'imagine que mes nièces et neveu ont effacé tout mon dur labeur dans l'heure qui a suivi le retour de la voiture de Miranda. »

S'engageant sur le boulevard doucement courbé de Telegraph Hill, la tour Coit apparut haut au-dessus de la canopée des arbres environnants. La tour élancée et cannelée faite de béton blanc était assise sur l'un des plus hauts pics de San Francisco, la faisant ressortir de la zone environnante comme une sentinelle solitaire montant la garde sur la baie.

« As-tu déjà visité la tour ? » demanda Mac.

« Non, en tout le temps que j'ai vécu ici, je n'ai jamais visité.

Aussi souvent que j'ai vu la tour Coit au-dessus du paysage urbain, il ne m'est jamais venu à l'esprit de la visiter. » Sophie haussa les épaules. « Je ne sais pas pourquoi. »

« J'ai visité il y a très longtemps, dans mon adolescence lors d'une sortie scolaire. Les peintures murales peintes à l'intérieur sont plutôt cool. De plus, le sommet de la tour est une arcade en plein air avec des vues sur toute la ville et la baie. Tu vois ces arches découpées ? Tu peux te promener au sommet et voir toute la ville de là-haut. »

Mac gara le van dans un petit parking rond près de la base de la tour. Sophie plissa les yeux vers la statue au centre du parking. C'était un homme debout, cape au vent, tenant un morceau de papier ou un chiffon dans une main.

« Qui c'est ? » demanda Sophie, pointant vers la statue à la teinte verdâtre dominant le parking.

« Christophe Colomb, si je me souviens bien », dit Reggie.

« Qu'est-ce que Christophe Colomb a à voir avec la tour Coit ? » demanda Sophie avec curiosité.

« Aucune idée. Colomb n'a même jamais mis le pied de ce côté du continent », dit Mac en secouant la tête.

Se blindant les nerfs, Sophie détourna son attention de la statue. Mac gara le minivan dans une place face à l'opposé de Colomb. Jetant un coup d'œil par la fenêtre avant, Sophie vit qu'ils étaient pointés vers l'extérieur vers la vue donnant sur la baie.

« Combien de temps avant que Marcella et ses gens arrivent ? » demanda Sophie.

Mac regarda sa montre. « Environ quarante-cinq minutes. Familiarisons-nous avec la zone avant que la tour ferme. »

Sortant du véhicule, Sophie marcha vers la clôture encerclant le parking rond. La colline sur laquelle ils étaient était si haute au-dessus de la baie que, par une journée claire, Sophie pourrait voir Oakland de l'autre côté de l'eau. Si la vue était si fantastique du sol, Sophie ne pouvait pas imaginer comme la vue du sommet de la tour de deux cents pieds de haut serait bonne.

Malgré le brouillard dense assis sur la ville, Sophie pouvait voir l'île d'Alcatraz flottant dans la baie comme un nénuphar solitaire sur l'eau indigo. Mac rappela Sophie au minivan, la tirant de sa rêverie.

Il commença à distribuer l'équipement et les radios qui permettraient à tout le monde de s'entendre. Plaçant la petite oreillette dans son oreille et la radio dans la poche de sa veste, Sophie écouta pendant que tout le monde faisait un test de micro.

Suivant Mac, le groupe se promena dans le paysage soigné entourant la base de la tour Coit, ressemblant à n'importe quel autre groupe de touristes se promenant. Mac indiqua où il voulait que chacun se positionne une fois que Marcella arriverait. Même avec la tour fermant dans moins d'une heure, le parc entourant la structure grouillait de touristes. Ils rampaient partout dans la zone comme des fourmis sur une carcasse. Au moins la ligne de gens attendant de prendre l'ascenseur au sommet de la tour avait commencé à diminuer alors que l'heure de fermeture approchait.

Une fois qu'ils eurent fini de repérer la zone environnante, tout le monde prit ses positions assignées.

Mac tira Sophie à côté du minivan. « Sois prudente, d'accord ? Ne fais rien de stupide. Si tu essaies de jouer les héros, tu vas probablement être blessée. Ce sont des métamorphes et des Fae puissants. As-tu le taser que je t'ai donné ? »

Sophie tapota sa poche, où le taser reposait. « Je vais rester en sécurité et à l'écart. Mais tu dois promettre d'essayer de rester en sécurité aussi, d'accord ? Tu ferais mieux de ne pas être blessé. »

« Je ferai de mon mieux pour être en sécurité, je promets. »

« Si tu es blessé ou pire, je vais te botter le cul si fort », avertit Sophie, faisant rire Mac. Il se pencha et déposa un baiser doux et fugace contre ses lèvres.

« D'accord, alors. Je dois me diriger vers l'entrée pour attendre Marcella et ses gens », dit Mac. Quand Sophie hocha la tête pour montrer sa compréhension, il serra sa main puis se tourna vers l'entrée, murmurant quelque chose dans le canal radio.

Sophie resta perdue un bref moment, fixant Mac comme une jeune fille amoureuse regardant son marin partir en mer. Elle se ressaisit, s'appelant intérieurement toutes sortes de noms, et prit sa position près de la clôture surplombant la baie.

C'était facile de se fondre avec les autres touristes admirant la vue de la ville, malgré leurs nombres qui diminuaient. Après trente minutes à faire semblant de prendre des photos de la zone avec son téléphone, Sophie entendit la voix de Reggie chuchoter dans son oreille : « Deux voitures se garent sur le parking. Une ressemble au même véhicule que Marcella conduisait chez Buck's. »

Se promenant pour se tenir devant la statue de Christophe Colomb, Sophie regarda Marcella et sept autres personnes sortir de leurs voitures et se diriger vers l'entrée. Sophie était contente d'avoir pensé à porter des lunettes de soleil pour pouvoir déguiser son regard intentionnel. Faisant semblant de lire la plaque à la base de la statue, Sophie regarda Mac saluer Marcella. Après lui avoir serré la main, il appela Reggie, Fitz, Ace et Amira pour rencontrer tout le monde.

Se concentrant sur son oreillette, Sophie écouta Mac présenter ses amis. Il expliqua qu'ils étaient l'équipe qui surveillerait la zone environnante pour des problèmes potentiels et agirait comme renfort au cas où les choses tourneraient mal.

Sophie retourna au minivan, faisant semblant qu'elle se préparait à partir avec les derniers touristes traînards. Elle regarda Mac, Marcella et son équipe entrer dans l'entrée du bâtiment pendant que le reste de ses amis se fondaient dans le feuillage environnant.

« As-tu une idée de combien de personnes Edwyn amènera

avec lui ce soir ? » entendit Sophie Mac demander à Marcella par son oreillette.

« Nous ne croyons pas qu'il amènera beaucoup de partisans. Il ne devrait pas nous attendre. Il n'est pas assez fou pour amener un grand groupe et risquer d'alerter le grand public », répondit Marcella, la confiance résonnant dans sa voix.

Tambourinant ses doigts sur le volant de la voiture, Sophie écouta Mac mettre tout le monde en position à l'intérieur de la tour. Elle détestait devoir rester assise sur son cul et rester à l'écart.

Ça craint. Ils me traitent comme si j'étais faite de verre, pensa Sophie.

Bientôt, tout le bavardage tomba silencieux sur le canal radio. Alors que le ciel commençait à s'assombrir et que le brouillard commençait à s'installer plus profondément sur la ville, Sophie se recroquevilla sur son siège pour attendre avec un soupir défait.

Une quantité de temps interminable plus tard, passée à fixer intensément l'entrée du parking, Sophie repéra finalement un faisceau brillant de phares qui approchaient.

« Je crois qu'une voiture se gare sur le parking », annonça Sophie sur le canal ouvert.

Un chœur de confirmations chuchotées vint de Mac, Reggie et le reste de l'équipe.

« Attends. C'est plus d'un véhicule », dit Sophie urgemment. Se recroquevillant plus loin dans sa chaise, Sophie regarda une petite caravane de véhicules se garer sur le parking. « Merde. C'est cinq voitures. »

« Peux-tu dire combien de personnes Edwyn a avec lui ? » demanda Mac urgemment.

Alors que chaque voiture se vidait de ses passagers, Sophie fit de son mieux pour les compter.

« C'est environ quinze personnes », chuchota Sophie, jetant soigneusement un coup d'œil au-dessus du bord de la vitre de la voiture.

« Merde. Vois-tu Edwyn ? » La voix urgente de Mac crépita dans l'oreille de Sophie.

Sophie regarda Edwyn commencer à se diriger vers l'entrée de la tour. Il était impossible de se tromper sur l'homme au visage mince avec sa tête de cheveux blond cendré soigneusement sculptée. Même de sa cachette, Sophie pouvait sentir la fausse chaleur de sa façade charmante. Elle frissonna légèrement, se souvenant de ce qui se cachait sous son masque.

« Oui, il est là. Ils se dirigent vers l'entrée de la tour maintenant », avertit Sophie.

« D'accord, nouveau plan », annonça Mac. « Une fois qu'Edwyn entrera dans le bâtiment, je veux que Reggie, Fitz, Ace et Amira le suivent et se faufilent derrière lui. Assurez-vous de garder l'élément de surprise. Ayez vos armes prêtes, et soyez prêts à les utiliser. Vous avez compris les gars ? »

Sophie écouta ses amis confirmer doucement leurs ordres.

« Y a-t-il quelque chose que je puisse faire pour aider ? » plaida Sophie.

« Garde juste un œil pour plus d'ennuis. Tu es notre seul guetteur maintenant », dit Mac.

Sophie regarda ses amis émerger de leurs cachettes pour se diriger vers les larges escaliers de ciment et dans l'entrée cachée entre deux colonnes épaisses.

Le pouls s'accélérant, Sophie regarda la tour et écouta son oreillette. Elle boucha son oreille gauche avec un doigt pour pouvoir concentrer tous ses sens sur les bruits doux venant par son récepteur. Principalement les sons semblaient être des instructions doucement chuchotées et le frottement de vêtements contre les micros.

Un cri soudain dans son oreillette la fit sursauter si haut sur son siège que Sophie faillit se cogner la tête contre le rétroviseur. Plus de cris et de grognements commencèrent à filtrer par les micros. Il y avait tant de couches de son venant par l'oreillette, Sophie ne pouvait séparer aucune personne de la cacophonie.

L'explosion d'un coup de feu fit crier Sophie, puis claquer sa main sur sa bouche pour étouffer le son. Ouvrant sa porte et sortant à moitié de la voiture, avec un pied sur le pavé et l'autre encore dans le véhicule, Sophie fixa vers le sommet de la tour couverte de brouillard avec horreur. La peur pour ses amis la tenait immobile, la remplissant d'incertitude sur quoi faire. Un changement dans le brouillard révéla le sommet de la tour pour un bref moment. Contre le ciel assombri, des lumières vacillantes, ressemblant vaguement à des arcs d'électricité, jaillissaient de l'intérieur de l'ouverture du bâtiment. Elle voulait appeler dans le canal ouvert et demander si tout le monde allait bien, mais avait peur de distraire ses amis quand ils avaient besoin de toute leur concentration.

Un cri horrible et gargouillant filtra dans les oreilles de Sophie. Cela la fit bouger plus loin hors de la voiture, faisant un pas plus près de la tour. L'indécision et la terreur pour ses amis se battaient dans son esprit, la laissant hésitante sur la conduite à tenir.

« Freeze ! Les mains en l'air ! C'est la police ! » Une voix masculine profonde beugla de sa gauche.

Tournant la tête, elle reconnut instantanément les détectives de la nuit où elle avait fait l'autopsie sur le vampire Montgomery.

« Que faites-vous ici ? Cette zone est fermée pour la nuit. Vous êtes en violation de propriété ! » beugla le détective hispanique. Alors que Sophie levait lentement les mains au-dessus de sa tête, elle se creusa la cervelle, essayant de se souvenir de son nom.

Hernandez. Et l'autre était Lancaster.

« Détective Hernandez, Détective Lancaster. Bonsoir », salua Sophie fort, espérant que ses amis pouvaient l'entendre dans leurs oreillettes.

« Comment connaissez-vous nos noms ? » demanda Lancaster, sortant son arme de son étui et la pointant vers la poitrine de Sophie.

« Attendez... Je la reconnais. On l'a vue avant. Comment on vous connaît ? » grogna Hernandez.

« Euh, je travaille à la morgue. On s'est rencontrés une fois. »

« Que faites-vous ici ? » demanda Hernandez.

« Je visitais la tour. J'étais sur le point de partir quand j'ai pensé avoir entendu quelque chose de bizarre. Je suis contente que vous soyez là ; je pense que des adolescents se sont faufilés dans la tour pour faire une fête ou quelque chose. Vous devriez aller vérifier. Assurez-vous qu'ils ne vandalisent pas les peintures murales ou quoi que ce soit », dit Sophie, espérant qu'ils achètent ses mensonges.

« Débarrasse-toi d'elle juste. Edwyn ne veut personne interférant avec ses plans. C'est juste une humaine », dit Lancaster à Hernandez.

« Quoi ? Ce ne sera pas nécessaire. Je vais juste partir », plaida Sophie.

Quand Hernandez pointa une arme vers Sophie, elle souhaita soudain avoir un gilet pare-balles. Alors qu'il remontait l'arme pour la pointer vers son visage, elle réalisa que c'était trop demander d'espérer qu'il viserait le torse.

Un rugissement tonitruant fit tomber Sophie à genoux et se couvrir la tête avec ses bras. Jetant un coup d'œil entre ses avant-bras, elle vit un flou de mouvement frapper les détectives alors qu'ils se tournaient choqués vers le bruit. Le son d'un coup de feu la fit se baisser de nouveau, mais heureusement, elle resta indemne.

Une créature frappa les détectives comme une boule de bowling géante fracassant des quilles, les projetant dans les airs. Sophie commença à reculer en crabe, tentant de ramper loin sans être remarquée. Alors qu'elle regardait, l'énorme créature affreuse attrapa un Hernandez hurlant du pavé. Avec une torsion craquante de ses mains, les cris d'Hernandez s'arrêtèrent comme un interrupteur. Lancaster essayait de s'éloigner du monstre sur ses avant-bras, traînant une jambe derrière lui. La créature géante à la chair pâle bondit vers Lancaster, marchant sur son dos. Pendant que Lancaster gargouillait des supplications de pitié, la bête tordit son cou comme un poulet préparé pour le dîner.

Le monstre laissa négligemment tomber le cadavre brisé de Lancaster et se tourna vers Sophie. Elle était figée en place sur ses mains et genoux dans le parking.

La créature géante avait une peau pâle teintée de verdâtre avec des volutes de ce qui semblait être de la peinture de guerre brune décorant sa poitrine et ses épaules. Les yeux de Sophie ne savaient pas où se poser, puisqu'il y avait beaucoup de peau exposée. Le monstre semblait ne porter qu'un pagne blindé élaboré. Le regard de Sophie remonta au-delà des plaques massives de muscle couvrant la poitrine du monstre vers son visage hideux. De petits yeux perçants la fixaient sous un front proéminent, baissé dans un froncement permanent. Deux grandes défenses pointues jaillissaient de sa mâchoire inférieure.

Quand le monstre fit un autre pas vers Sophie, son cerveau s'engagea finalement, et elle commença à se démener pour se mettre debout dans une tentative futile d'échapper.

« Sophie ! Ça va ? » demanda une voix familière.

« Quoi– » commença à dire Sophie, mais son esprit se coinça et voltigea autour de son crâne comme un papillon piégé dans une fenêtre de verre, la rendant muette.

« Sophie, c'est moi, Burg. Ça va ? » demanda le monstre de la voix de Burg.

« Burg ? » répéta Sophie stupidement.

« Ouais, c'est Burg. Ces types t'ont fait du mal ? » demanda le monstre de dix pieds devant elle.

« Burg ? »

« Sophie ! Ressaisis-toi. C'est ma vraie forme d'ogre », dit Burg.

Sophie fixa silencieusement le monstre de dix pieds devant

elle, son cerveau essayant vaillamment de combattre la dissonance de son ami et du monstre.

« Que fais-tu ici, Burg ? » demanda finalement Sophie.

« Hier, Mac et Reggie sont passés au bar et m'ont demandé de garder un œil sur toi au cas où les choses tourneraient mal. On dirait qu'elles ont mal tourné », dit Burg avec un haussement d'épaules.

« Burg ! Les gars ! » s'exclama Sophie, le choc de se retrouver face à face avec un ogre soudain remplacé par la peur pour ses amis.

Cherchant rapidement au sol, Sophie trouva la radio où elle était tombée de sa main. Appelant dans le microphone, elle écouta intensément, mais n'obtint pas de réponse de personne. Secouant l'appareil, Sophie ne pouvait pas dire s'il avait été cassé pendant la bagarre ou si tout le monde était trop occupé pour répondre à son appel.

« Je pense qu'ils pourraient avoir des ennuis, Burg. On doit aller les aider », dit Sophie.

« Je pense que tu as raison. Les méchants se sont montrés avec beaucoup plus de monde que Mac pensait qu'ils amèneraient. Allez. Occupons-nous de ça avant que quelqu'un soit blessé », dit Burg, se tournant vers la tour.

« Devrait-on monter les escaliers ? Je ne veux pas que l'ascenseur annonce notre présence », dit Sophie, regardant la tour avec appréhension, s'imaginant mentalement s'évanouir d'épuisement dans les escaliers à mi-chemin du sommet.

« Non, j'ai une meilleure idée. » Sophie se dépêcha de suivre sa longue foulée lourde alors qu'il se tournait et se dépêchait vers la tour.

« Qu'est-ce qu'on va faire ? » demanda-t-elle essoufflée.

« On va grimper », dit Burg avec un air confiant.

« Grimper ? Tu veux dire les escaliers ? »

« Non, je veux dire la tour », dit Burg, pointant le côté de la tour élancée et étroite s'élevant au-dessus d'eux.

« Je ne peux pas grimper ça. »

« Mais moi je peux. Tu n'as qu'à t'accrocher à moi. »

« Tu fais dix pieds de haut et pèses probablement une tonne. Comment vas-tu grimper la tour ? Toute la surface semble lisse. Il n'y a pas de prises », argumenta Sophie.

« Les ogres sont d'excellents grimpeurs. Nous sommes renommés pour notre capacité d'escalade », assura Burg Sophie.

« Euh, je n'ai jamais entendu de contes de fées qui parlaient des capacités d'escalade des ogres. »

« Conneries. Tu n'as jamais entendu parler de Jack et le Haricot magique ? Toute cette histoire parle d'escalader une plante géante », souligna Burg.

« Il n'y a aucun moyen que ce conte de fées soit une histoire vraie. Tu inventes juste des conneries », dit Sophie, tapant du pied d'irritation alors qu'ils se tenaient à la base de la tour, se disputant sur les contes de fées. Regardant très, très haut la surface plate de la tour, elle avala difficilement.

« Nous n'avons pas le temps de nous disputer. Me fais-tu confiance ? »

« Merde ! Putain ! Oui, je te fais confiance. Ne me fais pas le regretter. »

Burg s'accroupit pour que Sophie puisse monter sur son dos. Remplie d'appréhension, elle s'approcha du large dos nu de Burg. Enroulant ses bras autour de ce qui ressemblait à un cou, Sophie nota que son énorme muscle trapèze avait d'une manière ou d'une autre décidé de sauter son cou et de se connecter directement à la base du crâne de Burg. Sa peau était épaisse et se sentait caoutchouteuse sous ses mains. Sophie décida de garder pour elle le fait que Burg avait des poils comme un sanglier sauvage. Inutile de blesser ses sentiments.

« Burg, je veux dire ça de la meilleure façon, mais tu es complètement terrifiant en tant qu'ogre. J'ai failli me pisser dessus », dit Sophie dans l'oreille de Burg. « Merci d'être mon ami et de m'avoir sauvé la vie. »

« De rien. Tu es mon humaine préférée, donc je ne pouvais pas laisser quelque chose t'arriver », dit Burg avec une chaleur évidente dans sa voix rugueuse de gravier.

Alors que Sophie enroulait ses jambes autour de la taille de Burg du mieux qu'elle pouvait, Burg s'approcha de la base de la surface blanche de la tour Coit.

CHAPITRE 22

« *L*es gens ne vont-ils pas nous voir escalader la tour et appeler la police ? » demanda Sophie avec inquiétude.

« Non, je doute que la plupart des gens puissent nous voir à travers tout ce brouillard, et les humains sont très doués pour expliquer les choses qu'ils ne comprennent pas. En plus, le Conclave a quelques Fae dans son personnel qui peuvent effacer et remplacer les souvenirs », dit Burg en posant ses mains sur la surface de la tour.

Avec le plus petit à-coup, Burg commença à escalader le mur vertical à un rythme régulier. Sophie concentra son regard sur les mains de Burg, qui défiaient toutes les lois de la physique et arrivaient d'une manière ou d'une autre à s'agripper à la surface plane du béton. Main après main, Burg grimpa régulièrement le long de la face de la tour.

Avec son estomac laissé quelque part dans les buissons en bas, Sophie s'accrocha au dos de Burg comme une tique sur un chien. Elle était reconnaissante qu'il n'y ait pas beaucoup de vent pour tester la force de sa poigne. Cependant, il faisait de plus en plus froid au fur et à mesure qu'ils montaient. Sophie n'arrivait pas à croire que Burg ne semblait même pas essoufflé.

Comme une idiote, Sophie jeta un coup d'œil sur le côté pour voir jusqu'où ils étaient montés. Quand elle vit à quelle hauteur ils étaient – le monospace ressemblait à un jouet sur le parking – Sophie haleta et serra ses bras plus fermement autour du cou inexistant de Burg.

« Oh merde. Oh *merde* », psalmodia Sophie doucement, fermant hermétiquement les yeux.

« Nous y sommes presque, Sophie. Accroche-toi juste un peu plus longtemps », l'assura Burg.

« Je n'aime pas ça du tout. C'est vraiment de la merde. Jack et son haricot magique peuvent aller se gratter », chuchota Sophie furieusement. « Je ne veux pas mourir ici. S'il te plaît, s'il te plaît, *s'il te plaît* ne me laisse pas tomber. »

Quelques minutes plus tard, ils s'arrêtèrent juste sous l'une des arches découpées au sommet de la tour. La lumière vacillante clignotait encore au-dessus de leurs têtes comme un orage électrique, et Sophie pouvait entendre les faibles sons de bataille emportés par les courants d'air au-dessus d'eux.

« Je vais jeter un coup d'œil dans la tour pour voir ce qui se passe. Ne fais pas de bruit », avertit Burg.

Remontant lentement les derniers centimètres de l'escalade, Burg et Sophie levèrent la tête au-dessus du rebord du ciment jusqu'à ce que seuls leurs yeux dépassent du rebord.

Un éclair de fourrure gris-rougeâtre passa devant la fenêtre, faisant se baisser brièvement Burg et Sophie. La créature tomba devant eux, se débattant pour trouver son équilibre. Quand elle y parvint, elle se cambra à moitié, les pattes avant effleurant le sol, un grondement menaçant sortant de son museau. Sophie émit un son étouffé et gargouillis contre l'épaule de Burg quand elle réalisa qu'elle regardait Mac. Elle reconnaîtrait ces yeux bleu océan n'importe où.

« Je pensais qu'il ne se transformait qu'en renard ordinaire.

Quand je l'ai vu dans la vision d'Andrew, je jure qu'il ressemblait à un renard de taille normale », chuchota Sophie avec émerveillement en regardant le mélange de renard et d'homme charger de nouveau dans la mêlée. Pendant un moment, juste avant qu'il ne plaque un homme-loup, Mac se dressa de toute sa hauteur, et Sophie put voir son visage de profil. Des oreilles pointues aux pointes noires surmontaient le visage de Mac, qui était un mélange de traits humains couverts de fourrure se fondant en un museau court. Les yeux bleus de Mac brillèrent alors qu'il griffait un adversaire plus grand, un métamorphe loup à fourrure sombre, avec des griffes noires méchantes qui semblaient assez tranchantes pour graver des initiales dans la pierre.

« Putain de merde », chuchota Sophie avec émerveillement en regardant Mac rapidement et efficacement se débarrasser de son adversaire. Voir Mac avec son agressivité complètement déchaînée était choquant : un chasseur libre de libérer sa nature prédatrice contre ses ennemis avec un effet féroce et dévastateur.

Sophie détourna son attention de Mac alors qu'il déchirait un autre métamorphe loup avec un rugissement triomphant, en observant la scène devant elle. Reggie et Fitz étaient coincés sur le côté de la rampe d'escalier par plusieurs métamorphes. Reggie semblait s'être partiellement transformé en sa forme d'opossum tandis que Fitz était complètement humain. Elle ne pouvait voir ni Amira ni Ace dans le mouvement rapidement tourbillonnant de la bataille.

Edwyn et Marcella s'affrontaient juste devant l'ouverture large d'un ensemble d'escaliers de ciment courbés. Ricanant comme un fou, le masque génial d'Edwyn avait finalement craqué. Fouillant dans sa poche, il tendit la fausse clavis devant sa poitrine, la montrant à Marcella.

« Tu es trop tard, Marcella. Tu ne peux pas m'arrêter ! » hurla Edwyn, berçant la clavis contre sa poitrine comme un enfant précieux.

Il commença à psalmodier dans une langue inconnue, chaque

mot gagnant en volume. Tandis que deux des sbires d'Edwyn repoussaient Marcella avec leurs armes, Edwyn leva le pendentif haut au-dessus de sa tête. Des étincelles aveuglantes d'électricité jaillirent des mains de Marcella. Les éclairs coulèrent de ses mains, frappant les deux hommes de main et les envoyant voler à travers le sol de la tour où ils atterrirent en tas froissé. Edwyn devait avoir une sorte de bouclier invisible autour de lui, parce que quand Marcella redirigea les lignes de son électricité vers lui, elles s'arrêtèrent à quelques pieds de toucher Edwyn, illuminant une bulle de protection l'entourant. Les éclairs étincelèrent et grésillèrent le long de la surface de son bouclier, éclairant le regard extatique et maniaque sur le visage d'Edwyn.

« Nous devons entrer là-dedans et l'arrêter maintenant », dit Burg avec urgence.

« Non, nous devrions attendre un moment. Quand il finira son incantation, tout le monde aura un moment de distraction quand ils penseront que la clavis va fermer le portail. Nous pouvons intervenir à ce moment-là », suggéra Sophie.

« Il sera trop tard pour l'arrêter à ce moment-là », argumenta Burg.

« Non, ça ne le sera pas, je te le promets. Je ne peux pas te dire comment, mais je sais que l'incantation ne marchera pas. Me fais-tu confiance ? » demanda Sophie, retournant la question précédente de Burg.

« Oui », chuchota Burg en retour. « Quand nous entrerons, je veux juste que tu essaies de rester à l'écart. Je peux m'occuper de ces salauds. D'accord ? »

« D'accord », accepta Sophie, heureuse de ne pas avoir à se jeter dans le combat. Ce n'était pas comme si elle pensait pouvoir tenir tête à des métamorphes et des Mythiques de toute façon.

Ils regardèrent Edwyn continuer à psalmodier jusqu'à ce qu'il hurle les mots. Avec un cri final incompréhensible, Edwyn poussa la clavis haut dans l'air au-dessus de sa tête, un vent invisible fouettant sauvagement ses cheveux blonds.

« D'accord, faisons ça en trois... deux... un », chuchota-cria Sophie. Alors qu'elle disait « un », Burg surgit par-dessus le mur de la tour comme si un ressort l'avait lancé. Une onde de choc de cris se répandit comme une pierre jetée dans un étang, alors que Burg atterrissait au milieu de la mêlée.

Pendant un bref moment, Sophie vit le regard stupéfait sur le visage d'Edwyn alors qu'il fixait la fausse clavis serrée dans ses mains. Il n'avait même pas encore remarqué l'ogre géant atterrissant à seulement quelques pieds. Alors que quelqu'un s'interposa devant sa vue d'Edwyn, essayant d'affronter Burg, Sophie lâcha le cou de Burg et glissa le long de son dos pour atterrir sur ses pieds avec un choc brutal. Heureusement, personne ne sembla remarquer la petite humaine qui se faufilait ; l'attention de tous était sur l'ogre rugissant et déchaîné.

Sophie se précipita vers une large colonne où elle pouvait principalement se cacher tout en gardant un œil sur le combat. Burg déchira la foule, balançant ses poings géants comme un marteau, fauchant les ennemis comme une machette à travers les mauvaises herbes.

Sophie couvrit sa bouche pour étouffer son halètement alors que Burg lançait un énorme métamorphe haut par-dessus son épaule, directement hors du sommet de la tour. Sophie attrapa un bref éclair d'horreur sur le visage du métamorphe avant que le brouillard ne l'avale, ses cris qui s'estompaient le seul signe de son sort. Reconnaissante de ne pas pouvoir entendre son atterrissage soixante mètres plus bas, Sophie reporta son attention sur la scène devant elle.

Maintenant qu'il avait fauché la plupart de ses ennemis, Burg s'approcha de la bulle-Edwyn au centre du sol de l'observatoire, s'avançant vers elle d'une démarche lourde. Levant ses mains jointes haut au-dessus de sa tête, Burg abattit ses poings sur le dessus du bouclier invisible avec un boum retentissant. La réverbération du coup fit vibrer les dents de Sophie dans son crâne. Edwyn était agenouillé au sol avec une peur animale brute plaquée sur son visage. Alors que Burg continuait à marteler la barrière invisible encore et encore, Marcella se précipita à côté de lui et ajouta des éclairs d'électricité à l'assaut entre les coups de Burg. Des fissures dans le bouclier commencèrent à devenir visibles comme de fins doigts d'électricité de Marcella serpentaient à travers des fractures capillaires, atteignant un Edwyn toujours agenouillé.

Un des sbires que Marcella avait assommé plus tôt se mit lentement à genoux, secouant la tête comme s'il essayait de chasser le brouillard de l'inconscience. Une fois réveillé, il se faufila le long du rebord extérieur de l'observatoire, se dirigeant furtivement autour du périmètre jusqu'à ce qu'il soit dans le dos de Burg et Marcella. L'homme n'avait pas remarqué Sophie cachée derrière une colonne à quelques pieds.

Alors qu'il commençait à lever une arme d'une main encore tremblante vers Burg et Marcella, Sophie jeta un coup d'œil plus loin de la colonne, prête à crier un avertissement. Juste au moment où Sophie ouvrit la bouche pour alerter son ami du danger, ses yeux se verrouillèrent avec ceux de Mac dans son visage à demi-renard à travers l'espace ouvert. Avec un gronde-ment fort, Mac courut vers le sbire dans un sprint bondissant. Repérant Mac, l'homme fit un pas inconscient et plein de peur loin de lui, l'amenant un pas plus près de Sophie. Le voyou commença à faire pivoter l'arme vers la forme approchante de Mac.

Sans réfléchir, Sophie bondit de sa cachette et se jeta sur le dos de l'homme, essayant d'arracher l'arme de sa main. Avec un cri de surprise, il tendit sa main libre par-dessus son épaule, attrapant une poignée des cheveux de Sophie. Avec un arrache-ment déchirant, il tira Sophie par-dessus son épaule et la jeta au sol. Alors qu'elle glissait jusqu'à un arrêt culbutant, s'écorchant les mains et le côté gauche sur le sol de ciment, elle se remit à quatre pattes pour essayer de localiser l'homme armé. Avec horreur, elle regarda Mac prendre un plaquage bondissant, envoyant l'homme au sol.

Un bruit sec et tranchant et un stroboscope de lumière clignotèrent entre les deux hommes alors qu'ils luttaient pour l'arme. Sophie se remit rapidement debout. Sortant le taser de sa poche, elle contourna les deux hommes qui luttaient. Quand le dos du sbire se tourna vers Sophie, elle se précipita en avant et pressa les deux électrodes pointues du pistolet paralysant contre son dos, puis déploya le voltage.

L'homme se contracta de manière incontrôlable dans la prise ferme de Mac. Heureusement, le voltage ne semblait pas affecter Mac alors qu'il mettait l'homme dans une prise d'étranglement. Un moment plus tard, Mac laissa tomber l'homme inconscient sans cérémonie au sol avant de tomber lourdement à genoux, une main serrant sa poitrine supérieure où le sang se répandait rapidement sur sa chemise.

Sophie cria son nom, attrapant ses épaules alors qu'il commençait à s'affaisser. Des éclaboussures de sang couvraient le visage et les mains de Mac, mais la pire zone était sa poitrine. Avec l'aide haletante de Mac, Sophie l'allongea au sol.

« Mac ! Est-ce que tu vas bien ? » cria Sophie. Elle commença à remonter sa chemise, essayant de trouver la source de tout le sang sur sa poitrine poilue.

« Ce fils de pute m'a tiré dessus », dit Mac avec un étonnement choqué alors que Sophie localisa le trou de balle dans son muscle pectoral gauche.

« Tu vas aller bien », dit Sophie, ne sachant pas si elle mentait ou non, pendant qu'elle mettait de la pression sur la blessure pour essayer d'arrêter le flux sanguin. Mac gémit de douleur. « Désolée, je sais que ça fait mal. »

Regardant autour d'elle, Sophie essaya de localiser quelqu'un qui pourrait aider. Elle réalisa rapidement que tous les suiveurs d'Edwyn avaient été maîtrisés. Burg et Marcella semblaient presque avoir traversé la barricade d'Edwyn alors que Burg continuait à frapper le bouclier d'Edwyn. Des centaines de fissures capillaires couvraient la surface de la bulle. Alors que Sophie regardait, les fissures se brisèrent finalement, et Burg attrapa Edwyn, dont le cri aigu résonna autour de la tour de ciment. La clavis tomba des doigts relâchés d'Edwyn, roulant jusqu'à s'arrêter près des pieds de Marcella.

Détournant son attention de Burg et de son prix hurlant, Sophie repéra finalement un Reggie complètement humain près de l'escalier. Il examinait Amira, qui saignait d'une entaille à l'épaule. Sophie ne put même pas prendre un moment pour admirer l'élégant visage félin couvert de fourrure noire d'Amira.

« Reggie ! » hurla Sophie. « Mac a été touché ! »

La tête de Reggie se redressa brusquement du traitement des blessures d'Amira et pivota pour localiser Sophie. Il dit quelque chose rapidement à Amira, qui hocha la tête. Reggie vint au galop vers Sophie et glissa pratiquement à genoux à côté de la forme prostrée de Mac.

« Que s'est-il passé ? » demanda Reggie avec urgence.

« Ce connard a tiré sur Mac dans la poitrine ! » cria Sophie.

« Hé », haleta Mac doucement, un petit sourire sournois se répandant sur son visage. « Ne l'appelle pas comme ça. Connard, c'est *mon* surnom. »

« Mac ! S'il te plaît, va juste bien », cria Sophie. « Je t'appellerai comme tu voudras. »

Mac sourit à Sophie, ses dents de renard bien visibles. « Je te prends au mot. Tu es mon témoin, Reg. »

Il grogna de douleur alors que Reggie tâtonnait autour de la blessure.

« On dirait qu'elle a juste manqué le haut de ton poumon, Mac. Tu as de la chance. Ça veut dire que tu vas aller bien. J'ai juste besoin de sortir la balle, et ta guérison devrait s'occuper du reste », assura Reggie à Mac avec une tape sur son autre épaule.

« Il va aller bien ? » demanda Sophie avec surprise, des larmes roulant sans retenue sur ses joues. « Mais il a été touché ! »

« Mac est un métamorphe. Il sera de retour à la normale dans quelques jours », promit Reggie. « J'ai laissé ma trousse médicale dans le monospace. Je vais aller la chercher. Peux-tu garder un œil sur Mac pendant que je suis parti ? »

« Es-tu sûr que tu devrais me laisser seule avec elle ? » cria Mac à la forme qui s'éloignait de Reggie. « Elle semble dangereuse. Elle est prête à sauter sur le dos d'un Fae armé comme une idiote. Même après avoir promis de rester hors de danger. »

« Tu te fous de moi ? » glapit Sophie. « J'ai sauvé ton cul. Il était sur le point de te tirer dessus. »

« Je ne suis pas sûr que tu m'aies vraiment sauvé. Il m'a tiré dessus quand même, tu sais. »

« Ce n'est pas ma faute. C'est toi qui as décidé de foncer sur le gars armé. »

« Je m'en sortais très bien jusqu'à ce que tu décides d'essayer de grimper sur lui. Puis il t'a jetée au sol comme un chaton sans défense et s'apprêtait à te tirer dessus. Ce qui voulait dire que moi, je devais sauter dans le tas pour te sauver la peau. »

« As-tu été aveuglé par ma manœuvre héroïque géniale ? Le type avait une arme pointée sur toi quand j'ai sauté sur son dos. *Moi* je t'ai sauvé *toi* », argumenta Sophie dans ce qu'elle croyait être un ton de voix très raisonnable. Ça pourrait avoir été un peu du côté criard.

« Non, je m'en souviens parfaitement. C'est moi qui t'ai sauvée », contredit Mac.

Sophie commença à chercher frénétiquement autour du sol à côté d'eux.

« Qu'est-ce que tu cherches ? » grogna Mac.

« J'essaie de voir si ce type a laissé tomber son arme dans les parages. Je veux finir le travail et te sortir de *ma* misère ! »

Se tortillant et pivotant lentement sur le sol, Mac bougea pour pouvoir poser sa tête sur les genoux de Sophie.

« Qu'est-ce que tu fais ? » demanda Sophie.

« J'ai été blessé en sauvant ta vie. J'ai besoin de réconfort », dit

Mac. Attrapant la main libre de Sophie, Mac la plaça sur sa tête et bougea ses doigts dans un mouvement de massage contre son cuir chevelu.

« Tu es un idiot », dit Sophie en s'exécutant et en passant ses doigts dans la fourrure couleur rouille couvrant la tête de Mac.

« Non, je suis un connard. Ton connard », dit Mac avec un sourire prédateur, ronronnant pratiquement quand Sophie gratta autour de ses oreilles.

« Oui, tu l'es. Je crois que je vais finir par le regretter, quand même », dit Sophie doucement, appréciant la fourrure soyeuse sous ses doigts. « Es-tu sûr que tu vas aller bien ? »

Avant qu'il puisse répondre, ils entendirent Marcella s'exclamer bruyamment. Tournant leurs têtes, Mac et Sophie regardèrent Marcella marcher à grands pas vers Edwyn, où il était assis retenu avec une demi-douzaine de ses co-conspirateurs survivants. Quelques-unes des personnes de Marcella empilaient les corps qui n'avaient pas eu cette chance près de l'ascenseur.

Poussant la fausse clavis sous le nez d'Edwyn, Marcella cria : « Où est la vraie clavis ? C'est un faux ! »

Edwyn semblait à la fois vaincu et défiant à parts égales, assis avec ses mains entravées derrière le dos appuyé contre le mur. Il pressa ses lèvres fermement jusqu'à ce qu'elles ressemblent à une ligne plate.

« Je pense que nous pouvons supposer qu'Atticus l'a dupé et lui a donné un faux joyau », cria Mac à Marcella à travers l'étendue de la tour.

Marcella marcha les quinze pieds vers Mac, ayant l'air entièrement trop agacée, considérant que son équipe avait gagné le combat.

« Pourquoi ce n'était pas dans la vision que tu m'as donnée ? » demanda Marcella.

« C'était une vision de mort. Mon contact ne voit que les derniers moments d'une personne, donc si Atticus avait précédemment configuré le joyau comme un faux, le psychique n'aurait pas vu cet événement. Si je me souviens bien de la vision, Edwyn a supposé que le pendentif du coffre-fort d'Atticus était la clavis. On ne lui a jamais dit spécifiquement que le joyau était la clavis. »

« Ton contact peut-il essayer de localiser la vraie clavis ? » demanda Marcella intensément.

« Pas à moins qu'elle n'apparaisse dans la mort d'une autre personne », déclara Mac avec un haussement d'épaules figuré. « Ils n'ont pas le pouvoir de localiser des objets manquants ou perdus. Ils n'ont que des visions. Si nous apprenons quelque chose sur la clavis, tu seras la première à le savoir. Est-ce qu'elle ressemble à cette gemme brune ? »

« Non, c'est une pierre précieuse vermarine vert pâle, aussi appelée améthyste verte. Très rare et prisée pour sa capacité à contenir et canaliser la magie. Dangereuse entre de mauvaises mains, comme ce soir le démontre. Tu as mon numéro, donc si tu la trouves, appelle-moi immédiatement, peu importe l'heure », commanda Marcella.

« Bien sûr », dit Mac, mentant allègrement à travers ses canines de renard pointues.

« C'est un humain ? » demanda Marcella avec consternation, indiquant Sophie d'un hochement de tête. « Penses-tu qu'il soit sage d'inclure un humain dans les affaires Mythiques ? »

« Elle travaille dans la section surnaturelle de la morgue de la ville, donc elle connaît déjà notre communauté. Elle n'était ici que pour surveiller le parking. Quand les choses ont mal tourné avec le combat, elle est courageusement intervenue pour aider, malgré le fait d'être dans un désavantage massif », déclara Mac, un grondement caché dans les tons coupés de sa voix.

« Au fait, c'était une bonne idée d'amener l'ogre. Je suis surprise qu'il soit venu aider. Ils refusent habituellement de s'impliquer dans la politique Mythique », dit Marcella, rejetant déjà la présence d'un humain au milieu d'eux. Se tournant vers un de ses sbires, elle cria : « Nous devons avoir une équipe qui revérifie la maison d'Atticus pour la clavis. Elle pourrait encore être quelque part sur les lieux. »

Sophie composa son visage en un regard soigneusement innocent, s'assurant de ne pas succomber à l'envie de donner à ses amis des regards furtifs. Sophie réalisa tardivement qu'elle n'avait pas eu besoin de se donner la peine d'avoir l'air innocente puisque aucun des sbires de Marcella ne lui donnait même un premier regard, encore moins un second. Elle était plus invisible que le bouclier d'Edwyn pour eux.

L'expression vide de Sophie se transforma en soulagement quand la porte de l'ascenseur sonna et que Reggie sortit, serrant un grand étui noir. Se précipitant, Reggie laissa tomber l'étui à côté du flanc de Mac et fouilla dans le contenu du sac.

Après un moment, Reggie sortit une paire de longues pinces courbées. Alors qu'il plaçait les extrémités de l'outil à la blessure de Mac, s'arrêtant pour lui demander s'il était prêt, Sophie dut fermer les yeux.

Malgré ses yeux hermétiquement fermés, Sophie pouvait dire chaque fois que Reggie bougeait les pinces dans la blessure parce que Mac serrait la main de Sophie dans une prise de plus en plus serrée. Les bruits de succion firent frissonner Sophie d'horreur et de dégoût. Quand Reggie annonça qu'il avait presque une prise sur la balle, un gémissement silencieux sortit de la gorge de Sophie.

« Tu réalises que tu fais ça pour gagner ta vie, n'est-ce pas ? Pourquoi agis-tu si délicate ? » demanda Mac avec un rire tendu, essayant de rester aussi immobile que possible.

« Eh bien, d'habitude je n'ai pas le corps sur lequel nous travaillons assis sur mes genoux, se tortillant tout chaud et dégoûtant. C'est bizarre. Reggie, peux-tu assommer Mac pour que ça soit plus naturel pour moi ? »

« Je l'ai », annonça Reggie triomphalement, ignorant la demande de Sophie. Sophie ouvrit les yeux pour voir Reggie tenir une balle sanglante, l'examinant à la lumière. Elle avala difficilement, pensant à comment ce petit morceau de métal était juste dans la poitrine de Mac et aurait pu facilement le tuer.

Ensemble, Sophie et Reggie bandèrent la blessure sur l'épaule de Mac puis l'aidèrent à se remettre debout.

« Je n'arrive pas à croire que tu m'aies appelé 'chaud et dégoûtant'. Mes sentiments sont blessés », se plaignit Mac, faisant rire Sophie sans repentir.

Reggie et Sophie se dirigèrent pour vérifier Ace, Fitz et Amira. Mac et Burg se détachèrent pour parler avec Marcella après qu'elle leur ait fait signe de la rejoindre pour une sorte de réunion de gens importants.

« Hé, est-ce que vous allez bien ? Est-ce que quelqu'un a été blessé ? » demanda Sophie à ses amis, les regardant avec inquiétude. Quand Sophie essaya d'examiner Ace, il grogna qu'il n'avait pas besoin d'être materné.

« Oh, ta mère est là ? Non ? Alors dur à cuire. Prends sur toi et laisse-moi m'assurer que tu vas bien, emmerdeur », grogna Sophie vers lui. Une des lèvres d'Ace se retroussa de dégoût, mais il se tut et laissa Sophie compléter son inspection. À part l'entaille sur le bras supérieur d'Amira, ils s'en sortirent tous avec seulement quelques égratignures et bleus.

« Vous avez tellement de chance de ne pas avoir été blessés plus gravement. Malgré le fait d'être en infériorité numérique, on dirait que seules les personnes d'Edwyn sont mortes », dit Sophie.

« Nous avions l'avantage : l'effet de surprise. En plus, les Fae de Marcella avaient une meilleure magie offensive que ceux d'Edwyn. Ils ont pris le gros de l'action et nous ont protégés », expliqua Reggie.

Quelques minutes plus tard, Marcella serra la main de Mac et de Burg, puis tourna son attention vers un de ses sbires qui approchait. Mac et Burg se détournèrent de Marcella, se dirigeant vers le groupe d'amis agglutinés près des escaliers.

« Sortons d'ici », déclara Mac, menant le chemin vers l'ascenseur.

« Devrions-nous rester et aider ? » demanda Reggie avec inquiétude, son visage rond rempli de préoccupation.

« Que ça aille se faire foutre. Nous avons gagné nos badges de mérite pour la nuit. J'en ai fini. Je ne vais sûrement pas rejoindre l'équipe de nettoyage sans putain d'heures supplémentaires », grogna Ace. « Attendez... est-ce qu'on est payés pour ça ? »

« Non, connard. Ton paiement, ce sont les bons sentiments que tu obtiens en aidant à sauver la situation », dit Amira, poussant l'épaule d'Ace de manière joueuse.

« Est-ce que sauver la situation paie mes factures ? Non, ça ne le fait pas », se plaignit Ace bruyamment, faisant échanger un sourire à Sophie et Mac.

« Je suis d'accord avec Ace. Nous avons fait plus que notre part. Les gens de Marcella sont plus que capables de s'occuper du nettoyage », dit Mac.

Alors qu'ils attendaient l'arrivée de l'ascenseur, Burg fit claquer ses doigts dans un motif compliqué sur le tatouage de sigil sur son avant-bras et psalmodia quelques mots sous son souffle. Les yeux de Sophie s'élargirent d'émerveillement alors que Burg rétrécit. Son visage fondit de l'ogre avec lequel elle s'était rapidement mise à l'aise à l'apparence reconnaissable de son propriétaire de bar favori.

« Je ne rentrerais pas dans l'ascenseur autrement. » Le visage familier de Burg sourit à Sophie.

Après que tout le monde soit entré dans l'ascenseur et qu'ils aient commencé à descendre, Sophie regarda autour d'elle ses amis débraillés. « Que se passe-t-il maintenant ? »

« Eh bien, vous devez aller à la morgue dans quelques heures. L'équipe de Marcella rassemble les corps pour les livrer au bureau du médecin légiste. Vous devez faire les autopsies, remplir vos rapports, et puis le Conclave commencera à couvrir cet événement. Toute preuve des activités de ce soir aura disparu avant demain matin », déclara Mac.

« Et toi ? » demanda Sophie.

« J'ai besoin de cette nuit pour récupérer de la blessure par balle. Puis je dois soumettre un rapport au Conclave et au Chef de Police », dit Mac. « Marcella veut que le chef soit amené pour aider à déterrer d'autres personnes d'Edwyn et pour s'assurer que personne d'autre ne prévoit de tenter de fermer le portail. »

« Quelqu'un devrait rester avec toi pendant que tu récupères de ta blessure ce soir. Il ne devrait pas y avoir de complications, mais ça vaut le coup d'être prudent », intervint Reggie. « Sophie, il pourrait rester chez toi, et tu peux garder un œil sur lui. Je ne pense pas que Mac devrait rentrer chez lui jusqu'à ce que nous soyons complètement sûrs que c'est sûr. Puisque ces cadavres ne sentiront pas encore mauvais, Amira peut m'aider sans trop de problème ce soir. »

« Je ne sais pas si tu me considères juste comme une humaine fragile et inutile, mais tu sais quoi, je m'en fiche. Je prends cette nuit de congé. Ça a été des jours très éprouvants, et je veux une pause, même si je dois supporter Mac pour l'obtenir. Vous devriez faire pareil. Les corps peuvent attendre, vous ne pensez pas ? »

« Pourquoi ne pas tous aller chez Sophie pour se reposer et récupérer ? » suggéra Fitz.

Tout le monde accepta ce plan, et Burg offrit de passer par son bar et de rapporter une bouteille de vin de célébration. « J'ai aussi laissé ma sœur en charge du bar, donc je vais devoir vérifier pour m'assurer qu'il tient encore debout ! » plaisanta Burg.

Sophie passa le reste de la descente en ascenseur à se mordre la lèvre, essayant de trouver une façon polie de demander à Burg à quoi ressemblait une femme ogre. Au moment où l'ascenseur atteignit le rez-de-chaussée, elle avait décidé d'avaler sa curiosité pour le moment. Il n'y avait pas de bonne façon de formuler cette question sans avoir l'air d'un connard.

Alors qu'ils sortaient de l'ascenseur et se dirigeaient vers les portes avant de la tour, tous ceux devant Sophie s'arrêtèrent brusquement. Les halètements collectifs de choc la firent jeter un coup d'œil par-dessus l'épaule d'Amira pour voir ce qui avait tant effrayé tout le monde : il y avait un cadavre éclaboussé sur un côté des marches d'entrée.

« Quand je suis descendu chercher ma trousse médicale, j'ai essayé d'examiner la scène mais c'est trop désordonné. Comment est-ce arrivé ? Est-ce qu'il a sauté de la tour ? » demanda Reggie avec une fascination horrifiée.

« Non, Burg l'a jeté par-dessus son épaule comme un mouchoir usagé », annonça Sophie.

« Je l'ai fait ? Hm, je ne m'en souviens pas », dit Burg, tapotant son menton pensivement.

« Tu l'as fait. Je te le promets. »

Le groupe contourna ce qui restait du métamorphe, se dirigeant vers le monospace avec un soupir de soulagement. Sophie regarda en arrière la colonne blanche simple de la Tour Coit. Regardant la flèche qui s'élançait, le sommet de la colonne disparaissait dans le ciel brumeux sombre au-dessus. Elle secoua la tête d'émerveillement. Penser que la tour cannelée simple abritait un passage secret vers un autre royaume. *La vie est juste sacrément bizarre parfois.*

« Qu'est-ce que c'est que ça ! C'est Hernandez et Lancaster ? » demanda Mac avec incrédulité alors qu'ils contournaient le pare-chocs de la voiture et repérèrent les deux corps effondrés dans le parking.

« Oui, je vous raconterai tout sur le trajet vers mon appartement. Qui conduit ? Je ne pense pas que ça devrait être Mac, et je n'ai pas de permis de conduire », dit Sophie.

« Comment peux-tu ne pas avoir de permis de conduire ? » Mac regarda Sophie avec choc. « Comment as-tu fonctionné en tant qu'adulte si longtemps ? Tu n'as pas de permis de conduire. Tu n'as pas de télé, ni de téléphone ! »

« Je suis un vrai mystère. Personne ne peut me comprendre. Je suis glorieuse et insaisissable. » Sophie renifla avec arrogance vers Mac, canalisant son Amira intérieure.

« Monte dans la putain de voiture, votre gloriosité », ricana Mac, faisant signe à Sophie d'entrer dans l'intérieur avec une floriture digne d'une reine.

Sur le trajet, Sophie mit tout le monde au courant de ce qui s'était passé pendant qu'ils étaient dans la tour.

« Attends, Burg a escaladé l'extérieur de la tour avec toi accrochée à son dos ? » réitéra Amira.

« Oui, c'était vraiment terrifiant », répondit Sophie avec un frisson.

« J'aurais aimé pouvoir voir ça. Je parie que tu ressemblais à Yoda sur le dos de Luke », dit Amira pensivement.

Tout le monde a hué et sifflé Sophie quand elle a avoué qu'elle n'avait vu aucun des films Star Wars.

« Nous devons faire une liste de films que Sophie doit voir. Puis nous pouvons la kidnapper et la forcer à tous les regarder », suggéra Fitz depuis la banquette arrière. Tout le monde commença à crier des suggestions de films pendant que Sophie souriait juste à ses amis.

Regardant par-dessus la baie couverte de brouillard, un étrange bonheur bouillonnant remplit Sophie ; elle se sentait chanceuse d'être vivante et entourée d'amis. Avant de rencontrer ce groupe, Sophie n'avait même pas été consciente de ce qui lui avait manqué. Elle avait refusé de reconnaître le vague sentiment de vide et de désir qui avait rempli sa vie avant de trouver de vrais amis à la morgue de la ville. Portée par la chaleur protectrice d'avoir des gens qui se souciaient d'elle, Sophie réalisa à quel point elle avait été sombre et seule.

CHAPITRE 23

*D*eux bouteilles de vin, une quantité massive de plats à emporter, et plusieurs heures plus tard, tout le monde sauf Sophie et Mac se préparait à retourner à leurs lieux de travail respectifs. Alors que Sophie se déplaçait dans son appartement, allant chercher des couverts et versant des boissons, elle découvrit qu'elle ne pouvait pas arrêter de toucher ses amis pour se rassurer de leur sécurité.

Sophie serra chacun et chacune de ses amis dans ses bras alors qu'ils se dirigeaient vers la porte. Elle ne suis normalement pas quelqu'un de tactile. Peut-être que c'était le vin ou la terreur de la nuit, mais cela fit que Sophie repoussa de force sa réserve habituelle et s'accrocha à eux un peu.

« Tu es sûre que tu n'as pas besoin de mon aide à la morgue ce soir ? » demanda Sophie, gardant le câlin de Reggie pour la fin.

« Nous irons bien. Repose-toi, et je te verrai demain soir, d'accord ? » dit Reggie, donnant une brève pression à la main de Sophie. Elle fixa le visage doux et rond de Reggie pendant un moment, juste reconnaissante d'avoir un si bon ami dans sa vie.

« Merci, Reggie. Pour tout. Pour m'avoir trouvé un travail,

pour être mon ami, pour m'aider à comprendre mon don. Je ne sais pas ce que j'aurais fait sans toi. »

Reggie serra Sophie dans ses bras. « Soph, je suis si content que tu sois mon amie aussi », dit-il, et si Sophie entendit un petit reniflement, elle n'allait le dire à personne.

Après avoir regardé tout le monde disparaître dans l'escalier grinçant au bout du couloir, Sophie entra dans son appartement pour trouver Mac qui se promenait, une fois de plus ramassant divers objets et les regardant. Quand il se dirigea dans la cuisine et commença à ouvrir les tiroirs, Sophie s'éclaircit la gorge.

« Qu'est-ce que tu fais ? »

« Je cherche la clavis. Je veux la regarder encore », répondit Mac, fouillant dans son tiroir à bric-à-brac.

« Et tu pensais que j'avais caché un objet magique volé puissant parmi mes sachets de ketchup et mes trombones ? »

Mac leva juste son sourcil en affirmation, faisant renifler Sophie d'irritation.

« Tu ne vas pas la trouver. Je l'ai trop bien cachée. Laisse mes affaires tranquilles. En plus, nous avons tous les deux déjà bien regardé la clavis. Elle ressemblait juste à une grosse pierre précieuse verte pour moi. Je n'ai senti aucune sorte de pouvoir ou de magie quand je l'ai tenue, et toi ? » demanda Sophie. Quand Mac secoua la tête, Sophie haussa les épaules, « Oublions tout ça pour l'instant. Veux-tu une douche pour te nettoyer ? Je vais préparer le futon pour que tu puisses prendre le lit. »

« Non, je prendrai le futon, et tu dors dans ton lit. Je ne vais pas te virer de ta chambre », argumenta Mac.

« Si, tu vas le faire. Tu as été touché il y a moins de trois putains d'heures. » Sophie serra ses poings d'irritation.

« Je l'ai été, mais je suis un métamorphe. Je vais aller bien. »

« Et j'irai bien sur le futon, aussi. Tu vas prendre le lit, et c'est mon dernier mot là-dessus ! » cria Sophie.

« Oh. C'est ton dernier mot, n'est-ce pas ? Eh bien alors, je suppose que ça règle la question », déclara Mac avec un calme

GWEN DEMARCO

suspect. Sophie ne bougea pas parce qu'elle pouvait sentir le piège. « Que dirais-tu de ça à la place ? Si tu essaies d'aller dans ce putain de futon, je vais physiquement te ramasser et te jeter dans ton lit. C'est *mon* dernier mot là-dessus. »

« J'ai rencontré des bulldozers avec plus de flexibilité que toi. Alors, tu sais quoi ? Très bien ! Tu peux souffrir sur le futon pour tout ce que ça me fait, mule têtue. J'espère que tu auras un torticolis », dit Sophie en se dirigeant à grands pas vers le minuscule placard du couloir pour prendre ses draps de rechange.

Alors qu'elle préparait un lit sur le futon, ses mouvements saccadés par son irritation, elle entendit l'eau gémir dans la salle de bain. Après avoir ramassé quelques-unes des tasses vides abandonnées après la célébration improvisée, Sophie les mettait dans l'évier pour s'en occuper demain, quand le buzzer d'entrée de son appartement résonna dans le silence.

« Allô ? » dit Sophie avec hésitation dans l'interphone.

« Salut, Sophie. C'est Burg. J'ai proposé de déposer des vêtements pour Mac puisque mon endroit est juste au-dessus du bar. Ça m'a pris un moment pour trouver des trucs qui pourraient lui aller », dit la voix métallique de Burg à travers le haut-parleur de l'interphone.

« C'est si gentil de ta part, Burg. Monte », dit Sophie, appuyant sur le buzzer pour déverrouiller la porte d'entrée de La Tatin. Se tenant dans la porte ouverte de son appartement, elle attendit que Burg livre une brassée de vêtements dans ses mains tendues. Burg repartit rapidement dans le couloir, lançant qu'il devait retourner au bar.

Portant la pile désordonnée de vêtements dans son appartement, Sophie se dirigea à travers sa chambre et frappa à la porte de la salle de bain.

« Burg a déposé des vêtements pour toi », cria Sophie.

« Peux-tu les poser près du lavabo ? » cria Mac en haussant la voix pour couvrir le bruit de la douche.

Après seulement un moment d'hésitation, Sophie força sa

main à tourner la poignée et pousser la porte. Sophie jeta rapidement un coup d'œil vers l'endroit où Mac était séparé d'elle par seulement un mince rideau de douche blanc. Elle se força à se concentrer sur le fait de poser les vêtements sur le comptoir.

« As-tu besoin d'aide avec un nouveau bandage quand tu auras fini là-dedans ? » demanda Sophie.

Le cliquetis des anneaux de rideau de douche fit sursauter le regard de Sophie vers la cabine de douche.

« Je n'aurai pas besoin d'un nouveau bandage. Le trou de balle s'est déjà refermé », dit Mac, son visage et son épaule dépassant de derrière le rideau. Sophie se força à se concentrer seulement sur les yeux de Mac, bleu vif sous la mèche de cheveux assombris par l'eau plaqués sur son front.

« Ce n'est pas juste. Tu te fais tirer dessus, et trois heures plus tard, la blessure s'est refermée. Si je me cogne à peine contre une table, j'ai un bleu qui dure deux semaines », se plaignit Sophie.

« Ce n'est pas ma faute si tu es une humaine si fragile, avec une peau toute tendre. »

« Beurk. Peau tendre ? Dégoûtant. Tu me fais sonner comme un steak. » Sophie frissonna de dégoût.

« Tu n'aimes pas le mot tendre ? Que dirais-tu de juteuse ? C'est mieux ? »

« Beurk. C'est en fait pire. »

Mac donna à Sophie un long regard pensif pendant qu'elle prétendait ne pas fixer les bulles de savon glissant lentement le long de son épaule. Finalement, avec un petit sourire secret, il dit : « Moite », étirant le mot, comme s'il savourait chaque syllabe supplémentaire qui passait ses lèvres.

Le rire bruyant de Mac suivit Sophie hors de la salle de bain alors qu'elle courait par la porte, les mains fermement pressées sur ses oreilles, laissant échapper un 'Bla bla bla !' pour noyer tous les autres mots affreux auxquels Mac pourrait penser.

Assise sur le futon, Sophie se recroquevilla pour attendre son tour dans la douche.

La prochaine chose qu'elle sut, Mac secouait doucement son épaule et chuchotait son nom.

« Quoi ? » marmonna Sophie avec confusion.

« Tu t'es endormie. Allez. Laisse-moi t'aider à aller au lit », dit Mac doucement, tirant doucement Sophie sur ses pieds.

Avec une main sur son coude, Mac guida une Sophie à demi-endormie dans sa chambre. Se tenant près de Mac comme une enfant perdue, Sophie le regarda rabattre la couverture, ses yeux à moitié fermés. Il fit glisser Sophie dans son lit et remonta la couverture jusqu'à son menton, complétant la sensation d'être une enfant bien installée.

« Bonne nuit, Sophie », dit Mac doucement, l'embrassant sur le front.

« Bonne nuit », dit Sophie alors que ses yeux se fermaient.

CHAPITRE 24

*B*ien que la perruque gratte contre son cuir chevelu, elle décida que ça valait le coup quand elle attira son regard. *Elle savait qu'il préférait les blondes. Commandant sa troisième eau tonique avec du citron vert pour la nuit, elle repéra une petite table qui se libérait finalement de l'autre côté du bar. Avec une démarche légèrement vacillante, elle réussit à s'emparer de la table avant que quelqu'un d'autre puisse y revendiquer une place.*

Sirotant lentement sa boisson, elle gardait un œil sur l'homme qu'elle avait suivi ici. Elle l'avait surnommé Bûcheron à cause de sa grande taille et de son penchant pour porter du flanelle, peu importe le temps. Qui porte du flanelle par une journée chaude ?

Elle l'avait suivi assez longtemps pour l'avoir catalogué et mémorisé, lui et ses manières. Il buvait sa pinte habituelle de Guinness. Elle frissonna de dégoût. Après avoir commencé à le traquer, elle décida d'essayer la bière par curiosité. Elle soupçonnait que l'eau de vaisselle tourbillonnée autour d'un cendrier goûte probablement mieux.

Bûcheron avait l'air légèrement négligé, comme d'habitude : ses vêtements froissés, et ses cheveux touffus ayant besoin d'une coupe. C'était un homme maladroit. Un sous-performeur d'une certaine manière imbu d'une quantité excessive d'importance personnelle non méritée. Elle avait une fois entendu quelqu'un se référer à ce type de gars comme un barbe-de-cou. C'était un surnom quelque peu cruel, mais elle ne pouvait pas nier que c'était aussi un peu drôle. Elle n'appellerait jamais Bûcheron un barbe-de-cou en face, mais dans les recoins de son esprit, elle y pensait avec un gloussement. Il était actuellement en train de rôder, les épaules voûtées comme s'il essayait de se rendre invisible, près de l'arche qui menait aux toilettes dans le coin arrière du bar.

Tout au long de la soirée, elle n'eut heureusement qu'à chasser quelques prétendants potentiels qui l'approchaient. Quand chacun partit sans drame ni menaces, elle poussa un petit soupir de soulagement.

Alors qu'il se rapprochait de minuit, les démangeaisons sous la perruque semblaient devenir plus prononcées. Pour éviter de pousser ses doigts sous sa perruque et de gratter son cuir chevelu comme une femme possédée, elle ancra fermement ses deux mains autour de son grand verre.

Jetant un coup d'œil à la montre délicate à son poignet, elle décida qu'elle avait traîné assez longtemps dans ce bar. Prenant une dernière gorgée de son eau tonique, elle enfila sa veste et son chapeau. Se dirigeant vers la porte d'entrée, elle se cogna contre le cadre de porte d'entrée en enfilant ses gants. Personne n'était dehors dans l'obscurité sombre de la rue. Quelques voitures passèrent alors que la ville commençait à se calmer pour la nuit.

Elle fit des pas chancelants le long du trottoir, feignant une ivresse qu'elle ne ressentait pas. Derrière elle, elle entendit le bourdonnement des voix exploser de l'intérieur du bar alors que la porte d'entrée s'ouvrait puis se refermait rapidement. Regardant les reflets dans les fenêtres de l'autre côté de la rue, elle repéra la forme volumineuse de Bûcheron qui la suivait.

Faisant quelques pas rapides, elle tourna au coin dans l'allée à côté du bar. Dans l'obscurité, ça avait l'air plus effrayant que quand elle avait inspecté la zone plus tôt dans la soirée. Elle fronça le nez alors que l'odeur d'urine et de détritus en décomposition assaillit ses sens.

Feignant de s'appuyer contre le mur de brique du bar comme si elle avait du mal à rester debout, elle fouilla dans son sac à main et sortit le *flacon et la seringue. Remplissant rapidement la seringue, elle laissa tomber la bouteille maintenant vide dans son sac.*

Retenant son souffle et écoutant attentivement, elle entendit le moment où Bûcheron entra dans l'allée.

« Ça va, mademoiselle ? » demanda Bûcheron dans son étrange nasillard.

Elle se tourna légèrement, laissant tomber sa main sur son côté, gardant la seringue cachée de la vue. Quand Bûcheron s'approcha, elle fit rapidement pivoter son corps, levant l'aiguille pour la plonger dans son cou. Au même moment, Bûcheron leva sa main pour toucher ses cheveux blonds, frappant accidentellement la seringue de sa main. Tous les deux regardèrent la seringue cassée, qui fuyait son contenu sur le trottoir, dans un choc stupéfait.

Elle regarda Bûcheron puis de nouveau la seringue cassée dans une hésitation consternée.

« Tu m'as fait lâcher mon insuline ! » s'exclama-t-elle dramatiquement. Se penchant, feignant de pleurer, elle glissa une longue pointe fine hors de la poche cachée cousue dans une poche intérieure de sa veste. La pointe faisait environ quinze centimètres de long et avait une petite poignée à travers la base, la faisant ressembler à la lettre T. Elle sourit brièvement en constatant que la pointe tenait parfaitement dans sa paume. Elle serra le poing, la pointe dépassant entre son index et son majeur.

Dans les secondes qu'il lui fallut pour empaumer son arme, le visage de Bûcheron s'était transformé de la confusion à une rage croissante.

« Salop— »

Avant qu'il puisse finir sa malédiction, Sophie fit un pas en avant et écrasa le pied de Bûcheron, enfonçant la pointe tranchante de son talon dans ses orteils de toute sa force. Alors que l'homme se courbait réflexivement vers l'avant, elle enfonça sa pointe dans son cou dans une série rapide de coups. Bûcheron s'agrippa à sa gorge ravagée. Elle le plaqua contre une benne à ordures. Tenant la pointe en position de prêt, elle regarda le sang s'infiltrer sur ses doigts qui serraient, coulant sur son cou et s'imprégnant dans sa chemise.

« *Pas mal comme improvisation, si je puis dire. Heureusement que je portais du noir* », déclara-t-elle avec un haussement d'épaules joyeux, jetant un coup d'œil aux éclaboussures de sang tachetées s'imprégnant dans ses vêtements.

« *Pourquoi ?* » chuchota Bûcheron, la faiblesse et la perte de sang rendant sa voix faible et tremblante.

« *Tu sais pourquoi, Troy* », dit-elle avec un hochement de tête, un peu comme un parent déçu après avoir attrapé un enfant coquin en train de voler un biscuit avant le dîner. Après avoir utilisé un miroir pour s'assurer qu'il n'y avait pas de gouttelettes de sang sur son visage ou son cou, elle glissa sa pointe dans son sac à main. La seringue cassée et ses gants rejoignirent rapidement la pointe.

Sortant de l'allée, avec le corps de sa victime refroidissant derrière elle, elle partit d'un pas énergique et un sourire charmant sur le visage.

* * *

« SOPHIE, réveille-toi. C'est juste un rêve », dit une voix, secouant son épaule.

Se redressant avec un halètement, Sophie regarda autour d'elle sauvagement pendant un moment, ne voyant pas son appartement, mais un homme mourant étalé dans une allée sale à la place.

« Sophie, c'était juste un rêve. Tu vas bien », dit Mac, plaçant une de ses mains sur les siennes. Il desserra lentement son poing, qui serrait fermement sa couverture jusqu'à son menton comme un bouclier.

« Mac ? » demanda Sophie avec confusion.

Regardant avec peur autour d'elle, Sophie réalisa qu'elle était enveloppée en sécurité dans sa couette avec Mac agenouillé à côté de son lit, un regard inquiet sur son visage.

« Merde. Quel putain de rêve affreux », gémit Sophie, frottant un poing sur ses yeux, essayant d'effacer la vision du meurtre de Bûcheron.

« Tu veux m'en parler ? » offrit doucement Mac, enveloppant soigneusement ses mains de manière protectrice dans les siennes.

« Pas vraiment. Je viens de rêver que j'assassinais un gars qui ressemblait à un bûcheron en le poignardant dans la gorge. Dans le rêve, j'ai juste joyeusement poignardé dans la gorge et l'ai laissé mourir dans une allée sale. Mon cerveau est putain de nul. J'aimerais que ces rêves s'arrêtent. »

« Tu as souvent ce genre de rêves ? »

« Pas très souvent, heureusement. Je les déteste juste parce que dans les rêves quand j'assassine quelqu'un, mon moi-de-rêve est toujours si putain de joyeux et content de toute l'affaire. C'est un sentiment terrible avec lequel se réveiller. »

« Je comprends que ce soit pénible. Je me demande si voir toutes les victimes de meurtre à la morgue et avoir des visions de mort plante ces rêves dans ta tête ? J'ai lu quelque part une fois que les rêves sont la façon dont ton cerveau traite l'information de ta journée », dit Mac, frottant son pouce sur les jointures de Sophie.

« Tu pourrais avoir raison, mais ça craint quand même », grogna Sophie.

« Je parie. Penses-tu que tu vas bien pour retourner dormir ? Je serai juste dans le salon si tu as besoin de moi. Tout ce que tu as à faire, c'est crier », offrit Mac.

« En fait, pourrais-tu rester avec moi ? Je préférerais ne pas être seule en ce moment », demanda Sophie timidement.

« Je pourrais faire ça. » Mac se glissa sous les couvertures du côté vide du lit. « Tant que tu promets de ne pas me peloter dans mon sommeil. J'aimerais que ma vertu reste intacte. »

« Je suppose que je vais devoir puiser dans mes ressources pour résister à la tentation que tu représentes », promit Sophie dramatiquement avec un reniflement.

Se retournant pour faire face à Mac, Sophie gonfla son oreiller et le regarda se prélasser dans son lit, ayant l'air très content d'être là. Elle fut une fois de plus rappelée d'un lion alors qu'il inspectait son domaine.

« Comment va ton épaule ? » demanda-t-elle.

« C'est bien. Presque guéri. Ça va encore faire mal pendant quelques jours, mais presque comme neuf », dit Mac autour d'un large bâillement.

« Chanceux », se plaignit Sophie autour d'un bâillement complémentaire.

« Bonne nuit, Soph », dit Mac avec un rire bas.

« Bonne nuit, Mac. »

* * *

La lumière du soleil rampa lentement à travers les paupières de Sophie, se frayant un chemin dans sa conscience. Elle se figea quand elle réalisa qu'il y avait un bras lourd jeté sur sa taille, la fermeté chauffée d'un corps pressé contre son dos. Quand Sophie essaya de se glisser hors de la prise de Mac, il s'enroula davantage autour d'elle et la tira plus profondément dans le berceau de son corps. Elle fixa le bras courbé sur sa taille avec consternation. La lumière matinale aqueuse soulignait d'or la dispersion de poils sur le bras de Mac, fins et dorés. Touchant légèrement la peau chaude sur son biceps avec un seul doigt, elle admira la force fonctionnelle mince affichée dans son bras même dans un état détendu. Sophie dessina lentement des cercles et des spirales sur son bras, sentant la fibre de muscle et de tendons sous sa peau bronzée. Suivant le chemin d'une veine qui serpentait, Sophie traça un chemin le long de son bras jusqu'au dos de la main de Mac.

Émettant un soupir bas, Mac enfouit son visage dans l'arrière de la tête de Sophie pendant qu'elle restait immobile et faisait semblant de dormir. Mac continua à fourrer son visage dans ses cheveux, se frayant lentement un chemin plus près de son oreille exposée.

Sophie retint son souffle, se délectant de l'anticipation palpitante alors qu'elle attendait que Mac embrasse son oreille. Le sentiment grisant d'électricité entre eux grandit jusqu'à ce qu'elle brille pratiquement avec. Effleurant sa bouche sur la peau derrière son oreille, il émit un gémissement bas. Des ondulations de sensation léchèrent le long de ses nerfs, faisant monter une rougeur de sa peau. Alors qu'un doux souffle d'air flottait sur son oreille, elle commença à se tourner dans les bras de Mac. Pressant un baiser sur la coquille de son lobe d'oreille, il chuchota doucement, oh-si-doucement « Morve » dans son oreille, puis ricana méchamment, clairement satisfait de lui.

Avec un cri de guerre, Sophie se retourna, chevauchant les cuisses de Mac. La dernière chose qu'elle vit avant de fourrer un oreiller sur son visage fut des yeux bleus brillants, remplis d'anticipation.

« Détends-toi et va juste vers la lumière », conseilla Sophie alors qu'il se débattait, essayant de tirer l'oreiller de son visage pendant que Sophie ricanait comme une maniaque.

Mac désarma Sophie de son arme-oreiller avec la rapidité d'un ninja, la retournant sur le dos. Chevauchant ses cuisses et épinglant ses bras au-dessus de sa tête, Mac donna à Sophie un regard chaud, souriant à ses pitreries. Le rire mourut d'une mort rapide sur les lèvres de Sophie alors que Mac se penchait lentement plus près, planant ses lèvres au-dessus des siennes. Il effleura doucement ses lèvres des siennes, d'avant en arrière, comme s'il testait la texture de ses lèvres. Poussant contre sa prise ferme, Sophie mordit sa bouche, gagnant un gémissement et un sourire de Mac. À ce moment, Sophie décida qu'avoir le sourire de Mac contre ses lèvres était le meilleur sentiment au monde. Le désir courut le long de la colonne vertébrale de Sophie comme le feu le long d'une mèche.

Juste au moment où Sophie écarta sa bouche contre celle de Mac, prête à dévorer ses lèvres, un bruit strident du salon traversa son appartement, trop fort dans l'émerveillement silencieux du matin.

« Merde », gémit Mac tristement, laissant tomber son front contre l'épaule de Sophie de manière découragée. « Je dois répondre à ça. »

Alors que Mac se levait et se dirigeait vers le salon, Sophie admira sa forme musclée vêtue seulement d'un boxer. Mouillant ses lèvres, elle lâcha un sifflement strident, faisant regarder Mac par-dessus son épaule vers elle avec un sourire alors qu'il tournait le coin dans son salon.

S'étirant luxueusement dans son lit, Sophie écouta Mac faire beaucoup de bruits d'accord de bourdonnement et plusieurs « Oui, monsieur » et « Tout de suite, monsieur » avant de raccrocher et de revenir vers la chambre de Sophie, seulement pour la trouver posant de manière provocante dans son lit.

Mac sourit quand il revint dans la pièce. « Veux-tu que je te peigne comme une de mes muses françaises ? » demanda-t-il, remuant ses sourcils.

« Euh... bien sûr ? »

« Oh mon dieu ! Tu n'as pas vu *Titanic* ! Je pense que nous devons rompre. Désolé, Soph. C'est toi, pas moi », dit Mac, jetant dramatiquement ses mains en l'air.

« Eh bien, puisque nous ne sommes pas encore sortis ensemble, ce ne sera pas possible. Tu ne peux pas techniquement rompre si tu n'es jamais sorti ensemble », fit remarquer Sophie avec hauteur.

« Tu as raison. Sortons ensemble pour un vrai premier rendez-vous, et puis je peux rompre avec toi », dit Mac, hochant la tête comme s'il était très logique.

« Bon plan. Es-tu déjà allé à l'île d'Alcatraz ? J'ai entendu dire que la visite nocturne était supposée être extra effrayante. Je pourrais nous avoir des billets ? » suggéra Sophie.

« J'adorerais ça. D'abord, cependant, que dirais-tu si je viens te chercher au travail demain matin et t'emmène déjeuner ? » dit Mac, s'agenouillant sur le lit de Sophie.

« Marché conclu », dit Sophie, se redressant et rampant vers Mac pour placer un baiser sur ses lèvres.

Gémissant de déception, Mac gémit qu'il devait aller au travail tout de suite. Alors que Mac s'éloignait, il frotta son nez contre celui de Sophie, cognant le bout de leurs nez ensemble, la faisant glousser.

« Marcella a déjà appelé le Chef de Police, et il veut que je vienne tout de suite. J'ai à peine le temps de rentrer chez moi et de me changer. »

Mac enfila rapidement le pantalon de survêtement et le t-shirt que Burg lui avait prêtés avant que Sophie ne l'accompagne à sa porte d'entrée. Ils s'attardèrent aussi longtemps qu'ils le purent sur un baiser avant que Mac ne doive finalement s'arracher.

Alors que Sophie regardait Mac marcher dans le couloir, elle fut remplie de la sensation de se tenir au bord de quelque chose de si grand que ça fit gonfler sa poitrine. L'anticipation pour l'avenir la suffusa. Elle souhaitait pouvoir courir dehors et le ramener dans son appartement pour explorer ses sentiments pour lui.

Alors que Mac passait devant l'appartement de Birdie, il s'arrêta soudainement devant sa porte.

« J'espère que vous passez une belle matinée, Mademoiselle Birdie », déclara-t-il allègrement.

« Pas aussi bien que la vôtre, je parie », entendit Sophie la voix joyeuse de Birdie crier de la fente de la porte de son appartement.

Secouant la tête, Sophie ferma fermement sa porte avant de devoir entendre quoi que ce soit d'autre que Birdie pourrait avoir à dire sur sa matinée avec Mac.

ÉPILOGUE

« *B*onsoir, Mademoiselle Zhao », cria Sophie avec un salut désinvolte.

« Bonsoir, Mademoiselle Feegle », dit Mademoiselle Zhao, ouvrant les portes de la morgue avec le buzzer. Sophie jeta un coup d'œil envieux bref à la robe vert jade de Mademoiselle Zhao avant de se diriger à travers les doubles portes.

Sophie trouva tout le monde dans le bureau de Fitz et Ace encore bourdonnant de l'excitation de la nuit précédente.

« Comment était le travail la nuit dernière ? Est-ce que vous alliez bien sans moi ? » demanda Sophie.

« C'était bien. Nous avons dû repousser toutes les autopsies précédemment programmées pour pouvoir traiter les corps du combat, mais ça ne devrait pas nous causer de problèmes. Nous devrons juste rattraper ce soir », répondit Reggie. « Est-ce que Mac va bien ? Est-ce que la blessure par balle lui a causé des problèmes ? »

« Non. Au moment où il est parti ce matin, il allait bien et semblait complètement de retour à la normale », déclara Sophie, espérant que personne ne remarque son rougissement.

« Commençons alors. Nous avons reçu une priorité un il y a

quelques heures, et puis nous devons rattraper notre arriéré »,
déclara Reggie, se tournant déjà et se dirigeant vers la salle d'autopsie principale. « Oh, aussi Mac m'a contacté il y a quelques
heures. Après avoir rencontré Marcella et le Chef de Police
Dunham ce matin ; ils veulent tous les deux commencer à recevoir des transcriptions de tes visions. Évidemment, nous devons
encore garder ton identité secrète, donc à la fin de chaque quart,
Amira transcrira les enregistrements de tes visions et puis les
enverra par email à Mac. »

« Ça me va », dit Sophie avec un haussement d'épaules, ne se
souciant pas de comment Mac obtenait les enregistrements tant
qu'ils pouvaient faire du bien.

Vérifiant le dossier pour la nuit, Sophie se dirigea dans le
frigo et prit la priorité un. Roulant le chariot dans la salle d'autopsie, Sophie gara le brancard près de la station de pesée et se
tourna pour se nettoyer et se préparer.

Se retournant vers Reggie, Sophie regarda alors qu'il ouvrait
la fermeture éclair du sac mortuaire noir. La première chose qui
attira l'œil de Sophie fut un éclair de flanelle rouge et noire. Le
souffle de Sophie se figea dans sa gorge alors qu'elle reconnut les
traits maintenant teintés de bleu de l'homme surmontés d'une
tête pleine de cheveux touffus châtains ayant désespérément
besoin d'une coupe.

Sophie dut faire une sorte de bruit de détresse car elle se
retrouva face à Reggie. Elle pouvait voir ses lèvres bouger et un
regard effrayé sur son visage, mais elle ne pouvait pas entendre
ses mots par-dessus le bourdonnement dans ses oreilles.

Finalement, elle réussit à faire bouger ses lèvres figées, étouffant à peine le mot : « Bûcheron. »

« Bûcheron ? Qu'est-ce que ça veut dire ? » demanda Reggie.

« Mince, Reggie, nous devons appeler Mac. »

NOTES

Merci de m'avoir accompagnée dans ce voyage. J'espère que vous avez apprécié Sophie et les Singuliers. C'était un type d'histoire différent de ce que j'ai l'habitude d'écrire. Et j'espère que vous attendez le prochain tome de la série avec autant d'enthousiasme que moi.

Même si tous les personnages du livre sont fictifs, presque tous les lieux sont réels ou inspirés de lieux réels. J'ai vécu à San Francisco pendant huit ans et je suis tombée amoureuse de cette ville. C'est une ville étrange, grouillante de gens étranges. Laissez-moi vous en dire un peu plus. Le bureau du médecin légiste est réel ; il se trouve à Bayview, et il y a effectivement devant cette sculpture qui ressemble à une clôture. The Little Shamrock est inspiré de mon pub local, The Little Shamrock. The Little Shamrock a plus de 120 ans et cela se voit. Cependant, je l'adorais et il me manque d'y boire une PBR, une bière américaine bon marché. L'affiche que j'ai mentionnée était un clin d'œil à celle qui a inspiré les Beatles pour leur chanson "Being for the Benefit of Mr. Kite!". J'adorais l'idée que Burg ait volé l'affiche originale.

La boutique de curiosités s'inspirait du Love Project Curio

Shop. Si jamais vous passez par SF, allez y faire un tour. En plus, les bénéfices sont reversés à une bonne cause. Le Fillmore est ma salle de concert préférée de la ville. J'ai plusieurs affiches de concerts de l'époque où j'y allais. Buck's est un vrai restaurant et il est aussi étrange qu'il en a l'air. C'est aussi un endroit apprécié des financiers et entrepreneurs de la Silicon Valley (ce qui n'est pas mon cas, mais ça l'était pour mon mari). Boudin est l'une de mes boulangeries préférées. Et c'est un excellent endroit où s'arrêter si vous faites du tourisme au Pier 39. Le salon de thé que j'ai mentionné à Noe Valley est le Lovejoy's Tea Room. Si vous voulez vous la jouer chic, c'est l'endroit qu'il vous faut. Si vous ne parlez pas avec un faux accent britannique en mangeant des sandwichs au concombre, à quoi bon ? City Lights Booksellers est exactement comme je l'ai décrit dans le livre. Qui n'aime pas une librairie, surtout une qui a une histoire aussi riche ? Alcatraz propose aussi des visites nocturnes, donc si jamais vous êtes dans la ville, il faut en profiter. La visite nocturne est bien meilleure que celle de jour, et il y a quelque chose de charmant à regarder le soleil se coucher sur la ville. Très romantique... clin d'œil appuyé.

Woodlawn Memorial Park est un cimetière situé à Colma. La personnalité que je préfère y est l'Empereur Norton. Si vous voulez rigoler un bon coup, cherchez l'histoire de cet homme. Je vais vous donner un indice : il s'est déclaré Empereur des États-Unis. Et les gens l'ont laissé faire. Ils ont même émis de la monnaie à son effigie. Colma existe vraiment. J'avais l'habitude d'y faire entretenir ma voiture. Tellement. De. Tombes.

Quant à l'éléphant de mer qui a tué la sirène, il y a deux bons endroits pour les voir dans la ville. L'un est au Pier 39 (quai 39). L'autre endroit est mon préféré. Vous pouvez voir les éléphants de mer au Fitzgerald Marine Sanctuary, qui se trouve à environ 30 minutes au sud de la ville. Si vous y allez pendant la marée basse, il y a d'incroyables bassins de marée remplis de toutes sortes de créatures marines. J'adorais y emmener mes enfants quand ils étaient petits.

Russian River Brewery est une excellente brasserie basée à Santa Rosa. Vous pouvez y déguster une pizza incroyable, mais ce que je préfère, ce sont leurs plateaux de dégustation de bière. Ils ont ces longues planches où vous pouvez goûter dix-huit (!) échantillons : essayez leurs bières acidulées, elles vous donneront la mâchoire serrée tellement elles sont acides, mais elles sont délicieuses. Je recommande de partager avec des amis ! La bière préférée de mon mari de cette brasserie est la Pliny the Younger, qui n'est disponible qu'une fois par an. Les gens font la queue pendant des heures pour remplir leurs growlers (gros cruchons à bière) le jour de la sortie.

Enfin, la Coit Tower et les escaliers de Filbert Street. La Coit Tower est un endroit charmant à visiter. Les vues (quand il n'y a pas de brouillard) sont fabuleuses. Les 25 fresques à l'intérieur sont d'excellents exemples d'art de la Grande Dépression, montrant comment les gens vivaient à l'époque. La tour a été financée grâce au legs de Lillie Hitchcock Coit, qui avait précisé dans son testament que l'argent devait servir à embellir la ville. Lillie était une femme excentrique, connue pour fumer des cigares et s'habiller en homme pour pouvoir jouer dans les casinos réservés aux hommes. Elle adorait aussi monter sur les camions de pompiers avec eux. C'était tout à fait mon genre de femme ! Les escaliers de Filbert Street existent aussi et vous pouvez les emprunter pour rejoindre la Coit Tower. Mais attention, vous pourriez le regretter. Il y a ÉNORMÉMENT de marches. Cependant, ils valent le détour et vous pouvez profiter d'une belle vue sur la ville en montant – à condition de ne pas tomber dans les pommes en chemin.

Ouf ! Ça fait beaucoup à digérer ! Si jamais vous souhaitez me poser des questions sur la ville, n'hésitez pas à m'envoyer un email à gwen@gwendemarco.com, et je ferai de mon mieux pour vous convaincre que San Francisco en vaut la peine.

Je voudrais remercier chaleureusement mes lecteurs bêta Paige R, Pam N, Karen R, Casi R, Jessica et Joanne S. Je dois aussi remercier Rebeca Covers pour la magnifique illustration de couverture ainsi que mon éditrice, Arundhati Subhedar.

Enfin, je tiens à remercier mon mari et mes enfants. Je n'aurais jamais pu publier quoi que ce soit sans leur soutien indéfectible.

À PROPOS DE L'AUTEUR

Gwen DeMarco est une lectrice passionnée, amatrice de vin et de café, jardinière et fan de tout ce qui touche à la culture geek. Gwen adore écrire des romans de romance paranormale axés sur l'étrange et le merveilleux. Elle aime créer des héroïnes sarcastiques et des personnages masculins grognons. Sophie Feegle est sa première incursion dans le monde des métamorphes, des faes, des ogres et des vampires.

Gwen est heureusement mariée à son amour de lycée et a deux adolescents. On la trouve souvent le nez plongé dans un livre, un verre de vin ou une tasse de café à la main.

Inscrivez-vous à sa liste de diffusion et recevez gratuitement une novella racontant la rencontre avec Sophie du point de vue de Mac, tirée de *Sophie et les Singuliers*.

Pour en savoir plus, visitez mon site web et inscrivez-vous à ma liste de diffusion pour recevoir des actualités sur www.GwenDeMarco.com

DU MÊME AUTEUR

La série Sophie Feegle

Sophie et les Singuliers

Présages et Singularités

Temps Singuliers pour Sophie Feegle

Envers et Contre les Singuliers

Singularités et Bric-à-brac

Série Auras et Braises

Gideon Bean

Esprit Marqué

Les Sorcières de Kirra Cross

Le Sabbat d'Asphalte

Trilogie du Royaume d'Erishum

L'Alouette des Vases

Le Pie-grièche des Bas-Fonds

La Sylve Mourante

www.ingramcontent.com/pod-product-compliance
Lightning Source LLC
Chambersburg PA
CBHW031700170626
46808CB00005B/1536